हिन्द पॉकेट बुक्स

महारानी

दीवान जरमनी दास 1895 में पंजाब में पैदा हुए। वह कपूरथला और पटियाला में मिनिस्टर रहे। वे फर्राटेदार पंजाबी, उर्दू, अंग्रेजी और फ्रेंच बोलते थे तथा उन्हें वेटिकन और फ्रांस, स्पेन, मोरक्को, मिस्र और कई दूसरे देशों की सरकारों ने उच्च सम्मानों से नवाज़ा। कपूरथला, पटियाला और भावलपुर रियासतों के शासकों ने भी उन्हें अलंकृत किया।

लेखक की अन्य पुस्तकें

हिन्दी में

1. महाराजा

अंग्रेजी में

2. Maharani
3. Maharaja

महारानी

भारत की महारानियों और शाही प्रेमिकाओं की
परीकथाओं से भी रोमांचक गाथाएँ

दीवान जरमनी दास

हिन्द पॉकेट बुक्स
एक पेंगुइन रैंडम हाउस कंपनी

हिन्द पॉकेट बुक्स

यूएसए | कैनेडा | यूके | आयरलैंड | ऑस्ट्रेलिया
न्यू ज़ीलैंड | भारत | दक्षिण अफ्रीका | चीन

हिन्द पॉकेट बुक्स, पेंगुइन रैंडम हाउस ग्रुप ऑफ़ कम्पनीज़ का हिस्सा है, जिसका पता www.hindpocketbooks.com पर मिलेगा

पेंगुइन रैंडम इंडिया प्रा. लि.,
सातवीं मंज़िल, इनफ़िनिटी टावर सी, डी एल एफ़ साइबर सिटी,
गुड़गांव 122022, हरियाणा, भारत

हिन्द
पॉकेट
बुक्स

प्रथम हिन्दी संस्करण हिन्द पॉकेट बुक्स द्वारा 2007 में प्रकाशित
यह हिन्दी संस्करण 2018 में प्रकाशित

10 9 8 7 6 5 4 3 2 1

इस पुस्तक में व्यक्त विचार लेखक के अपने हैं, जिनका यथासंभव तथ्यात्मक सत्यापन किया गया है, और इस संबंध में प्रकाशक एवं सहयोगी प्रकाशक किसी भी रूप में उत्तरदायी नहीं हैं।

ISBN 9788193935521

मुद्रक : रेप्लिका प्रेस प्रा. लि., इंडिया

महारानी

'महाराजा' नामक प्रसिद्ध पुस्तक के लेखक दीवान जरमनी दास की
तहलका मचा देने वाली नई रहस्योद्घाटक पुस्तक 'महारानी'।
जिस प्रकार महाराजा में भारतीय महाराजाओं के
भोग-विलासपूर्ण निजी जीवन की
सच्ची तथा आंखों देखी झांकियां प्रस्तुत की गई थीं,
ठीक उसी तरह दीवान जरमनी दास ने अब उन महाराजाओं की
महारानियों तथा रनिवासों के चौंका देनेवाले दृश्य दिखाए हैं।
अपने विलासी पतियों द्वारा अवहेलित महारानियां
अपनी यौन-पिपासा शान्त करने के लिए कैसे-कैसे उपाय
किया करती थीं, उन सबका
बड़ा ही रोचक चित्रण हुआ है 'महारानी' में।

'महारानी' केवल भारतीय महारानियों के यौन-जीवन की
कहानियां ही नहीं कहती, बल्कि
यूरोप तथा अन्य महाद्वीपों के विभिन्न देशों की
रंगीली महारानियों की दास्तानें भी सुनाती है।
दीवान जरमनी दास ने पचास साल तक
भूतपूर्व रियासतों में दीवान के महत्वपूर्ण पद पर
कार्य किया था, इस नाते रनिवासों के अन्तरंग तथा
गुप्त-से-गुप्त रहस्यों को लेखक ने
अपनी निजी जानकारी तथा अनुभवों के आधार पर
उद्घाटित किया है।
'महारानी' की मनोरंजक सत्य-कथाएं कल्पना से भी
कहीं अधिक विचित्र, रोचक तथा रोमांचक हैं।

क्रम

भाग-दो

औरते ही क्यों?

जब मेरी उम्र मुश्किल से तीस साल की थी, तो एक बार हिज़ हाइनेस आग़ा ख़ान ने मुझसे कहा था, "जर्मनी अगर तुम औरतों के साथ कामयाब हो, तो समझो ज़िन्दगी में ही कामयाब हो गए।" आग़ा ख़ान मुझे प्यार से जर्मनी ही पुकारा करते थे। उन दिनों मैं उनके मेहमान के तौर पर लन्दन के सेवाय होटल में ठहरा हुआ था। उन्हीं दिनों उन्होंने एक डिनर पार्टी का आयोजन किया, जिसमें एडविन मोंटेग को भी निमन्त्रित किया गया था। मोंटेग उन दिनों भारत के राज्यीय मामलों के मन्त्री थे। उस पार्टी में और भी बहुत-सारे गण्यमान्य व्यक्ति मौजूद थे। आग़ा खां की फ्रांसीसी पत्नी एंड्री कैरों के साथ मैंने टांगो नृत्य किया था। एंड्री कैरों बड़ी ही सुन्दर और सुसंस्कृत महिला थी।

आग़ा खां ने हालांकि यह नसीहत मुझे मज़ाक़ के तौर पर दी थी, मगर यह मेरे दिल में नक़्श हो गई और तब से बराबर मैं इस बात की कोशिश करने लगा कि महारानियों, राजकुमारियों तथा अन्य महत्वपूर्ण महिलाओं के साथ पुरुषों की अपेक्षा अधिक मित्रतापूर्ण सम्बन्ध स्थापित करूं। औरतों के साथ दोस्ती ने जहां मुझे मानसिक प्रसन्नता दी वहीं और भी बहुत से लाभ दिए। उम्र-भर मुझे महारानियों, राजकुमारियों तथा समाज के अन्य वर्गों की महत्वपूर्ण महिलाओं से प्यार और सहायता मिलती रही है–न सिर्फ़ भारत में बल्कि विदेशों में भी। अमरीका, ब्राज़ील, अर्जेंटाइना, चिली, पेरू, पनामा तथा लगभग सारे यूरोपीय देशों और विशेषकर टर्की, सीरिया, लेबनान, मिस्र, अल्जीरिया, मराको सरीखे इस्लामी देशों और जापान, चीन, इंडानेशिया, बाली द्वीपसमूह, भूतपूर्व इंडो-चाइना, कम्बोदिया तथा थाइलैंड जैसे सुदूर-पूर्व के देशों और भारत के विभिन्न भागों की महिलाओं के साथ मेरे मित्रतापूर्ण सम्बन्ध रहे। भारत और पूर्वी देशों की उच्च वर्गीय महिलाओं की एक दुर्भाग्यपूर्ण स्थिति यह होती

है कि वे स्वभाव से ही एकान्तप्रिय होने के कारण लोगों के साथ अधिक गहराई में जाकर सम्पर्क स्थापित करने का अवसर प्राप्त नहीं कर पातीं। कोम्टे सैगुर ने इन भारतीय महिलाओं के बारे में ठीक ही कहा था : 'किसी अनजान देश में आए हुए परदेसी की पहली नज़र के लिए एक सुन्दर मुस्कान ही इन महिलाओं का भाग्य है।'

मैं जहां-जहां भी कुछ दिनों के लिए गया, मैंने वहां की महिलाओं से सप्रयास मित्रता स्थापित की। परन्तु मैंने महिलाओं की प्रकृति के बारे में वह सब बातें हमेशा ध्यान में रखीं जो किसी फ्रांसीसी लेखक ने भी कही थीं और हज़रत मोहम्मद साहब ने भी कि औरतें बड़ी बेवफ़ा होती हैं। हरकोड प्यूल्स ने कैंडलियस बादशाह के बारे में लिखी अपनी किताब में भी औरतों की इस प्रकृति को खुलकर चित्रित किया है। कैंडलियस की महारानी सुन्दर थी और कैंडलियस को इस बात का मलाल था कि उसके सिवाय उसकी महारानी की सुन्दरता की कोई प्रशंसा नहीं करता। वह चाहता था कि लोग उसके भाग्य से ईर्ष्या करें कि उसकी पत्नी सुन्दर है। एक बार उसने महारानी को बताए बिना ही अपने प्रधानमन्त्री डिग्गस को महारानी के गुसलख़ाने में एक पर्दे के पीछे छिपा दिया ताकि वह नंगी नहाती हुई महारानी को अच्छी तरह देख सके। परन्तु महारानी ने पर्दे के नीचे प्रधानमन्त्री के पैर देख लिए और उसने तत्काल पर्दा हटाकर प्रधानमन्त्री को चेतावनी दी कि या तो उसको ऐसा करने के अपराध में अपनी जान से हाथ धोना पड़ेगा या फिर सम्राट की हत्या करके उससे शादी करनी पड़ेगी। प्रधानमन्त्री डिग्गस को इस प्रकार के चुनाव की चुनौती पाकर बड़ी प्रसन्नता हुई। उसने सम्राट की हत्या कर दी और अपने राजवंश की स्थापना की। यौनाकर्षण में कोमल भावनाएं आ ही जाती हैं। यह सत्य हर कहीं स्वीकृत है और इस आकर्षण को आमतौर पर प्यार कहकर पुकारा जाता है जोकि यौन प्रवृत्ति का ही एक रूप है। प्राणी मात्र में और यहां तक कि पेड़-पौधों तक में यौनाकर्षण को ही प्यार की अभिव्यक्ति कह दिया जाता है। इसलिए इस आकर्षण को प्राणी-जगत की एक आदिम विशेषता माना जाना चाहिए। शिलर के शब्दों में कहें तो यह कि मनुष्य पर भूख और प्यार का शासन है। प्रकृति की भी अपनी ही प्यार की प्रक्रिया है। ज़िस प्रकार नर और नारी एक-दूसरे के प्रति आकर्षित होते हैं उसी तरह ऑक्सीजन

हाइड्रोजन को आकर्षित करती है और उस आकर्षण से जल की उत्पत्ति होती है। पोटेशियम फासफोरस में ऑक्सीजन के प्रति इतना तीव्र आकर्षण रहता है कि वे पानी के नीचे भी जल उठती है। चुम्बकीय आकर्षण के रूप में यह प्यार ही है जो पत्थर को पत्थर से जोड़ता है, किसी धरती को धरती से जोड़ता है, सितारों को सितारों से जोड़ता है और धरती का यह गुरुत्वाकर्षण ही धरती पर खड़े हम सबको थामे हुए है। मनुष्य की भाषा में इसी का नाम प्यार है।

पैरिस में मेरे यौवन-काल का अधिकांश भाग महारानियों और राजकुमारियों के साथ शामें बिताने में व्यतीत हुआ। विदेशी महिलाओं समेत मेरे सम्पर्क में बीस-बीस, पच्चीस-पच्चीस महिलाएं एकसाथ रहीं। इन ऊंचे वर्ग की महिलाओं में से मैं किसी को चुन सकता था, लेकिन मैंने कभी अपने चुनाव को केवल ऊंचे वर्ग की महिलाओं तक ही सीमित नहीं रखा। मैं सड़कों पर फूल बेचने वाली, दुकानों पर काम करने वाली लड़कियों से मिलने को इच्छुक था।

जिन राजाओं-महाराजाओं के साथ मैं विदेशों में जाता था उनके द्वारा दिया हुआ बहुत-सारा धन मेरे पास रहता। इसलिए मुझे औरतों पर पैसा ख़र्च करने की ख़ासी सुविधा थी। मैं इस पुस्तक में जो-कुछ भी लिख रहा हूं, वह औरतों के साथ हुए मेरे निजी अनुभवों के आधार पर ही है। इस पुस्तक में मैंने महिलाओं का जैसा भी चित्रण किया है, वह मेरी निजी जानकारी के आधार पर है, इसलिए इस चित्रण में किसी त्रुटि अथवा अतिशयोक्ति की कोई सम्भावना नहीं। पहले महायुद्ध के दौरान ज़ब मैं पहली बार फ्रांस गया तो अपनी पढ़ाई के सिलसिले में ही गया था। यह कई दशक पहले की बात है। तब से अब तक औरतों और मर्दों के मन में क्रान्तिकारी परिवर्तन हो चुके हैं। और ये परिवर्तन सिर्फ़ भारत में ही नहीं बल्कि दुनिया-भर में हुए दिखाई पड़ते हैं। औरतों का मानसिक दृष्टिकोण, उनका पहनावा, पुरुषों के प्रति उनका व्यवहार, उनकी यौन प्रवृत्ति तथा अपने पतियों और प्रेमियों के प्रति वफ़ादारी की भावना, सभी कुछ तो पूरी तरह बदल चुका है। इस पुस्तक में आप देखेंगे कि ये परिवर्तन किस प्रकार धीरे-धीरे हुए हैं, मगर हुए हैं यह निश्चित।

इसी प्रकार अगले अध्यायों में मैं यह बताऊंगा कि किस तरह भारत में रहने वाले अंग्रेज़ों तथा बीसवीं शताब्दी की अंग्रेज़ सरकार ने जान-बूझकर और नीति के तौर पर रानियों तथा उच्च वर्ग की भारतीय महिलाओं के चरित्र को

पूरे तौर पर बदलने की कोशिश की। न केवल सरकारी नौकरियों बल्कि उद्योग, व्यापार, सेना, नौसेना, वायुसेना तथा प्रशासन के अन्य विभागों में औरतों को ऊंचे पद देकर और तथाकथित आधुनिक शिक्षा और नारी-मुक्ति के नाम पर जो वातावरण तैयार किया गया, उसने भारतीय नारी की सामाजिक स्थिति पर विपरीत प्रभाव डाला है।

आगे चलकर मैं भारतीय तथा विदेशी नारी के वर्तमान व्यवहार पर भी बात करूंगा और यह बात यौन तथा अन्य पक्षों पर होगी। परन्तु पूर्व इसके कि मैं यूरोपीय देशों के सामाजिक क़ानूनों, तलाक़, सम्बन्ध-विच्छेद, विरासत आदि के बारे में बात करूं, मैं भारतीय नारी की उस स्थिति पर भी प्रकाश डालना चांहूगा जो उसे आज हमारे समाज में प्राप्त है।

इस तथाकथित नारी-मुक्ति के आने से पहले जो घर स्वर्ग-समान थे, उनमें से अधिकतर आज नरक बने हुए हैं। इसका कारण है पति-पत्नी और पिता-पुत्री के बीच वैचारिक तथा सांस्कृतिक विभिन्नता। परिणामस्वरूप भारत के सौ में से पचपन उच्च घरानों में यह विनाश-लीला चलती रहती है। समाज के इस वर्ग में मैंने अपने बहुत से दोस्तों से बात की है और मैं इस नतीजे पर पहुंचा हूं कि इनमें से अधिकतर लोगों को यह शिकायत है कि वे राजनीति, सामाजिक जीवन तथा विदेश-यात्राओं में इतने अधिक व्यस्त रहते हैं कि उनकी पत्नियों का अपने घरों और बच्चों के साथ सम्पर्क ही समाप्त हो गया है और यह कि पति एकदम अवहेलित हो गए हैं।

प्रागैतिहासिक काल में तथा आदिम युग में परिवार का जो ढांचा था, उसमें पति तथा उसके भाई समान रूप से पत्नी का उपभोग करते थे। परन्तु आज की स्थिति यह है कि पत्नी का उपभोग पति के अभिन्न मित्रों द्वारा किया जाता है। सरकारी महकमों तथा उद्योग-व्यापार के क्षेत्र में काम करने वाली कार्यशील महिलाओं की स्थिति देखकर वाक़ई तरस आता है। उनमें से अधिकांश को अपने अधिकारियों की वासनापूर्ति के लिए विवश होना पड़ता है। हाल ही में पश्चिम बंगाल के मुख्य सचिव श्री एम.एम. बसु द्वारा एक रोमांचक रिपोर्ट प्रस्तुत की गई थी। पश्चिम बंगाल सरकार के सह-सचिव श्री रघुनाथ बनर्जी, जो कि प्रेज़िडेंसी विभाग के कमिश्नर तथा बंगाल में भारत-पाक सीमान्त अधिकारी भी थे, उसने अपने थोड़े से कार्यकाल में ही पचास औरतों के साथ

अनैतिक सम्बन्ध स्थापित किए हुए थे। वे सब औरतें ऐसी थीं जिन्हें या तो उसने नौकरी पर रखा था या नौकरी अथवा तरक्की का लालच दिया हुआ था। श्री रघुनाथ बैनर्जी ने अपने वातानुकूलित दफ़्तर के कमरे में सरकारी ख़र्च पर ड्रैसिंग टेबल और सोफासैट भी सजा रखा था। और ये सारे कुकर्म वे अपने इसी कमरे में किया करते थे। इन्हीं कुकर्मों के कारण उसे समय से पहले ही रिटायर कर दिया गया। जब एक सह-सचिव पचास विवाहित तथा अविवाहित औरतों के साथ अनैतिक सम्बन्ध रख सकता है, तो फिर इस बात का अनुमान लगाया जा सकता है कि सरकारी विभागों के अन्य हज़ारों सचिवों तथा दूसरे अधिकारियों द्वारा कितनी औरतों को ख़राब किया जाता होगा।

हमारे आज के इस नैतिक पतन के पीछे हमारे देश की आर्थिक स्थितियां तो हैं ही, इनके अलावा वह परिवेश भी उत्तरदायी है जिसमें हम रह रहे हैं। औरतों को प्रशासनिक विभागों में नौकरियों पर रखना भी इसका कारण है। औरतें सिर्फ़ घर और बच्चों की देखभाल के लिए ही उपयोगी साबित नहीं हो सकतीं बल्कि अपनी शारीरिक शक्ति और योग्यता के अनुरूप सामाजिक कार्यों, अस्पतालों, सब्ज़ी और अनाज विकास संस्थानों, मिल्क स्कीमों तथा समाज-उद्धार और कई ऐसे विभागों में इन्हें काम दिया जा सकता है जहां ये बिना जोखिम काम कर सकें। पारिवारिक प्रसन्नता तभी निश्चित हो सकती है जब कि पुरुषों और नारियों के लिए अलग-अलग कार्यक्षेत्र निश्चित किए जाएं। नारी यदि केवल घर को सुविधापूर्ण और सुन्दर बना सके तथा उन बच्चों की देखभाल कर सके जो राष्ट्र के भावी निर्माता हैं, तो हमारे घर वास्तव में सुखी घर बन सकते हैं। पहले यह होता था कि आदमी खेतों में काम करते थे, युद्ध लड़ते थे और अन्य जोखिमपूर्ण काम करते थे। कुल मिलाकर यह कि आज की अपेक्षा कहीं अधिक कुशलतापूर्वक अपने कर्तव्य निभाते थे और घर पहुंचकर उनकी सारी थकान मिट जाया करती थी परन्तु आजकल यह होता है कि आदमी जब घर लौटता है, तो पता चलता है कि पत्नी या तो किसी सामाजिक कार्य से बाहर गई हुई है या अभी दफ़्तर से ही नहीं लौटी या फिर यह कि सरकारी दौरे पर कहीं गई हुई है। इस प्रकार पुरुष अपने अकेलेपन से घबराकर दूसरी औरतों के संग-साथ में राहत पाने की कोशिश करता है। इस सबसे समाज का पूरा ढांचा गड़बड़ा जाता है। जब तक सामाजिक स्तर पर

क्रान्तिकारी परिवर्तन नहीं किए जाते तब तक भारत के पारिवारिक जीवन में शान्ति और प्रसन्नता दिखाई नहीं पड़ सकती। यही बात दुनिया के अन्य देशों के घरों पर भी लागू होती है। महिलाओं का तो मुख्य काम अपने पतियों और बच्चों की देखभाल करना तथा उनके चरित्र का निर्माण करना ही है। पतियों की कुशलता तथा बच्चों की बेहतरी इसी बात पर निर्भर है कि उन्हें घर में कितनी सुविधाएं तथा आराम मिलते हैं। कितना सुन्दर है वह घर, जिसमें पत्नी अपने पति और बच्चों के प्रति पूरी तरह समर्पित है।

औरत ही हर कहीं

एक फ्रांसीसी कहावत के अनुसार पुरुष की प्रत्येक गतिविधि के पीछे किसी-न-किसी रूप में नारी का अस्तित्व अवश्य होता है। चाहे कोई व्यापार-सम्बन्धी महत्वपूर्ण मामला हो या युद्ध हो प्यार हो या राजनीति हो, या फिर किसी प्रकार की भी कोई महत्वपूर्ण घटना हो, उसके मूल में कहीं-न-कहीं कोई औरत अवश्य होती है। मुझे इस फ्रांसीसी कहावत के बारे में मेरे एक फ्रांसीसी मित्र आन्द्रेदी फोकीर ने बतलाया था। आन्द्रे जीवन-भर पैरिस सोसाइटी का नेता रहा और उसका भाई पियरे दी फोकीर क्वायदी आरसे में फ्रांस के विदेश कार्यालय का मन्त्री था। आन्द्रे ने मुझे बतलाया कि किसी भी मामले की तह तक पहुंचने के लिए उस मामले के पीछे छिपी औरत को खोजना चाहिए और इस खोज में उस रहस्य पर से पर्दा हट जाना निश्चित है। यह फ्रांसीसी कहावत मेरे जहन में बैठ गई और मैंने यह अपना उसूल बना लिया कि जहां कहीं भी किसी समस्या का कोई हल न मिल पा रहा हो, वहां उसकी तह में किसी औरत की खोज की जाए।

जब पंजाब की एक महत्वपूर्ण सिक्ख रियासत कपूरथला के शासक महाराजा जगतज़ीतसिंह ने मुझे गर्मियों के कुछ दिन अपने साथ बिताने के लिए मसूरी बुलाया था, तब मैं पहली बार महाराजाओं और महारानियों के सम्पर्क में आया था। मसूरी में महाराजा कपूरथला का महल वास्तुकला का सुन्दर नमूना है। यह फ्रांस के शाही महलों की शैली में बना हुआ है। साढ़े सात हज़ार फुट की ऊंचाई पर बने इस प्रासाद में एक बहुत बड़ा टेनिस खेलने का मैदान है, फूलों-भरे बाग़ हैं और दुर्लभ पेड़-पौधे हैं। धूप में चमचमाती हुई हिमालय की बरफ़ानी चोटियों के सामने बने इस प्रासाद की छटा देखते ही बनती है। महाराजा को मेरा टेनिस का खेल इतना पसन्द आया था कि वह

मुग्ध हो गया था। मैंने पंजाब यूनिवर्सिटी की टैनिस में सिंगल्स की चैम्पियनशिप जीती थी और गवर्नमेंट कॉलेज लाहौर के सबसे अच्छे टेनिस खिलाड़ी सुन्दरदास को हराया था। महाराजा मेरी इस जीत से इतना ख़ुश हुए थे कि उन्होंने मुझे खुले दरबार में बुलवाकर मेरी छाती पर अपने हाथों से सोने का तमगा लगाया था। उस तमगे पर खुदा हुआ था : 'पंजाब यूनिवर्सिटी का चैम्पियन' और नीचे खुदा हुआ था 'महाराजा जगतजीतसिंह'।

मेरे पिता, दादा, परदादा तथा उससे भी पहले के हमारे पूर्वज भारतीय रियासतों में दीवान और मन्त्रियों के पदों पर रह चुके थे। और रियासतों की परम्परा यह थी कि दीवानों के पुत्रों को छोटी उम्र में ही ऊंचे पद दे दिए जाते थे। इस तरह मुझे महाराजा कपूरथला के दरबार में बुलवाया गया, क्योंकि मेरे पूर्वजों ने रियासत की सेवा की थी। यह अलग बात थी कि मेरी शैक्षिक योग्यताएं भी पर्याप्त थीं और मैं टेनिस में नाम प्राप्त कर चुका था।

जिन दिनों महाराजा रणधीरसिंह के पिता महाराजा निहालसिंह की वसीयत को लेकर झगड़ा चल रहा था तब मेरे दादा दीवान मथुरादास को महाराज के मुक़दमे की पैरवी करने के लिए लन्दन भेजा गया था। भारत के वाइसराय के सामने इस मुक़दमे की अपील खारिज़ की जा चुकी थी और अब लन्दन में भारतीय मामलों के मन्त्री के आगे यह मुक़दमा पेश हुआ, तो मन्त्री ने महारानी विक्टोरिया की स्वीकृति प्राप्त करके वाइसराय के निर्णय को उलटवा दिया। इस प्रकार महाराजा निहालसिंह द्वारा की गई वसीयत को रद्द क़रार दे दिया गया। वह वसीयत यदि लागू रहती, तो उसके अनुसार रियासत को महाराजा के तीन लड़कों में बराबर-बराबर बांट दिया जाता। महाराजा निहालसिंह ने यह वसीयत सिर्फ़ अपनी प्रिय महारानी को खुश करने के लिए की थी जिसके गर्भ से दो बेटे थे। सबसे बड़ा बेटा महाराजा रणधीर सिंह पटरानी के गर्भ से उत्पन्न हुआ था और पटरानी अब महाराजा की निगाहों से गिर चुकी थी। मगर क़ानून के अनुसार रणधीरसिंह को ही रियासत का एकमात्र अधिकारी माना जाता। उस वसीयत का अभिप्राय रणधीरसिंह को सिंहासन से वंचित करना था। मुकदमा न्यायिक रूप से लन्दन में लड़ा गया। 1857 के विद्रोह के बाद महारानी विक्टोरिया ने यह प्रतिज्ञा की थी कि भारतीय रियासतों के शासकों के मान-सम्मान, सुविधाओं तथा विरासत-सम्बन्धी प्रचलित क़ानूनों को सुरक्षित

रखा जाएगा। इसलिए मुक़दमे के फ़ैसले द्वारा रियासत को तीन भागों में बंटने से बचा लिया गया।

भारत के राज्यीय मामलों के मन्त्री ने यह निर्णय दिया कि महाराजा रणधीरसिंह ही पूरी कपूरथला रियासत पर हुकूमत करेंगे जब कि बाक़ी दो दावेदारों को नक़द वार्षिक भत्ते दिए जाएं, मगर उनसे कहा जाए कि वे रियासत से बाहर ही रहें ताकि शासक और अन्य दावेदारों के बीच कोई झंझट न उठ खड़ा हो। इस प्रकार वे दोनों कपूरथला से पन्द्रह मील दूर जालन्धर शहर में रहने लगे। महाराजा रणधीरसिंह जोकि जगतजीतसिंह के दादा थे, मेरे दादा दीवान मथुरादास से बहुत ही ख़ुश थे, क्योंकि मेरे दादा ने ही लन्दन में मुकदमे की पैरवी कराके भारत क़े वाइसराय के निर्णय को उलटवाया था। इन सेवाओं के फलस्वरूप मेरे दादा को हज़ारों एकड़ ज़मीन, हीरे-जवाहरात तथा बहुत बड़ी नक़द राशि इनाम के तौर पर दी गई थी। मैं यहां यह भी उल्लेख करना चाहता हूं कि जिन दिनों महाराजा जगतजीत सिंह नाबालिग थे उन दिनों मेरे परदादा दीवान रामजस कपूरथला रियासत के रीजेंट थे और इस नाते नाबालिग महाराजा की ओर से तेरह वर्ष तक रियासत की हुकूमत चलाते रहे थे, क्योंकि जब जगतजीतसिंह के पिता महाराजा खड्गसिंह की मृत्यु हुई थी उस समय जगतजीतसिंह की उम्र केवल पांच वर्ष थी। मेरे पिता दीवान दौलतराम कपूरथला की सरकार में मन्त्री पद पर नियुक्त थे और महाराजा उन्हें बहुत चाहते थे। महाराजा के साथ मेरे पिता यूरोप के दौरों पर भी जाया करते थे। मेरे पारिवारिक इतिहास की इस पृष्ठभूमि में तथा मेरी योग्यताओं के कारण महाराजा ने मेरे विद्यार्थी-जीवन में भी मेरे साथ पितावत व्यवहार किया था।

महाराजा टेनिस बहुत अच्छी खेल लेते थे, मगर नीचे आते हुए गेंद को वापस फेंकते समय वह अनावश्यक रूप से बहुत अधिक झुक जाया करते थे। मेरी गर्मियों की छुट्टियों में महाराजा ने मुझे मसूरी भिजवाया ताकि मैं उनके साथ टेनिस खेलूं और उनके सहायक के रूप में काम करूं। मसूरी-स्थित महाराजा कपूरथला की कोठी में गर्मियों के दिनों में मसूरी आए गणमान्य लोगों की दावतों का क्रम चलता ही रहता। सप्ताह में तीन-चार बार नृत्य, भोज और तरह-तरह की पार्टियां होती रहतीं। इन पार्टियों में सैकड़ों अंग्रेज़ अफ़सर, अंग्रेज़ औरतें, महाराजा, महारानियां तथा अन्य उच्च वर्ग के भारतीय निमन्त्रित होते।

मेरे मसूरी पहुंचने के पहले ही दिन मुझे 'सनी व्यू' नामक अत्यन्त आरामदेह गेस्ट हाउस में ठहराया गया और उसी शाम महाराजा ने मुझे रात के खाने पर निमन्त्रित किया, जिसमें महाराजा और उसकी स्पेनिश महारानी प्रेम कौर समेत कुल छः जने थे। स्पेनिश महारानी के साथ महाराजा ने सिक्ख रीति से शादी की थी। महाराजा के साथ उस भोज में मिली लाउसी डुजोन नामक एक महिला भी थी जिसने बाद में पी.एम. एटकिंसन से शादी कर ली थी। एटकिंसन लाहौर के चीफ्स कॉलेज में ट्यूटर थे। उस भोज में मेरे अलावा रियासत के दो बड़े अफ़सर भी थे। जिस समय शराब के गिलास बांटे गए उस वक़्त मुझसे पूछा गया कि मैं क्या पीना पसन्द करूंगा! मैंने जवाब दिया कि मैं लैमनेट पिऊंगा। इसपर महारानी ने स्वयं आगे बढ़कर मेरे लिए फ्रैंच लैमनैट लाने का आदेश दिया था। महारानी का मेरे प्रति बहुत स्नेह था। मैंने जब उस फ्रैंच लैमनेट के तीन गिलास पी लिए, तब कहीं जाकर मुझे पता चला कि वह फ्रांस की शैम्पेन (शराब) थी। इस प्रकार मेरा परिचय शैम्पेन और यूरोपीय तौर-तरीक़ों से हुआ। यही वह काल था जब अंग्रेज़ लोग महाराजाओं तथा उनके रियासती अफ़सरों के साथ मित्रतापूर्ण सम्बन्ध बनाने लगे थे। इसका कारण यह था कि उन दिनों कांग्रेस के राजनीतिक आन्दोलनों की जड़ें जम रही थीं और वाइसराय तथा ब्रिटिश सिविल सर्विस के अधिकारी इस आन्दोलन को रोकने की जी-तोड़ कोशिश में लगे थे। इसी कोशिश में वे महाराजाओं तथा उनके मन्त्रियों पर विशेष कृपा बरसाने लगे थे, उनके साथ व्यक्तिगत मित्रता स्थापित करने लगे थे जैसा कि तब से पहले कभी नहीं हुआ था। अंग्रेज़ अफ़सर तथा उनकी औरतें महाराजाओं और उनके कर्मचारियों के साथ बहुत घनिष्ठ होकर मेल-जोल बढ़ाने लगी थीं और यह घनिष्ठता परस्पर प्यार की सीमा तक भी पहुंचने लगी थी।

मसूरी में मौज़-मस्ती

महाराजा कपूरथला तथा पटियाला, रामपुर, राजपिपला, पन्ना, बड़ौदा, नाभा और जींद के महाराजा भी मसूरी में शानदार डिनर पार्टियों का आयोजन करने लगे थे। और इन पार्टियों में मसूरी के समाज के गिने-चुने लोग, अंग्रेज़ और अन्य भारतीय अफ़सर अपनी-अपनी पत्नियों के साथ आमन्त्रित किए जाते थे।

मुझे अच्छी तरह याद है कि मेरे मसूरी रहते महाराजा कपूरथला ने अपने यहां अनेक पार्टियों का आयोजन किया था। उन दिनों बाल-रूप-नृत्यों की बड़ी मांग थी। ख़ास तौर पर फैंसी ड्रेस पहनकर किए जाने वाले बाल-रूम-नृत्य। ऐसे नृत्यों में मर्द-औरतें तरह-तरह की फैंसी ड्रेस पहनकर अपने चेहरे छिपा लेते थे और फिर बेतहाशा शराब पीकर और खूब खाना खाकर रात-भर जमके अय्याशी करते। नृत्य के जोड़े तय करके छपे हुए नृत्य कार्ड उन्हें पहले ही से दे दिए जाते, ताकि शराब में धुत्त होने के बाद भारतीय और अंग्रेज़ मर्द-औरतें अपने-अपने जोड़े बनाकर रंगरेलियां मना सकें। ऐसा कभी नहीं हुआ था कि अंग्रेज़ औरतों ने हिन्दुस्तानी मर्दों के साथ नृत्य का जोड़ा बनने से इनकार किया हो। नाच के दौरान ही दर्जनों जोड़े वहां से खिसककर बाहर पार्क में चले जाते और पार्क में जो कुछ हुआ करता था वह पाठकों के अनुमान पर छोड़ा जा रहा है। मेरे भारतीय मित्र मुझे बताया करते कि अंग्रेज़ औरतों के साथ वे जमकर रंगरेलियां मनाते थे। पार्क के एकान्त और अंधेरे कोनों में बेंचें बिछी होतीं और ये जोड़े जी-भर कर एक-दूसरे के साथ मौज़ उड़ाते। बाल-रूम-नृत्य ख़त्म होने के बाद महाराजे, महारानियां, राजकुमारियां, अन्य महिलाएं, ब्रिटिश फ़ौज के अफ़सर, भारतीय तथा ब्रिटिश अधिकारी और उनकी पत्नियां वग़ैरा रिक्शाओं में बैठकर विदा होते। रिक्शा खींचनेवाले कुलियों ने भड़कीली वर्दियां

पहनी होतीं। उस समय जोड़े बनाने का काम गुप्त रूप से किया जाता। आपस में जोड़े तय करके वे लोग रिक्शा में बैठकर कैमल्स बैक रोड की ओर निकल जाते और फिर घंटों मौज़-मस्ती करने के बाद औरतों को उनके ठिकानों पर छोड़ दिया जाता। कुछ औरतें तो इतने जीवट वाली थीं कि वे निःसंकोच अपने प्रेमियों को अपने घरों में ले जातीं। डांस, स्कैटिंग और कार्निवाल का भी आयोजन किया जाता। इनमें भी जोड़े भाग लेते और सबसे अच्छे सिद्ध होने वाले जोड़ों को इनाम दिया जाता।

सन् 1914 में प्रथम विश्व युद्ध से लेकर 1945 तक मसूरी, शिमला, डलहौजी, नैनीताल, दार्जिलिंग, माउंटआबू और ओटाकामंड तथा अन्य पहाड़ी नगर ब्रिटिश अफ़सरों और उनके परिवारों तथा राजा-महाराजाओं और उनके परिवारों के लिए गर्मियों के विशेष आकर्षण बन चुके थे। इनके साथ ही उच्च वर्ग के भारतीय समाज के लोग भी गर्मियां बिताने पहाड़ों पर जाने लगे थे। बड़े-बड़े सैनिक अधिकारी जो कि गर्मियों में पहाड़ों पर नहीं जा पाते थे, उनकी औरतें ही पहाड़ों पर जातीं। जनरलों और कर्नलों के स्तर के सैनिक अधिकारी अपने अधीनस्थ कैप्टनों और मेजरों को अपनी पत्नियों की देख-रेख करने के लिए कहकर तथा बारी-बारी से छुट्टी देकर भेज दिया करते थे। इसलिए स्वाभाविक था कि ये नौजवान सैनिक अफ़सर अपने अधिकारियों की जवान बीवियों के साथ खुले-खेलते। मैदानों पर रहते हुए वे वैसा कर पाने में असमर्थ होते। गर्मियों में इन पहाड़ी नगरों का पूरा वातावरण खुला-खिला और यौन-मद में भरपूर डूबा होता था। बाल-रूम-नृत्यों में वहां जो कुछ हुआ करता, उसकी देखा-देखी भारतीय औरतें भी अंग्रेज औरतों की तरह के रंग-ढ़ंग अपनाने लगीं, बल्कि उनसे भी चार उंगल आगे निकल गईं। कुछ वर्ष बाद मैंने मसूरी में कैमल्स बैक रोड के अंधेरे और एकान्त कोनों में रिक्शाओं की संख्या बढ़ी हुई पाई और उनमें अधिकांश भारतीय औरतों को उनके प्रेमियों के साथ देखा। इन प्रेमियों में भारतीय भी थे और अंग्रेज़ भी।

अंग्रेज़ औरतों को पकड़ने के पीछे एक और लालच भी काम करता था। उन्हें अच्छी नसल के घोड़ों की सवारी का ख़ास शौक़ था। और अच्छी नसल के घोड़े भाड़े पर नहीं मिलते थे, बल्कि राजाओं-महाराजाओं के निजी अस्तबलों में ही मिल सकते थे। भाड़े पर मिलने वाले घोड़े बड़ी घटिया नसल के और कमज़ोर हुआ करते थे।

मुझे याद है कि एक बार महाराजा जगतजीतसिंह एक ख़ूबसूरत अंग्रेज़ औरत पर मोहित हो गए थे। उस औरत को उन्होंने कई बार अपने यहां दावतों और बाल-रूम-नृत्यों पर निमन्त्रित किया और उसने ये निमन्त्रण ख़ुशी से स्वीकार कर लिए। लेकिन जब यह मामला खुले-खेलने तक जा पहुंचा और जब महाराजा उसे अकेली को ही रात के खाने पर निमन्त्रित करने लगा, तो वह इस या उस बहाने से टालने लगी। महाराजा निराश हो गया। एक शाम महाराजा ने उससे कहा कि वह उसके लिए दो घोड़े भिजवा देगा जिन पर वह चाहे तो बाद में अपने किसी दोस्त के साथ घुड़सवारी के लिए जा भी सकती है। महाराजा कपूरथला के शाही अस्तबल के घोड़ों पर अपने दोस्त के साथ घुड़सवारी करने के लिए वह ख़ुशी-ख़ुशी मान गई। कुछ दिनों तक ऐसा चलता रहा, मगर जब उस औरत को शाही अस्तबल के घोड़े पर अपने दोस्त के साथ घुड़सवारी करने का चस्का लग गया, तब महाराजा ने एक दिन मुझे कहा कि अब घोड़े भेजने बन्द कर दो। घोड़े नहीं पहुंचे। वह ख़ुद आ गई और घोड़ों के लिए मिन्नत करती हुई कहने लगी कि घोड़ों के बदले में महाराजा जो भी कहेंगे, करने के लिए तैयार हूं। इस पर महाराजा ने उसे अपनी कोठी पर शाम के खाने के लिए अकेली बुलवाया। वह मान गई। आई भी। और इस तरह महाराजा ने उसके साथ रात-भर रंगरेलियां मनाईं। कुछ दिनों के बाद महाराजा ने उस औरत को सबसे बढ़िया घोड़ों का जोड़ा तथा जेवरात उपहारस्वरूप भेंट कर दिए। बाद में यही औरत कई गर्मियों तक महाराजा की नियमित रखैल बनी रही।

औरतों के साथ मेरे जो अन्य सम्पर्क रहे वे पैरिस में थे। फ्रेंच भाषा सीख चुकने के बाद मैं सरबोन विश्वविद्यालय में राजनीतिक अर्थतन्त्र पढ़ रहा था। अपने पहले पैरिस-प्रवास के दौरान मैं मैडम डुजोन नामक एक सम्मानित महिला के घर में पेइंगगेस्ट के रूप में रह रहा था। मैडम डुजोन उस मिलीलुईस डुजोन की मां थी, जिसका उल्लेख मैं इसी अध्याय में पहले कर चुका हूं। उस परिवार में मैडम डुजोन के अलवा उसकी एक जवान बेटी लिलि और उसका भाई पियरे थे। लिलि मेरी हम-उम्र थी। वे लोग न तो अंग्रेज़ी भाषा जानते थे और न मेरी भाषा को समझ सकते थे। मैंने छः महीने के अन्दर-अन्दर फ्रांसीसी भाषा सीखकर राजनीतिक अर्थतन्त्र के भाषण समझने शुरू कर दिए

थे। उस परिवार में मुझे घर के आदमी की तरह समझा जाता था। बहुत बढ़िया खाने को मिलता और साथ ही मिलता दोस्ताना सलूक।

उन दिनों प्रथम विश्वयुद्ध चल रहा था। जर्मनी के जैपलिन हवाई जहाज़ पैरिस पर मंडराते और बम फेंकते रहते थे। उन जैपलिन हवाई जहाज़ों का आकार 2,40,000 घन फुट था और उनकी रफ़्तार थी अस्सी मील प्रति घंटा। ये हवाई जहाज़ बीस हज़ार फीट की ऊंचाई पर उड़ सकते थे। इन हवाई जहाज़ों में मशीनगन-मढ़ी कारें लगी रहतीं और ये कारें बादलों के नीचे तक लटकाई जा सकती थीं ताकि हवाई जहाज़ के बादलों के ऊपर रहते हुए भी नीचे से इन कारों द्वारा सीधी बमबारी की जा सके। हवाई हमलों के दौरान पैरिस-वासी सारी रोशनियां बुझाकर नीचे सेलारों में चले जाते और उस समय तक सेलारों में छुपे रहते जब तक कि जैपलिन हवाई जहाज़ बमबारी करके लौट नहीं जाते और फिर से रोशनियां जलाने का सायरन नहीं बजता। मैडम डुजोन ऐसे में भी अपने ड्राइंग-रूम में ही रहतीं। ड्राइंग-रूम पहली मंज़िल पर था। मगर वह मुझे और लिलि को नीचे सेलार में भेज देतीं। ऐसी स्थितियां कई बार लगातार दो-दो घंटे तक चलतीं और हम दो जवान जिस्म सैलार की अंधेरी तनहाई में रंगरेलियां मनाते रहते। मैं दो साल तक पैरिस में रहा और उसके बाद अगली पढ़ाई करने के लिए ऑक्सफोर्ड यूनिवर्सिटी में चला गया।

सन् 1917 में जब मैं भारत लौटा तब कपूरथला के महाराजा जगतजीतसिंह ने मेरी इस बात के लिए बहुत प्रशंसा की कि मैं इतनी अच्छी फ्रेंच बोल लेता हूं। उन्होंने मुझे अपनी रियासत के शिक्षा विभाग में उप-निदेशक के रूप में नियुक्त कर लिया। इस पद पर मैं दो वर्ष तक रहा। इसके बाद मेरी उन्नति हो गई और मैं मिलिट्री सेक्रेटरी बना दिया गया। उस समय मेरी उम्र सिर्फ़ 27 साल थी फिर दो साल बाद मुझे मन्त्री बना दिया गया।

शीशमहल

जर्मनी और मित्र राष्ट्रों के बीच शान्ति सन्धि पर हस्ताक्षर करने के लिए ब्रिटिश सरकार ने कपूरथला के महाराज जगतजीतसिंह को भी वरसाइल्स में बुलवाया। बीकानेर के महाराजा गंगासिंह को भी बुलवाया गया था। महाराजा गंगासिंह सर्वोच्च युद्ध परिषद के सदस्य थे। कपूरथला के महाराजा जगतजीतसिंह मुझे भी अपने साथ ले गए। इस प्रकार मुझे 28 जून, 1919 की उस महान घटना को अपनी आंखों देखने का सौभाग्य प्राप्त हुआ। सन्धि की इस रस्म को अदा होते देखना मुझे ऐसा लगा जैसे इतिहास को रंगमंच पर प्रस्तुत किया जा रहा हो। शीशों-मढ़ी गैलरी में घोड़े के खुर के आकार का मेज़, एक ओर बड़े-बड़े आइने और दूसरी ओर कुर्सियों की लम्बी कतारें, पुश्त और बांह-विहीन कुर्सियां, दीवार पर लगे एक बहुत बड़े काग़ज़ पर लिखी एक घोषणा, जिसके नीचे बैठा फ्रांस का चीता क्लेमेंस्यु, जिसकी छोटी-छोटी टांगें मुश्किल से फ़र्श छू पा रही थीं। उसने होहनज़ोलरेन साम्राज्य के प्रारम्भ का स्मरण करते हुए वहीं बैठे-बैठे उस साम्राज्य का अन्त देखने की इच्छा प्रकट की। अमरीका के राष्ट्रपति विल्सन और ब्रिटेन के प्रधानमन्त्री लायड जार्ज क्लेमेंस्यु के दाएं-बाएं बैठे रहे।

पूर्व इसके कि मैं आगे का विवरण दूं, पाठकों की रुचि को दृष्टि में रखते हुए मैं कांच के गलियारे के बारे में कुछ बताना चाहता हूं जिसमें कि इस सन्धि-पत्र पर हस्ताक्षर किए गए। यह गलियारा फ्रांस के सम्राट का गुज़रने का रास्ता था जिसमें से होकर वह अपने महल में जाया करता था। इसकी लम्बाई 73 मीटर, चौड़ाई साढ़े दस मीटर तथा ऊंचाई साढ़े बारह मीटर है। इस गलियारे का ऐतिहासिक महत्व जिन घटनाओं के कारण बना, वे घटनाएं हैं, सन् 1686 में स्याम के राजदूत का आना तथा सन् 1750 में पर्शिया (ईरान)

के राजदूत का प्रस्तुत होना, सन् 1897 में ड्यूक आफ बर्गोन की मेरी एडिलेड डी सेवाय के साथ शादी, सन् 1770 में मेरी अंटोनेट और डोफिन की शादी के अवसर पर हुआ फैंसी ड्रेस बाल-रूम-नृत्य, सन् 1871 में जर्मनी के सम्राट की घोषणा और फिर अन्त में 28 जून, 1919 को वर्सेल्स के सन्धि-पत्र पर हस्ताक्षर।

यह एक बड़ा आश्चर्यजनक ऐतिहासिक तथ्य है कि 1636 में जब स्याम का राजदूत अपने दूत-पत्र प्रस्तुत करने के लिए फ्रांस के सम्राट के सामने इस कांच की गैलरी में आया था, तो उसे 73 मीटर लम्बे गैलरी के फ़र्श पर अपने पेट के बल रेंगकर सम्राट तक पहुंचना पड़ा था और फिर इतनी ही लम्बाई रेंगकर वापस लौटना पड़ा था तथा वापस रेंगते समय अपना मुंह उसे सम्राट की ओर ही किए रहना पड़ा था ताकि पीठ दिखने के कारण सम्राट के सम्मान में कमी न आए। निश्चित रूप से वह राजदूत कोई ख़िलाड़ी रहा होगा जो ऐसा कठिन शारीरिक श्रम कर गुज़रा था और सो भी सिर्फ़ स्याम के सम्राट की फ्रांस के सम्राट के प्रति गहरी वफ़ादारी का प्रदर्शन करने के लिए।

सन् 1919 में वर्सेल्स के सन्धि-पत्र पर हस्ताक्षर होनेवाला दिन एक ऐतिहासिक दिन था। वातावरण चहक रहा था। क्लेमेंस्यु ने घोषणा की, 'जर्मनों को आने दो।' जर्मन लोग अन्दर आए। उनके आने पर कोई नहीं उठा। गलियारे में एकदम ख़ामोशी थी। सबसे पहले जर्मनी वालों को ही सन्धि-पत्र पर हस्ताक्षर करने थे, उसके बाद विल्सन ने किए और फिर अमरीका के राष्ट्रपति तथा अन्य अमरीकनों ने। एक घंटे से भी कम समय में सारे हस्ताक्षर किए जा चुके थे।

और बाहर तोपें दागी गईं, उड़ते हुए हवाई जहाज़ झुकाए गए तथा सन् 1914 में लड़ाई शुरू होने के बाद पहली बार फव्वारे छोड़े गए। क्लेमेंस्यु, विल्सन और लायड जार्ज, ये तीन बड़े लोग जब एक साथ बाहर निकले, तो बाहर खड़ी जनता के हजूम ने नारे लगा-लगाकर उनका अभिनन्दन किया।

उसी रात पैलेस-डी-एल ओपेरा नामक ओपेरा में लगभग दस लाख लोगों के एकत्र होने का और उनके द्वारा जोशो-खरोश ज़ाहिर करने के जो नज़ारे मैंने वहां देखे, वैसे मैंने अपनी पूरी ज़िन्दगी में किसी भी अवसर पर नहीं देखे। ओपेरा के बारजे में जब क्लेमेंस्यु खड़ा हुआ, तो उस समय लगभग पूरे पैरिस

की जनता ने क्लेमेंस्यु का नाम ले-लेकर और उछल-उछलकर अपनी प्रसन्नता प्रकट की थी। ओपेरा के हर और फूटने वाली बड़ी-बड़ी सड़कों और गलियों में मीलों तक भीड़ उमड़ी पड़ रही थी।

जर्मन प्रतिनिधिमंडल के सदस्यों को 'शी टो डी वर्सेल्स' नामक प्रासाद से थोड़ी दूर स्थित एक मकान में ठहराया गया था और इस मकान के प्रवेश-द्वारों पर बाड़ें लगा दी गई थीं तथा सशस्त्र फ्रांसीसी सैनिक तैनात कर दिए गए थे। किसी को भी उस मकान के नज़दीक फटकने तक की इज़ाज़त नहीं थी। इसी अविस्मरणीय तथा ऐतिहासिक अवसर पर मुझे उस समय के महापुरुषों से भेंट करने का अवसर प्राप्त हुआ। कपूरथला के महाराजा जगतजीतसिंह और मैं वुडरो विल्सन से मिलने 14 मार्च, 1919 को प्लेस डेस अटासउनिस नामक सड़क के तेरह नम्बर भवन में गए। उस समय विल्सन ने काला कोट और धारीदार पतलून पहन रखी थी। हमने क़रीब दस मिनट तक उसके साथ टहलते-टहलते ही बातें कीं। उस समय उसके पास उसकी दूसरी पत्नी एडिथ गेट भी मौजूद थीं। पहली पत्नी की मृत्यु के बाद उसने एडिथ से शादी की थी। मानवता के विषय पर बात करते हुए विल्सन ने कहा था कि मानव मात्र भलाई की ख़ातिर हमें राष्ट्रीय हितों को लोचदार बनाना होगा और हम लोगों को यह बताना होगा कि अगर हममें से हर कोई थोड़ी-थोड़ी भी कुर्बानी करे, तो दुनिया में सब-कुछ ठीक हो जाए।

उस दस मिनट के समय में विल्सन बहुत गम्भीर और दार्शनिक लग रहा था। वह पूरी मानव-जाति का पक्षधर बना हुआ था और ऐसा लगता था कि उसके मन में हर किसी के प्रति दया-भाव है। पूरे समय वह लीग ऑफ नेशंस का पक्ष लेता रहा। क्लेमेंस्यु और लॉयड जार्ज प्रस्तावित लीग ऑफ नेशंस का मज़ाक़ उड़ाते रहे, क्योंकि वे लोग जर्मनों से क्षति-पूर्ति का दावा कर रहे थे। विल्सन को भगवान में आस्था थी और मनुष्य की भलमनसाहत पर पूरा-पूरा विश्वास था। यही आस्था और विश्वास उसके जीवन के हर उतार-चढ़ाव में उसका सम्बल बने रहे।

मैं लॉयड जार्ज से भी मिला। परन्तु यह भेंट लन्दन के बकिंघम पैलेस में हुई–एक गार्डन पार्टी के दौरान। उससे मैंने संक्षिप्त-सी बातचीत भी की। मैं क्लेमेंस्यु से भी मिला और बहुत घनिष्ठ रूप से मिला, परन्तु तब, जब वह

कपूरथला के महाराजा के मेहमान के रूप में कपूरथला आया और महल में ठहरा। क्लेमेंस्यु को आदत थी कि वह बात-बात पर 'परवाह नहीं' कहा करता था और ऐसा वह उस समय कहता, जब किसी की बात से सहमत न हो पाता। कपूरथला में उसने अपने भाषण के दौरान कपूरथला की तुलना एथेंस से की। एथेंस को क्योंकि पूर्वी सभ्यता का पालना माना जाता है इसलिए मैंने जब क्लेमेंस्यु के भाषण को अख़बारों में छपवाने की इज़ाज़त मांगी तो उसने कहा, परवाह नहीं।"

वर्सेल्स की पृष्ठभूमि

जिस स्थान पर आज 'शी टो डी वर्सेल्स' नामक प्रासाद खड़ा है, वह जगह किसी ज़माने में गोंडी वंश की मिल्कियत थी। फ्रांस का सम्राट लुई तेरहवां अपने पिता हैनरी चतुर्थ की तरह इस स्थान पर अक्सर शिकार के लिए जाया करता था। यह बात सन् 1623 की है और उन दिनों लुई तेरहवें की उम्र सिर्फ़ 23 साल थी उन्हीं दिनों लुई ने वहां पर वर्सेल्स नामक प्रासाद बनाने का निर्णय लिया। और जीन फ्रांसिस डी गोंडी से सम्राट ने वह ज़मीन ख़रीद ली। गोंडी उन दिनों पैरिस का आर्च बिशप था। 8 अप्रैल, 1632 को यह ज़मीन 66 हज़ार पौंड में ख़रीदी गई। 13 मई, 1643 को इसी प्रासाद में लुई तेरहवें की मृत्यु हुई और उसके बाद उसका बेटा लुई चौदहवां फ्रांस के सिंहासन पर बैठा। उस समय लुई चौदहवें की उम्र केवल बारह वर्ष थी। फिर 9 जून, 1660 को लुई चौदहवें ने आस्ट्रिया की मेरी थरेस से शादी की और शादी के बाद अपनी महारानी को वर्सेल्स में लाया। वर्सेल्स के इस प्रासाद को अपनी रुचि के अनुरूप ढालने में लुई चौदहवें ने लाखों पौंड ख़र्च कर दिए। सन् 1664 के दौरान इस नए वर्सेल्स में बड़े-बड़े जश्न हुए। बेपनाह आतिशबाज़ियां छूटीं, एक-से-एक बढ़कर पार्टियां हुईं, यहां के रंगमंच पर नाटक हुए, लाटरियां खुलीं, वग़ैरा-वग़ैरा। और यह सब हुआ मैडम डी मोंटेस्पां के सम्मान में, जो कि उन दिनों फ्रांस के सम्राट की नई-नई चहेती बनी थी।

एक सितम्बर, सन् 1715 में लुई चौदहवें की मृत्यु भी इसी वर्सेल्स नामक प्रासाद में हुई। मृत्यु के समय लुई अपने शयन-कक्ष में था। पिछले चौदह वर्षों से वह इसी शयन-कक्ष में रह रहा था। 9 सितम्बर, 1715 को लुई पन्द्रह सिंहासन पर बैठा, तो वह वर्सेल्स छोड़कर विंसेन चला गया। मगर फिर 15 जून, 1722 को वर्सेल्स में लौट आया और यहां के एक छोटे से शयन-कक्ष

में रहने लगा। ठीक उसी तरह जिस तरह कि लुई चौदहवां रहा करता था। यानी यह कि चौबीस घंटे शयन-कक्ष में अनगिनत रखैलों के साथ। जबकि महारानी मेरी लैक्जिन्सका राज-काज चलाती रही। पैरिस की विद्रोही जनता ने महल पर आक्रमण कर दिया और सम्राट तथा महारानी को गिरफ़्तार करके लाखों लोगों की मौजूदगी में फांसी पर चढ़ा दिया। 10 अगस्त, सन् 1788 को इसी वर्सेल्स के प्रासाद में टीपू सुल्तान के राजदूत का स्वागत किया गया।

कांच के गलियारे का महत्व भी कुछ कम ऐतिहासिक नहीं है। इस बड़े हाल के गिर्द 1815 हैक्टेयर का पार्क है। छः किलोमीटर लम्बी नहर इसमें बहती है। सम्राट लुई ने बड़े पार्क में तीन हज़ार सन्तरे के पेड़ और डेढ़ लाख अन्य पौधे उगाए थे। यहां के फव्वारों के लिए पानी की समस्या पैदा हुई, तो सुरंग खोदकर पानी पहुंचाया गया।

ट्रियानोन्स महल

सम्राट की मृत्यु के चार वर्ष बाद यह महल बनकर पूरा हुआ। इसका उद्घाटन किया सम्राट की चहेती मैडम डु बारी ने। सम्राट की मृत्यु के बाद लुई सोलहवें ने इस महल को 10 मई, 1774 में सम्राज्ञी मेरी एंटोएनेट ली पैटिटट्रियोनों को भेंट स्वरूप दे दिया, क्योंकि सम्राज्ञी एकान्त स्थान में रहना चाहती थी इसलिए उसने इसी महल को अपना निजी निवास बना लिया और इसमें अतिरिक्त सुविधाएं और अय्याशी का सामान बनाने के लिए पानी की तरह पैसा बहाया। उसने ब्रिटिश और चीनी शैली पर इसमें एक बहुत बड़ा पार्क बनवाया।

सीधे-सादे ढंग से किसानों की तरह रहने की इच्छा से प्रेरित होकर महारानी ने 'ले हेम्यू डीलारीन' नामक एक गांव बसाने का फ़ैसला किया। यह गांव नारमंडी के फार्मों की तरह का था। कृत्रिम ढंग से तैयार की गई एक झील के किनारे इसे बनाया गया और इसमें एक वास्तविक गांव, एक फ़ार्म, एक डेरी फ़ार्म, ढोर-डंगर बांधने की जगह, आटे की चक्कियां, मछली पकड़ने का तालाब तथा अन्य सारी ऐसी चीज़ें बनाई गईं जोकि गांव में होती हैं। मेरी एन्टोएनेट को अपने मित्रों के साथ एक किसान के तौर पर काम करने में मज़ा आता था।

क्योंकि महारानी काफ़ी समय तक इस गांव में रह चुकी थीं इसलिए अब वह इसे छोड़ना नहीं चाहती थीं। किन्हीं विशिष्ट परिस्थितियों में विवश होकर कुछ देर के लिए भले ही यहां से जाना पड़ता। 5 अक्तूबर, सन् 1789 को जब फ्रांस के सम्राट ने अन्तिम रूप से महल छोड़ दिया, तभी वह वर्सेल्स गई, और इस प्रकार फ्रांस में एकतन्त्र शासन प्रणाली समाप्त हो गई।

ट्रिओनन और वर्सेल्स का बड़ा ही दुखद अन्त हुआ। ट्रिओनन को किराए पर चढ़ाकर कॉफ़ी हाउस बना दिया गया। वर्सेल्स की स्थिति यह हुई कि नेपोलियन ने इस पर अधिकार करके अपनी बहन पाउलीन को दे दिया। पाउलीन बोरघीस की राजकुमारी थी।

इसी दौरान 'ले हेम्यु' नामक गांव भी लगभग नष्ट हो चुका था। मगर बीसवीं शताब्दी के प्रारम्भ में इसे फिर से आबाद कर सम्पूर्ण विनाश से बचा लिया गया। ट्रिओनन में कई कमरे हैं जोकि सम्राट के मन भाते बाग़ के पूर्वी भाग की ओर पड़ते हैं। इस बाग़ में सम्राट पाख़ाने जाया करता था। यह बाग़ सदा ही हर मौसम में तरह-तरह के फूलों से लदा रहता और गमलों का एक भी पत्ता कभी मुर्झाने नहीं पाता था। हर समय अनगिनत गमले बदले ही जाया करते थे ताकि सम्राट को हर समय अपना यह प्रिय बाग़ सजा-संवरा ही दिखाई देता रहे। आजकल इसी ट्रिओनन को फिर से आबाद करके पुरानी शानो-शौक़त के साथ सजाया गया है और यहां पर फ्रांस सरकार द्वारा आयोजित बड़े-बड़े स्वागत समारोह होते रहते हैं। इसमें एक ख़ास कमरा फ्रांसीसी गणतन्त्र के राष्ट्रपति जार्ज पोम्पीदु के लिए है, जो इस कमरे का उपयोग उन दिनों करते हैं, जब वर्सेल्स में किसी स्वागत समारोह में भाग लेने आते हैं।

बड़ी नहर के ठीक दाईं ओर तथा पार्क के पश्चिमोत्तर में बने बाग़ में लुई चौदहवां सन् 1668 में विशेष रूप से रुचि लेने लगा था। सन् 1661 में जब यह बाग़ ख़रीदा गया था तब इसी में ट्रिओनन नाम का एक छोटा-सा गांव बसा हुआ था जिसे सम्राट ने नष्ट करवा के सन् 1670 में चीनी वास्तुकला की शैली पर ट्रिओनन ऑफ प्रोकीलेन' नामक एक छोटा-सा पेवेलियन बनवाया था। पेवेलियन तो बन गया परन्तु शीटो की मरम्मत और पुनर्निर्माण का काम बाक़ी था। सम्राट ने इसे पूरा करने का निर्णय किया। मगर फिर हुआ यह कि ट्रिओनन ऑफ प्रोकीलेन के स्थान पर एक नया ट्रिओनन बनवा दिया और

22 जनवरी, 1668 को सम्राट ने सबसे पहले वहां बैठकर रात का खाना खाया तथा रात को मैडम डी मोंटेस्पां के साथ सोया। सम्राट के रहने के लिए इसमें पांच कमरे थे। सन् 1703 में इनमें से एक कमरा सम्राट ने अपने पुत्र डाउफिन को दे दिया। फ्रेंच-क्रान्ति के बाद नेपोलियन ने इसमें अपनी मां को ठहराया और उसके बाद 1810 में महारानी मेरी लुसी इसमें रहीं और उसके बाद महारानी मेरी एमिली।

मैं जब-जब भी फ्रांस गया, मैंने वर्सेल्स, ट्रिओनन तथा पैरिस स्थित सारे शाही महल ख़ूब अच्छी तरह देखे। लुई चौदहवें से लेकर नेपोलियन के समय तक के लगभग सारे ही महलों में मैं लगभग तीस-चालीस बार गया हूं। इन महलों की शानो-शौक़त देखकर मैं बहुत प्रभावित हुआ हूं। फ्रांस के सारे सम्राट तथा उनकी रानियां और रखैलें वास्तव में बहुत ठाट से रहा करती थीं।

इन शानदार महलों में शायद ही कोई ऐसा कमरा बचा हो जो मैंने न देखा हो। मगर हर बार इन महलों में जाकर मुझे एक जिज्ञासा बराबर घेरे रहती कि आख़िर वे सम्राट पाख़ाने कहां जाते होंगे! जितने भी सरकारी गाइड और दुभाषिए मुझे मिले, मैंने उनके सामने अपनी जिज्ञासा सरकाई, परन्तु किसीने कोई संतोषजनक उत्तर नहीं दिया। इसी वर्ष सन् 1971 में जब मैं फिर से वर्सेल्स और ट्रिओनन महल देखने गया, तो मैंने अनुभवी दुभाषियों से फिर यह प्रश्न किया। उन्होंने जवाब दिया, "यह एक रहस्य है।" जिस समय एक दुभाषिया बाक़ी पर्यटकों से निपटकर अकेला खड़ा था, मैं फिर से उसकी ओर लपककर गया और दस फ्रैंक का नोट उसकी ओर बढ़ाते हुए मैंने वह रहस्य जानना चाहा। उसने गुप्त रूप से मुझे बताया कि सम्राट लुई चौदहवां सुबह-सुबह ही बाक़ायदा दरबार लगाया करता था और उस दरबार में सारे दरबारी मौजूद होते थे। उन दरबारियों की मौजूदगी में सम्राट बहुमूल्य बरतनों में पाखाना किया करता था और फिर दरबारी लोग उन बरतनों को उठाकर साथ लगे पार्क में ले जाया करते थे। फिर मैंने पूछा कि महारानियां पाखाने कहां जाती थीं? इस पर उसने फ्रांसिसी अंदाज़ में कन्धे बिचकाकर कहा कि उन्हें पार्क में जाना पड़ता था। फिर उसने मुझे बतलाया कि उस ज़माने में दरबारियों की बड़ी ही दयनीय स्थिति हुआ करती थी क्योंकि उन्हें सम्राट के जगने से पहले ही वहां मौजूद होना पड़ता था जबकि वे स्वयं भी पाख़ाने होकर नहीं आए होते थे। और वे यह काम सीढ़ियों में कर दिया करते थे।

आधुनिक इतिहास के निर्माताओं से भेंट

अपनी पचास साल की उम्र में मैं दुनिया-भर के गण्यमान्य पुरुषों और महिलाओं से मिला हूं। उन लोगों से मेरे घनिष्ठ सम्बन्ध रहे हैं तथा उनके साथ खाने-पीने तक का सौभाग्य मुझे प्राप्त हुआ है। उनमें से कुछ ने मुझ पर बहुत गहरा प्रभाव छोड़ा है।

सन् 1920 के बाद से अब तक फ्रांसीसी गणतन्त्र के जितने भी राष्ट्रपति हो चुके हैं, उन सबसे मैं मिल चुका हूं और मुझे इस बात का भी गौरव प्राप्त है कि उन्होंने अलीसी पैलेस में मेरा स्वागत किया। अलीसी पैलेस फ्रांस के राष्ट्रपति का सरकारी निवास है। फ्रांस के जितने भी राष्ट्रपतियों से मैं मिला, उनमें से रेमांड पोइनकेयर तथा चार्ल्स दिगाल ने मुझे सबसे अधिक प्रभावित किया। मैं वहां के प्रसिद्ध प्रधानमन्त्री अरिस्टाइड ब्रियांड से भी मिला। प्रथम विश्व युद्ध में तथा लीग ऑफ नेशंस की स्थापना में अरिस्टाइड ब्रियांड का बहुत बड़ा योग था।

मैं जार्ज क्लेमेंस्यु से भी मिला जो कि प्रथम विश्व युद्ध में फ्रांस का हीरो माना जाता था। क्लेमेंस्यु से मेरी मुलाक़ात सिर्फ़ फ्रांस में ही नहीं, बल्कि कपूरथला में भी हुई थी जबकि वह महाराजा जगतजीतसिंह का मेहमान बनकर आया था।

फ्रांस में मैं बड़े-बड़े लेखकों, दार्शनिकों तथा विद्वानों से भी मिला। संस्कृत के प्राफ़ेसर सिल्वियां लेवी से मिला, प्रथम विश्व युद्ध के सुप्रसिद्ध सेनानायकों–फील्ड मार्शल कौच तथा फील्ड मार्शल गलि यानी से भी भेंट हुई। अटलांटिक महासागर को सबसे पहली बार अकेले ही हवाई जहाज़ में बैठकर पार करने वाले मिस्टर लिडबर्ग के सम्मान में पैरिस में जो भोज दिया गया था, उसमें मैं भी निमन्त्रित था।

भारत और फ्रांस के बीच मित्रतापूर्ण सम्बन्धों को और मज़बूत करने के लिए की गई। मेरी सेवाओं को स्वीकारते हुए फ्रांस के राष्ट्रपति ने मुझे फ्रांस का सबसे बड़ा सम्मान 'ल ऑफ़िसर डी ला लीजन डी आनर' प्रदान किया। यह सम्मान नेपोलियन बोनापार्ट के समय से शुरू किया गया था।

मैं महात्मा गांधी से भी कई बार मिला और मुझे उनसे मिलकर असीम प्रसन्नता हुई। गांधीजी से मेरी भेंट केवल भारत के अलावा लन्दन में भी हुई जबकि वे 1931 में गोलमेज़ कान्फ्रेंस के सिलसिले में वहां गए थे। मैंने सदा ही गांधी जी की महानता तथा उनकी आत्मिक शक्ति की प्रशंसा की है। इन्हीं के व्यक्तित्व और इच्छा-शक्ति का चमत्कार था कि अंग्रेज़ों को उनके सामने घुटने टेकने पड़े। भारतीय गणतन्त्र के भी सारे राष्ट्रपतियों से मैं मिल चुका हूं तथा प्रधानमन्त्री नेहरू से भी। सर तेजबहादुर सप्रू , सर सुल्तान मोहम्मद शाह, आग़ा खां तृतीय, एम.आर. जयकर, सरोजिनी नायडू, मोहम्मदअली जिन्ना इत्यादि से भी मैं मिला। इन सबसे मुझे बहुत प्रेरणा प्राप्त हुई। मोहम्मदअली जिन्ना तथा उनकी सुन्दर पत्नी रति जिन्ना से मेरे व्यक्तिगत सम्बन्ध बहुत घनिष्ठ थे। बड़ौदा के महाराजा सयाजी गायकवाड़, पटियाला के महाराजाधिराज भूपेन्दरसिंह, स्पेन के सम्राट अल्फोन्सो तेरहवां, यूथोपिया के सम्राट हेल सिलासी, जे. आर. डी. टाटा के पिता आर.डी.टाटा तथा हॉलीवुड के प्रसिद्ध फिल्म-निर्माता सीसल डीमिल का भी मैं प्रशंसक रहा हूं।

इंग्लैंड के सारे प्रधानमन्त्रियों में से जेम्से मैकडोनल्ड का व्यक्तित्व अपनी तरह का एक ही था। मैंने लन्दन के दस डाउनिंग स्ट्रीट इंग्लैंड (प्रधानमन्त्री का सरकारी निवास) पर मैकडोनल्ड तथा उनकी पुत्री इसाबेल के साथ दोपहर का खाना खाया। अमरीका के राष्ट्रपति वुडरो विल्सन के साथ पैरिस में तथा राष्ट्रपति हरबर्ट हूवर के साथ वाशिंगटन के ह्वाइट हाउस में मेरी भेंट हुई। प्रेसिडेंट हूवर के शब्द मुझे आज तक याद हैं। उन्होंने कहा था, "आज तक युद्ध सामान्य थे और शान्ति को सामान्य तथा युद्ध को असामान्य समझा जाएगा।"

उन दिनों व्हाइट हाउस पर कोई पहरा नहीं होता था और न ही आज जैसी शानो-शौकत थी। वहां के हर कोने से सादगी झांकती थी।

जब हम वाशिंगटन पहुंचे, तो संयोगवश तभी इंग्लैंड के प्रधानमन्त्री रैमसे मैकडोनल्ड भी वहां आए हुए थे।

मुझे टोकियो में जापान के सम्राट हीरोहितो, दक्षिण अमरीकी देशों के राष्ट्रपतियों तथा पवित्र पोप से भी मिलने का सौभाग्य प्राप्त हुआ। ब्रिटेन के सम्राट से मैं बकिंघम पैलेस में मिला। वायरलैस के आविष्कारक मारकोनी को उसकी अंग्रेज़ पत्नी सहित मैंने रोम के ग्रांड होटल में दोपहर के खाने पर निमन्त्रित किया। ईरान, मिस्र और मोरक्को जैसे इस्लामी देशों के राष्ट्रपतियों और सम्राटों से भी मैं अपने विश्व-भ्रमण के दौरान मिला। उनमें से कुछ ने मुझे सम्मान प्रदान किए।

इटली के डिक्टेटर मुसोलिनी से मैं दो बार मिला, मगर उसके रंग-ढंग और चेहरा-मोहरा मुझे नहीं भाया।

मेरे निजी मित्रों में भी बहुत से ऐसे लोग हैं जिन्होंने मेरे जीवन तथा विचारों को प्रभावित किया। उनमें से मैडम जर्मेन डीमेरिया भी एक हैं जो भारत तथा भरतीय संस्कृति व दर्शन को बहुत प्यार करती हैं। दूसरे थे, सरदार के. एम. पणिकर जो पटियाला की रियासती सेवा में मेरे सहयोगी मन्त्री भी रह चुके थे और बाद में भारत सरकार की ओर से चीन, मिस्र तथा फ्रांस में राजदूत बनाकर भेजे गए।

मेरे मन में भारतीय महिलाओं के प्रति सदा ही ऊंचे विचार रहे हैं और मेरा हमेशा यह विश्वास रहा है कि एक समय आएगा जब महिलाएं ही देश का नेतृत्व करेंगी। और मेरी यह भविष्यवाणी सच निकली। श्रीमती इन्दिरा गांधी अब संसार-भर के राजनीतिज्ञों में नाम कमा चुकी हैं।

मदमस्त महारानियां

भारतीय रियासतों की चुनी हुई महारानियों, बेगमों और राजकुमारियों के प्यार तथा यौन-जीवन का सही-सही चित्रण करने के लिए मैंने उत्तर, पूर्व, पश्चिम और दक्षिण भारत की अनगिनत महारानियों, बेगमों और राजकुमारियों में से कुछ ऐसियों को चुना है जिनके पति विदेशों में रहकर विदेशी औरतों के साथ व्यभिचार करते रहे और इस प्रकार इनकी अवहेलना करते रहे। इसके अतिरिक्त ये कुंठित महारानियां उस अत्याधुनिक शिक्षा की देन हैं जो कि इन्हें भारत में तथा इंग्लैंड में अंग्रेज़ शिक्षकों द्वारा मिली।

महारानियों, बेगमों तथा राजकुमारियों, जिनके साथ मेरे पिछले 25 साल से घनिष्ठ सम्बन्ध रहे हैं, के प्रति स्नेह-भाव के कारण ही मैंने उन प्रसंगों को जान-बूझकर टाल दिया है, जो उन्हें कलंकित और अपमानित कर सकते थे। यद्यपि इनके साथ बीते अपने लम्बे सम्पर्क-काल में मैं इनकी अनेक कलंक-कहानियां जानता हूं। वास्तव में ये अपने स्वामियों द्वारा अवहेलित थीं। इनके स्वामी तो अपनी यौन-इच्छाओं की पूर्ति विदेशी औरतों से कर लेते थे और उन पर बेतहाशा दौलत फूंकते थे, मकान, जायदाद, सवारी के घोड़े, कीमती साज़-सामान इत्यादि भेंट में देते रहते थे। जब कि महारानियों, बेगमों और राजकुमारियों को अपने तन की भूख मिटाने के लिए भारतीय और ब्रिटिश अफ़सरों, सचिवों तथा अपने पतियों के मन्त्रियों पर निर्भर रहना पड़ता था।

राजपिपला के महाराजा अपनी ब्रिटिश रखैल के साथ अधिकांश समय लन्दन में ही रहे। और लगभग यही स्थिति थी कपूरथला, मंडी, बड़ौदा, कूचबिहार, पालमपुर, लिमडी, बीकानेर, जयपुर, इन्दौर तथा अन्य अनेक रियासतों के महाराजाओं की।

मुझे यह बात खुलकर स्वीकारनी होगी कि अपने विश्व-भ्रमण के दौरान मुझे भारतीय महारानियों, बेगमों और राजकुमारियों से अधिक सुन्दर और सुसंस्कृत महिलाएं देखने को नहीं मिलीं। सूर्य और चन्द्र वंश तथा अन्य प्राचीन वंशों की वंशज ये महारानियां एकदम पवित्र रक्त से सम्बन्धित हैं। सिर से पैर तक ज़ेवरों से लदी हुई जब ये सामाजिक उत्सवों में दिखाई पड़ती थीं, तो इनकी सुन्दर भारतीय वेशभूषा और गहनों की तड़क-भड़क के बीच इनके सौन्दर्य की बानगी देखते ही बनती थी। उनके बुलबुल के से मीठे स्वर, बात करने की नज़ाकत और चाल-ढाल की अदा निराली होती थी। उस वर्ग की महिलाएं आज यदि देखने को मिलती हैं तो केवल राजस्थान, पंजाब, महाराष्ट्र और गुजरात के कुछ शाही घरानों में। जयपुर की महारानी गायत्रीदेवी तो साकार सौन्दर्य ही हैं। उन्हें देखकर मुझे अर्जेंटीना के भूतपूर्व राष्ट्रपति की पत्नी ईवा पैरोन का आकर्षक व्यक्तित्व याद हो आता है। इवा आज संसार में नहीं हैं परन्तु आज भी अर्जेंटीना के भूतपूर्व राष्ट्रपति की पत्नी ईवा पैरोन का आकर्षक व्यक्तित्व याद हो आता है। इवा आज संसार में नहीं हैं परन्तु आज भी अर्जेंटीना में उसे एक महामानव के तौर पर पूजा जाता है।

महाराजाओं के रनिवास में महारानियों, रानियों, बेगमों और रखैलों को अलग-अलग स्तर का व्यवहार दिया जाता था। महारानियों को तो ब्रिटिश सम्राट द्वारा भी महाराजाओं की वैध पत्नियों के रूप में मान्यता प्राप्त थी जब कि रानियां अपने हाव-भाव की चतुराई द्वारा महाराजाओं के मन जीतकर ही महारानियों के दर्जे तक पहुंच पाती थीं। महारानियों की संतान को ही महाराजाओं की वैध सन्तान के रूप में स्वीकार किया जाता था और उन्हें ही विरासत के अधिकार मिल सकते थे जब कि रखैलों इत्यादि के बच्चों को वैध सन्तान के रूप में स्वीकृत नहीं किया जाता था।

इनके रहन-सहन के भी अलग-अलग स्तर अपनाए जाते थे। पटरानियां शानदार महलों में रहती थीं जब कि रानियों और रखैलों के लिए महलों में एक-एक या दो-दो कमरे निश्चित कर दिए जाते थे। खान-पान, पहरावे तथा ज़ेवर आदि के मामले में भी भेद-भाव बरता जाता था। हर औरत को उसके स्तर के अनुसार ही भोजन आदि दिया जाता था। उदाहरणार्थ महारानियों को सोने की प्लेटों में खाना परोसा जाता था तथा खाने में लगभग पचास से सत्तर

तक अलग-अलग व्यंजन होते थे। रानियां चांदी की प्लेटों में खातीं और उनके व्यंजनों की संख्या 25 से 30 तक निश्चित होती थी। रखैलों को तांबे की प्लेटों में भोजन परोसा जाता और इन्हें दस से पन्द्रह के बीच व्यंजन दिए जाते। इसी प्रकार का भेद-भाव कपड़ों में भी बरता जाता। प्रत्येक महारानी, रानी और रखैल के लिए नौकर-चाकरों का प्रबन्ध भी इसी अनुपात में किया जाता ।

मसूरी में आए दिन पिकनिक के प्रोग्राम हुआ करते थे। इन पिकनिकों में उच्च वर्ग के भारतीय, ब्रिटिश अफ़सर (सैनिक और असैनिक) तथा उनकी औरतें भाग लेतीं। पिकनिक को जाते समय रास्ते के लिए कारों में तरह-तरह की भोजन सामग्री साथ ले ली जाती। जहां तक कारें जा सकतीं, वहां तक तो ये लोग कारों में जाते और उसके बाद घोड़ों, खच्चरों और डांडियों द्वारा रोमांटिक पिकनिक स्थलों पर पहुंचते। हिमालय पर्वत की बर्फ़ ढकी ऊंची चोटियों और चश्मों के आसपास मसूरी से लगभग 10-15 मील के अन्तर पर ये पिकनिक-स्थल थे। वहां सब लोग जी-भरके शराब पीते। ऐसे अवसरों पर महारानियां ही आमतौर पर आतिथेय बनतीं और दिल खोलकर अतिथि सत्कार किया करतीं। दोपहर के भोजन के बाद मेहमान लोग अलग-अलग जोड़ों में बंट जाते। अपनी-अपनी पसन्द के जोड़े इन्होंने पहले से ही चुने होते। पिकनिक-स्थल पर सजी-धजी कनातें लगी होतीं। उन्हीं कनातों में ये मेहमान जोड़े भोजन के बाद आराम करते। क़नातों के अन्दर फ़र्श पर कालीन बिछे होते तथा कलीनों पर रंग-बिरंगे गावतकिए। ब्रिटिश और भारतीय जोड़े दोपहर के भोजन के बाद से लेकर शाम की चाय के समय तक यहीं रहते। सभी आपस में जानते थे कि हर कनात के अन्दर क्या हो रहा है, मगर कोई किसी की मीन-मेख नहीं निकालता, क्योंकि सभी एक ही नाव में सवार होते। एक-दूसरे के रहस्य को रहस्य ही रहने देते। जो महारानियां और राजकुमारियां यहां आई होतीं उनके महाराजा उन दिनों यूरोप में अपनी ब्रिटिश रखैलों के साथ लन्दन और पैरिस की आलीशान अट्टालिकाओं में रास रचा रहे होते थे और इस प्रकार ये महारानियां और राजकुमारियां एकदम उन्मुक्त रूप से मौज़ उड़ातीं।

नवाब के सपनों का महल

दुमस दक्षिण भारत की सचिन रियासत की राजधानी था। सचिन का शासक नवाब हमीदुल्ला खां, पटियाला के महाराजा भूपेन्द्रसिंह का दोस्त था। हमीदुल्ला खां चाहता था कि दुमस को समुद्र तट के एक आकर्षक और सुन्दर सैलानी स्थल के रूप में विकसित किया जाए। इस काम के लिए उसने महाराजा पटियाला से कहकर कुछ दिनों के लिए मेरी सेवाएं मांगी ताकि दुमस के निर्माण कार्य में सहायता दे सकूं। दुमस को वह मोंटेकार्लो तथा लास वैगास की शैली का सुन्दर बन्दरगाह तथा पर्यटक-स्थल के रूप में निर्मित करना चाहता था और वहां पर एक बहुत बड़े होटल, बड़ी-बड़ी सड़कों और पार्कों की योजना थी। दुमस को वह एक ऐसा बन्दरगाह भी बनाना चाहता था जहां पर यात्री-जहाज़ आकर लग सकें। नवाब हमीदुल्ला खां ने इस बारे में जो पत्र मुझे लिखा वह इस प्रकार था–

सिसिल होटल, दिल्ली
24 मार्च, 1937

प्रिय दीवान साहब,

हालांकि मैंने वादा किया था कि पटियाला छोड़ने से पहले आपको पत्र लिखूंगा मगर मुझे समय नहीं मिल सका। मैंने अपने निजी सचिव ठाकुर नटवरसिंह जी को कह दिया था कि वह आपको सूचित कर दें कि महाराजा भूपेन्द्रसिंह ने यह निर्देश दे दिया है कि आप मई के पहले हफ़्ते में दुमस आ सकते हैं। मैंने महाराजा को यह भी बता दिया है कि आप दुमस के मामले में मेरी सहायता करेंगे और महाराजा ने ख़ुशी-ख़ुशी यह बात मान भी ली।

मैं कल फ्रंटियरमेल से दुमस जा रहा हूं। मई में आपका इन्तज़ार रहेगा।

आपका

....

मैं कुछ महीनों तक दुमस में रहा, क्योंकि मुझे समुद्र-किनारे के रमणीय-स्थल-निर्माण का कुछ अनुभव था जो कि मैंने यूरोप में रहकर प्राप्त किया था, इसलिए मैं एक सुन्दर पर्यटक-स्थल की योजना बना सका। मेरे अनुमानों के अनुसार इस पर पच्चीस करोड़ रुपये ख़र्च होने थे। नवाब के पास क्योंकि इस काम के लिए रुपया नहीं था इसलिए उसने बम्बई के कुछ रुपये लगानेवाले सेठों से बात की। उस दौरान नवाब ने मेरी ख़ातिरदारी करने में कोई कसर नहीं उठा रखी। हर शाम वह अपने महल के बाग़ के एक कोने में तीन कुर्सियां डलवा लेता। समुद्र की ओर से आने वाली ठंडी भीगी हवा मंद गति से बह रही होती। उन तीन कुर्सियों पर मैं, नवाब तथा उसकी चहेती बेगम नसीम बैठे होते। शीतल-मन्द-समीर के झोंके समुद्र की लहरों को छूकर हम तक पहुंचते तथा हमारे तन छू-छूकर ताज़गी भर जाते। थोड़ी देर तक हवाख़ोरी करने के बाद तथा इधर-उधर की कुछ बातों के बाद नवाब शराब मंगवाता जिसे मैं और बेगम वहीं बैठकर पीने लगते। शरह के मुताबिक, क्योंकि शराब हराम मानी जाती है, इसलिए नवाब तो शराब से परहेज़ करता, मगर बेगम के मेरे साथ पीने में नवाब को कोई आपत्ति न होती। आमतौर पर यह होता कि रात के दस बजे तक मैं और बेगम शराब के कई-कई जाम पी चुके होते। उसके बाद हम लोग खाना खाते। खाने की मेज़ पर फिर से तरह-तरह की विलायती शराबें पीने को मिलतीं। रात का खाना खा चुकने के बाद नवाब स्वयं तो मुझसे क्षमा याचना कर, सोने चल देते, मगर अपनी बेगम को मेरा मनोरंजन करने के लिए तथा शराब में साथ देने के लिए मेरे साथ छोड़ जाते। बेगम और मैं घंटों बैठे मनोरंजन करते रहते। मझोले क़द और बड़ी-बड़ी आंखों वाली बेगम बहुत ही ख़ूबसूरत औरत थी। उसके शरीर का रंग हाथीदांत की झलक फेंकता था। उसकी उम्र लगभग 27 साल थी। मुस्लिम शाही ख़ानदान की वह औरत मुस्लिम लिबास तथा कीमती हीरे-जवाहरात पहनती थी। वह बहुत सलीकेदार उर्दू बोलती थी। इस तरह बेगम कई हफ़्तों तक रात के समय मेरी दिलजोई करती रही। जब कि दिन के वक़्त वह पर्दे में रहा करती थी और मुझे उससे मिलने की इज़ाज़त नहीं थी।

मैं और नवाब जब रुपया लगाने वाले सेठों की सहायता लेने के लिए बम्बई गए, तो हम ताजमहल होटल में ठहरे थे। नवाब ने ताजमहल होटल में कई शानदार डिनर पार्टियां आयोजित कीं, जिनमें बम्बई के बड़े-बड़े सेठों को निमन्त्रित किया गया, ताकि उनकी मदद से नवाब अपने सपनों का ताजमहल बनवा सके। कभी-कभी नवाब विलिंगडन क्लब में भी पार्टी देता, मगर विलिंगडन क्लब जाने से पहले भी मेहमान लोग ताजमहल होटल में ही शराब पीने के लिए इकट्ठे होते। जब शराब के दौर पूरे हो जाते, तब नवाब अपने मेहमान सेठों में से एक ख़ास व्यक्ति को अपनी कार में अपनी बेगम के साथ विलिंगडन क्लब के लिए रवाना कर देता। यह क्लब ताजमहल होटल से लगभग दस मील के फ़ासले पर है। वह सेठ और बेगम बाक़ी लोगों की अपेक्षा करीब एक घंटे बाद क्लब पहुंचते। बाद में उस सेठ की जुबानी मुझे बेगम के स्नेहमय व्यवहार के बारे में तारीफ़ें सुनने को मिलतीं। और यह भी पता चलता कि रास्ते में वे लोग एक-दो पैग शराब और पीने के लिए सेठ के यहां रुक गए थे। उस ख़ास सेठ का नाम रहमत फ़जल भाई था। फ़जल भाई और बेगम जब क्लब में पहुंचते, तो बहुत ही ख़ुश दिखाई पड़ते। और नवाब उन दोनों की ख़ुशी को ख़ुशी-ख़ुशी स्वीकार लेता तथा उसके चेहरे पर या मन में किसी प्रकार की ईर्ष्या का भाव उत्पन्न न होने पाता। नवाब की यह तरकीब बहुत बढ़िया थी और उसे इससे बहुत लाभ भी पहुंचता, बशर्ते कि वे सेठ लोग नवाब की परियोजना में पैसा लगा देते, परन्तु क्योंकि उन दिनों रियासतों के शासकों के पास तानाशाही अधिकार हुआ करते थे इसलिए बम्बई के सेठ रियासतों में पैसा लगाने में संकोच किया करते थे। बाद में नवाब ने शाही फरमान जारी करके (प्रिंसली ऑर्डर के अधीन) भारतीय रियासतों से धन इकट्ठा करने की कोशिश भी की, परन्तु वह अपने इस प्रयास में भी सफल न हो सका, क्योंकि अन्य रियासतों के शासकों ने इस ओर कोई रुचि नहीं दिखाई थी। मैं इसे नवाब का तथा पूरे देश का दुर्भाग्य ही कहूंगा कि ऐसी आकर्षक योजना क्रियान्वित न की जा सकी। दुमस की जैसी योजना मैंने बनाई थी वह अगर पूरी हो जाती, तो भारत में मोंटेकार्लो, केन्स या लास वैगास के स्तर का एक आकर्षक पर्यटक-स्थल बन गया होता।

अब मैं यहां सचिन के नवाब का वह पत्र उद्धरित कर रहा हूं, जिसमें उसने अपनी बेगम के दुर्घटनाग्रस्त हो जाने की सूचना मुझे दी थी :

बुधवार,
जून 5, 1960

प्रिय जरमनी दास जी,

मुझे याद नहीं कि मैंने आपके ख़तों और तारों के जवाब दिए होंगे कि नहीं। दस दिन पहले बेगम एक दुर्घटना की शिकार हो गई थीं और क्लोरोफ़ार्म सुंघाकर उनका ऑपरेशन किया गया था। तभी से मैं चिंता में पागल हुआ जा रहा हूँ। विश्वास है कि आप मुझे इस चुप्पी के लिए माफ़ कर देंगे। बीस जून दोपहर बाद मैं बम्बई के लिए रवाना हो जाऊंगा।

शेष मिलने पर।

आपका
....

अपनी बेगम की बीमारी को लेकर बाद में नवाब इस हद तक परेशान हो गया कि उसने दुमस की योजना छोड़ दी। मैं भारतीय रियासतों में बीते अपने इस लम्बे सेवाकाल के दौरान जितने भी शासकों के सम्पर्क में आया हूं, उन सबमें अधिक रोमांटिक और शिष्ट व्यक्ति के रूप में मुझे नवाब सदा याद रहेगा। नवाब की मेहमाननवाज़ी भी अपनी ही तरह निराली थी। अपने निजी और अन्तरंग मेहमानों की ख़ातिरदारी में अपनी बेगम के हुस्न तक को लगा देने में वह संकोच नहीं करता था।

महारानी तारादेवी की दुखद रोमांस कथा

तारादेवी चैकोस्लोवाकिया की सुन्दरी थी। कपूरथला के महाराजा जगतजीत सिंह उसे बहुत प्यार करता था और बाद में उसने उसे अपनी महारानियों में शामिल कर लिया था। महाराजा कपूरथला पंजाब की एक महत्वपूर्ण रियासत का शासक था और उसे 17 तोपों की सलामी दी जाती थी। तारादेवी हंगरी के एक काउंट की अवैध सन्तान थी। उसके अवैध पिता ने अपने वैध पुत्र के साथ उसकी शादी करने का वचन दिया हुआ था। कपूरथला का महाराजा जब अपनी यूरोप यात्रा के दौरान प्राग गया हुआ था उन्हीं दिनों उसकी भेंट तारादेवी से हुई। तारादेवी की मां मैडम नीना ग्रोसफ तथा उसकी नानी मैडम पुरा ग्रोसफ की मदद से महाराजा तारादेवी को कपूरथला में महाराजा का मेहमान बनकर आने के लिए राज़ी कर सका था। पहले ज़माने में जिस तरह अन्य यूरोपियन औरतें भारत आया करती थीं, उसी प्रकार ग्रोसफ परिवार की ये औरतें भी कपूरथला आकर जगतजीत महल में ठहरीं। जगतजीत महल देखने में एक छोटा-मोटा 'शी टो डी वर्सेल्स' ही दिखाई देता था। वही शी टो डी वर्सेल्स जो फ्रांस के सम्राटों का निवास स्थान था और जहां कांचों के गलियारे में मेरे सामने पहले विश्वयुद्ध के बाद वर्सेल्स के सन्धि-पत्र पर हस्ताक्षर हुए थे। महाराजा कपूरथला ने तारादेवी को बहुमूल्य रत्न, भव्य वस्त्र तथा अन्य सुन्दर-सुन्दर भेंटें और नक़द रुपया देकर उससे शादी करने की इच्छा प्रकट की थी। उस समय तक तारादेवी को महाराजा की रखैल के रूप में रहते हुए कई महीने बीत चुके थे। इसलिए उसकी मां तथा नानी ने उसे सम्मति दी कि महाराजा का प्रस्ताव स्वीकार कर लिया जाए। विवाह के बाद

महाराजा तारादेवी को लेकर भारत और यूरोप के भ्रमण को निकल पड़ा था। मगर जब इस कांड को लेकर महल में निन्दासूचक खुसफुसाहट होने लगी, तो महाराजा तंग आ गया, क्योंकि तारादेवी के महारानी बन जाने के बाद रियासत के दरबारियों में से कई लोग महाराजा के शत्रु हो चले थे। तारादेवी को महाराजा की निगाह से गिराने के लिए महाराजा के निजी सचिव सरदार मथुरादास तथा कपूरथला रियासत के प्रधानमन्त्री सिकन्दर ने महाराजा को तारादेवी, उसकी मां और नानी के ख़िलाफ़ भड़काना शुरू किया। महारानी को हालांकि हर प्रकार की सुख-सुविधा प्राप्त थी फिर भी वह अपने चारों ओर बने इस प्रकार के वातावरण से तंग आ चुकी थी। मसूरी में जिन रहस्यपूर्ण परिस्थितियों में उसकी मां और नानी की मृत्यु हुई, उसके कारण तारादेवी को बड़ा सदमा पहुंचा था। उसका दिल टूट चुका था और वह अपने जीवन से ऊब गई थी। उसके व्यवहार से ऐसा लगने लगा था कि उसे जीवन में कोई रुचि ही नहीं रह गई। महाराजा से मिलने के लिए भी वह मना करने लगी थी। महाराजा ने इसके बाद कई बार कोशिश की कि वह कुछ रातें उसके साथ बिता सके। उसे हर दृष्टि से ख़ुश करने का भी प्रयास किया, मगर तारादेवी महाराजा के साथ किसी प्रकार का यौन सम्बन्ध रखने के लिए तैयार नहीं हुई, क्योंकि उसके मन में एक वहम बैठ गया था कि उसका भी अन्त वही होने वाला है जो उसकी मां और नानी का हो चुका है।

महाराजा ने अपने निजी चिकित्सक डॉक्टर एम. दास से मशविरा किया कि आख़िर क्या कारण हो सकता है जो महारानी उसके साथ सोने के लिए तैयार नहीं हो पाती। डॉक्टर क्योंकि महाराजा की शारीरिक अयोग्यता से परिचित था इसलिए उसने महाराजा को साफ़-साफ़ बता दिया कि महारानी सेक्स की भूख से परेशान है और महाराजा उसकी भूख को शान्त कर पाने के योग्य नहीं है, इसीलिए उसे महाराजा से वितृष्णा हो गई है और अब वह कभी भी उसके साथ नहीं सो पाएगी।

डॉक्टर ने ही महाराजा को यह राय भी दी कि महारानी को उसकी पसन्द के किसी जवान अफ़सर के साथ कपूरथला से बाहर भेज दिया जाए ताकि उसकी नसों का तनाव कुछ ढीला हो सके। महाराजा ने बे-मन से डॉक्टर की यह राय मान ली और फिर उसके तुरन्त बाद मेजर वाई. बी. सिंह महारानी को

लेकर कुछ दिन हवा बदलने के लिए दिल्ली चला गया। दिल्ली में ये लोग मेडंज़ होटल की सबसे ऊपर मंज़िल पर ठहरे। मगर क्योंकि उस समय तक महारानी की नसों का तनाव बहुत अधिक बढ़ चुका था इसलिए वह मेजर सिंह के साथ भी किसी प्रकार का कोई यौन-सम्बन्ध स्थापित न कर सकी।

दोपहर बाद एक दिन महारानी तारादेवी एक टैक्सी में बैठकर कुतुबमीनार गई। वहां पहुंचकर उसने टैक्सी छोड़ दी और कुतुबमीनार पर चढ़कर नीचे कूद पड़ी। मीनार के दूसरे तल्ले की रेलिंग पर लटकती हुई उसकी लाश मिली। यह था महाराजा के एक और प्यार का दुखद अन्त। तारादेवी को दिल्ली के सेंट जेम्स चर्च के क़ब्रिस्तान में दफ़नाया गया और महाराजा ने उसकी याद में क़ब्र पर एक संगमरमर की समाधि बनवाई और फिर जब-जब भी वह दिल्ली आता, उसकी क़ब्र पर फूल चढ़ाने जाता। किसी यूरोपियन औरत के साथ महाराजा का यह अन्तिम प्रेम-सम्बन्ध था।

कामातुरा पासवानजी

इडर के महाराजा श्री हिम्मतसिंह जी, दौलतसिंह जी राठौर राजपूत थे। उनका जन्म 2 अक्तूबर, 1899 को हुआ था और वे 4 अप्रैल, 1931 की इडर के रियासत के सिंहासन पर बैठे थे। उन्हें 15 तोपों की सलामी दी जाती थी। रियासत की राजधानी हिम्मतनगर थी। महाराजा उसी राठौर वंश के थे जिसके कि जोधपुर के महाराजा थे। 1911 में हिम्मतसिंह जी अपने पिता महाराजा दौलतसिंह जी के साथ ब्रिटेन के सम्राट की ताजपोशी के समय लन्दन गए थे। तब से बराबर हर तीसरे-चौथे साल वह इंग्लैंड जाया करते थे। लन्दन के ब्रिटिश समाज में वह काफ़ी घुल-मिल गए थे और यह सच है कि उनमें ब्रिटिश संस्कृति और ब्रिटिश औरतों के प्रति एक विशेष प्रकार की रुचि उत्पन्न हो गई थी।

लन्दन में जब कुछ अंग्रेज़ औरतों ने उन्हें ठुकरा दिया, तो उन्होंने भारतीय महिलाओं के साथ सम्पर्क बढ़ाने की सोची। यही सोचकर वे अपने लिए उपयुक्त जीवन-संगिनी की खोज में निकल पड़े और आख़िर उन्होंने एक पारसी लड़की को खोज लिया। उस लड़की का नाम नर्गिस था। नर्गिस को उन्होंने अपनी रखैल बना लिया। नर्गिस के क्योंकि पहले ही बहुत सारे प्रेमी थे इसलिए महाराजा के मान-मरतबे और धन-दौलत के लालच में वह बड़ी आसानी से आ गई। महाराजा आख़िरकार उसे अपने महल में ले गया और पासवान जी के रूप में उसे स्वीकृति दिलवा दी। पासवान जी नामक पद भले ही महाराजा की कानूनी पत्नियों से कुछ नीचे का होता था, परन्तु फिर भी उसे विवाहित पत्नी की-सी अर्धसरकारी स्वीकृति प्राप्त थी। इस प्रकार वह पारसी लड़की नर्गिस पासवान जी बन गई और धीरे-धीरे अधिकाधिक सत्ता प्राप्त करती गई। महाराजा से भेंट होने के पूर्व ही पासवान जी से मेरा बहुत घनिष्ठ

परिचय था। कपूरथला स्थित 'अमलतास' नामक मेरे घर में वह कई बार आकर ठहरा करती थी। हालांकि वह महाराजा कपूरथला की मेहमान होती और उसे जगतजीत महल में ठहराने का सारा प्रबन्ध होता। बाद में मैंने ही उसे इडर के महाराजा हिम्मतसिंह जी, दौलतसिंह जी से परिचित कराया था जो कि उसे लेकर यूरोप चला गया। जिस समय महाराजा और पासवान जी यूरोप से भारत के लिए एक स्टीमर पर आने वाले थे, तब महाराजा ने अपने प्राइवेट सेक्रेटरी के रूप में किसी उपयुक्त व्यक्ति के बारे में मेरी सलाह पूछी थी। प्राइवेट सेक्रेटरी की नियुक्ति की तीन शर्तें उन्होंने रखी थीं। पहली यह कि वह व्यक्ति लम्बे कद का हो, दूसरी यह कि हृष्ट-पुष्ट हो और तीसरी यह कि वह ग्रेजुएट हो। मेरा भतीजा रामेश्वरदास क्योंकि ये तीनों शर्तें पूरी करता था इसलिए मैंने उसका नाम सुझा दिया और महाराजा ने तुरन्त उसे अपने प्राइवेट सेक्रेटरी के रूप में नियुक्त कर लिया। इसमें कोई शक नहीं कि पासवान जी ने भी रामेश्वर की नियुक्ति में सहायता दी थी, क्योंकि वह मेरा भतीजा था और पासवान जी को मुझमें पूरा विश्वास था।

कुछ दिन बाद जब इडर के महाराजा के किसी सम्बन्धी की शादी के सिलसिले में कुछ ज़ेवरात ख़रीदने के लिए पासवान जी बम्बई गई, तब उसी ने महाराजा से कहकर उस बात की इज़ाज़त ले ली थी कि रामेश्वरदास भी उसके साथ बम्बई जाएगा। बम्बई में पासवान जी ने लाखों रुपये के ज़ेवरात ख़रीदे और रामेश्वरदास द्वारा जौहरियों को यह कहलवाना चाहा कि बिलों में पच्चीस प्रतिशत और जोड़ दिया जाए। यह अतिरिक्त राशि पासवान जी अपनी कमीशन के तौर पर हथियाना चाहती थी और इसमें से पांच प्रतिशत रामेश्वर को देने का उसने वायदा किया था। पासवान जी क्योंकि, मेरी मित्र थी इसीलिए उसने रामेश्वर को अपना विश्वासपात्र बनाना चाहा था। मगर क्योंकि रामेश्वर की आत्मा को यह सब स्वीकार नहीं हुआ इसलिए उसने हिम्मतनगर लौटकर यह सारा रहस्य महाराजा के सामने खोल दिया। महाराजा ने पासवानजी से जवाबतलबी की। पासवान जी बेतरह रोने लगी और महाराजा के क़दमों से लिपटकर अपनी मासूमियत की दुहाई देती हुई रामेश्वरदास को झूठा साबित करने की कोशिश करती रही। उसके बाद जब महाराजा ने शराब के कुछ पैग पीकर पासवान जी को अपनी गोद में बिठा लिया, तो सारी

बात आई-गई हो गई। महाराजा ने उससे कहा कि वह कभी भी उसकी ईमानदारी पर शक़ नहीं करेगा। रामेश्वरदास को तत्काल नौकरी से निकाल दिया गया और उसे हुक्म दिया गया कि पांच दिन के अन्दर-अन्दर वह रियासत से निकल जाए। इस प्रकार रामेश्वर को अपनी साफ़गोई और वफ़ादारी का इनाम मिला।

रामेश्वर ने मुझे महाराजा के बारे में कई मज़ेदार कहानियां सुनाईं। महाराजा जब स्कॉच नामक अंग्रेज़ी शराब के कुछ पैग पी चुकता, तो वह भिखारियों की तरह अभिनय करने लगता। फटे-पुराने चिथड़े पहनकर तथा अपने बालों में धूल और राख डालकर भिखारी का रूप धर लेता, फिर हाथ में चकचोल लेकर ऊंचे स्वर में कहने लगता, "भिखारी हूं बाबा, ग़रीब आदमी हूं। कई दिन का भूखा हूं, दया करो, एक पैसा दे दो, बाबा!" दरबारी लोग क्योंकि महाराजा की इस आदत से परिचित थे इसलिए वे अपनी-अपनी हैसियत के अनुसार दो-चार-आठ आने या एक रुपया उसकी चकचोल में डाल देते। तब महाराजा उन सबको धन्यवाद देता और झुक-झुककर उसी अंदाज़ में सलाम करता जैसाकि भिखारी लोग किया करते हैं। कुछ समय बाद पासवान जी के प्रति महाराजा का मोह घट गया। यह देखकर पासवान जी ने खुद ही महाराजा के ऐश के लिए चालू क़िस्म की अंग्रेज़ और एंग्लो-इंडियन छोकरियों का प्रबन्ध करना शुरू कर दिया। बम्बई-स्थित इडर महल में शानदार दावतें दी जाने लगीं। उन दावतों में मुझे भी बुलाया जाता। इडर महल की दावतों में भाग लेने वाले लोग अधिकतर रेस खेलने के शौक़ीन तथा समाज के अपेक्षाकृत छोटे दर्जे के लोग ही होते, क्योंकि बम्बई और पूना के उच्च वर्ग के लोग पासवान जी से मेल-मिलाप बढ़ाना नहीं चाहते थे। सुसंस्कृत तथा अत्यधिक नैतिक पारसी समाज ने तो पासवान जी का बहिष्कार ही किया हुआ था।

इडर के महाराज की विचित्र आदतें थीं। कई बार शराब के नशे में वह सुबह चार बजे ही अपनी सेना की गारदों को बुलवा लेता और उन्हें अपने सामने परेड करने का आदेश देता। परेड के आदेश देते समय अपने मुंह से कहता रहता–बाएं चलो, दाएं चलो, बाएं, दाएं इत्यादि। गारदों की परेड के बाद वह सुबह-सुबह ही अपने महल के बाहर घास पर लोटनियां लगाने लगता और

किसी को यह साहस न हो पाता कि महाराजा को वहां से उठाकर उनके शयन-कक्ष तक पहुंचा दे। पासवान जी भी ऐसे में उसे मना-मनाकर हार जाती।

पूना, कलकत्ता, बम्बई और बंगलौर की रेसें खेलने में ही महाराजा अपना समय बिताता। रियासत का कामकाज देखने के लिए वह बहुत थोड़ा समय देता।

एक बार जब वह पूना में था, तो ब्रिटिश रेज़िडेंट ने उससे मिलने की इच्छा प्रकट की। महाराजा के हाथ-पैर पड़ गए। उसने किया यह कि अपने मुख्यमन्त्री को रेज़िडेंट से मिलने भेज दिया और स्वयं पासवान जी को लेकर एक कमरे में बन्द हो गया। वाइसराय, ब्रिटिश रेज़िडेंट तथा भारत सरकार के कुछ अन्य अधिकारियों के सम्मान में आयोजित सार्वजनिक सभाओं में वह पासवान जी को सामने नहीं आने देता था।

पासवान जी का पद एक रखैल से ऊंचा था और वैध पत्नी के पद के बराबर का।

पासवान जी धन बटोरती रही। महाराजा से मूल्यवान उपहार प्राप्त करने के अलावा वह जौहरियों और ठेकेदारों से कमीशन तथा रिश्वत के रूप में रुपए ऐंठती रही।

पासवान जी में एक बहुत बड़ी ख़ूबी यह थी कि वह अपने पुराने प्रेमियों को कभी नहीं भूलती थी। जब भी कभी उससे मिलने या उसके साथ सोने का अवसर मिलता, वह कभी संकोच न करती। इडर के महाराज से मिलने के पूर्व उसके कई प्रेमी थे। अपने उन प्रेमियों पर वह बराबर अपनी मेहरबानियां निछावर करती रही। तन और मन दोनों देती रही। आमतौर पर होता यह है कि जब औरतें समाज में कहीं ऊंची उठ जाती हैं, तो वे अपने पुराने दोस्त और प्रेमियों को भूल जाती हैं। मगर पासवान जी ऐसी नहीं थी।

पासवान जी के प्यार के यह सारे खेल आमतौर पर बम्बई स्थित इडर महल में ही खेले जाते। रियासत के लिए चीज़ें ख़रीदने वह अक्सर बम्बई जाती रहती और यहां का महल प्यार के इन खेलों के लिए बहुत सुरक्षित था, क्योंकि इस महल की एकान्तता के कारण उसका कोई भेद खुलने का ख़तरा नहीं था।

दो कामुक बहनें

जसदान की रानी माधवी पश्चिम की एक रियासत जसदान के राजा सरदार श्री अलावाज सूरी की पत्नी है। उसकी पुत्री गीता कपूरथला की महारानी है जिसकी शादी महाराज कुमार सुखजीतसिंह सरीखे सभ्य और सुसंस्कृत व्यक्ति से हुई। सुखजीतसिंह आजकल भारतीय सेना में कर्नल है। जसदान की रानी कुंवर गम्भीरसिंह की तीन सुन्दर पुत्रियों में से एक थी। गम्भीरसिंह हिमालय की एक रियासत जुब्बल के राजा के निकट सम्बन्धी थे। जसदान की रानी की बड़ी बहन राजकुमारी वृन्दा का विवाह कपूरथला के महाराजा परमजीत सिंह के साथ हुआ। परन्तु परमजीतसिंह के महाराजा बनने से पहले ही वृन्दा का देहान्त हो गया और वह कभी महारानी नहीं बन सकी।

परमजीतसिंह के पिता महाराजा जगतजीतसिंह को फ्रांसीसी भाषा तथा फ्रांसीसी सभ्यता के साथ विशेष लगाव था। उसने ही कुंवर गम्भीरसिंह की बड़ी बेटी वृन्दा को अपने बेटे के लिए मांगा था। गम्भीरसिंह यह प्रस्ताव तुरन्त मान गए, क्योंकि उनका परिवार उन दिनों घोर आर्थिक संकटों में से गुज़र रहा था। उसके लिए यह एक वरदान सिद्ध होता कि उसकी बेटी कपूरथला के भावी महाराजा की पत्नी बने। लेकिन इस मामले को लेकर गम्भीरसिंह की जुब्बल के राजा के साथ तनातनी हो गई। जुब्बल का राजा यह नहीं चाहता था कि वृन्दा की शादी कपूरथला रियासत के भावी शासक के साथ हो, क्योंकि जुब्बल का राजा अपने आपको पवित्र रक्त का राजपूत मानता था। वह कपूरथला के राज परिवार को घृणा की दृष्टि से देखता था, क्योंकि यह परिवार नीच जाति के शराब बेचने वालों की जाति का था। वृन्दा को तुरन्त बाद कपूरथला के महल में ले जाया गया और फिर पैरिस भेज दिया गया। पैरिस में वह राजकुमारी अमेडेडी ब्रोगली के साथ ठहरी। राजकुमारी अमेडेडी फ्रांस

के शाही परिवार की थी। उसके सम्पर्क में आकर थोड़े ही समय में वृन्दा ने फ्रांसीसी और अंग्रेज़ी भाषा बोलनी शुरू कर दी।

इस प्रकार वृन्दा यूरोपियन संस्कृति में ढली एक आधुनिक लड़की बन गई। पैरिस से लौटने के बाद वृन्दा का विवाह परमजीत से कर दिया गया। विवाह कपूरथला के नवनिर्मित जगतजीत महल में बड़ी शानो-शौकत के साथ हुआ और उसमें भाग लेने के लिए ब्रिटिश सम्राट के प्रतिनिधि, भारत के महत्वपूर्ण महाराजे तथा अन्य सैकड़ों भारतीय और यूरोपीय मेहमान आए। राजकुमारी अमेडेडी ब्रोगली तथा महाराजा के अन्य कई फ्रांसीसी मित्र भी कपूरथला आए। महत्वपूर्ण मेहमानों को अलग-अलग स्थानों पर ठहराया गया। बाक़ी सबको महल के पार्क में लगे एक बहुत बड़े शामियाने में। इस विशाल शामियाने के बीच छोटे-छोटे तम्बुओं की कई कतारें बनाई हुई थीं। उस सारे पंडाल की सज-धज देखकर रात के समय परियों के देश का आभास होता था।

अपने विवाहित जीवन-काल में वृन्दा ने एक के बाद एक चार पुत्रियों को जन्म दिया। परन्तु महाराजा अपने वंश को चलाने के लिए पुत्र चाहते थे इसलिए उसने अपने बेटे परमजीतसिंह को दूसरा विवाह करने की सलाह दी। राजपूत परिवार की एक राजकुमारी का चुनाव भी कर दिया। आगे चलकर यही राजकुमारी जब परमजीतसिंह क़ी पत्नी बनी तो उसके गर्भ से पुत्र उत्पन्न हुआ जिसका नाम सुखजीतसिंह रखा गया। परमजीतसिंह और वृन्दा के बीच सम्पर्क बहुत अरसे से ख़राब चल रहे थे इसलिए दोनों ने अपने जीवन का अलग-अलग रास्ता चुन लिया था।

वृन्दा अपने गर्म मिज़ाज के कारण रियासत के अधिकारियों तथा अपने सम्बन्धियों के बीच बदनाम थी। रियासत की ओर से उसे एक अच्छी-ख़ासी रकम भत्ते के रूप में मिला करती थी और साथ ही एक खूबसूरत बंगला भी मिला हुआ था। यह बंगला कपूरथला महल से चार मील के अन्तर पर बेन नदी के तट पर बना हुआ था। वृन्दा फ्रांस गई, उत्तर तथा अक्षिण अमरीका में घूमी तथा और भी कई देशों का दौरा किया। काफ़ी-काफ़ी देर तक वह अपने यूरोपियन और अमरीकी दोस्तों के साथ रहती रही। उसकी गतिविधियों पर कोई रोक-टोक नहीं थी। वह जब चाहती कपूरथला से बाहर जा सकती थी और जब मन होता, लौट आती। न तो महाराजा उसमें कोई रुचि लेते और न उसका पति परमजीतसिंह।

अमरीका तथा दक्षिण अमरीकी देशों के अय्याश लोगों के साथ वृन्दा क्या-क्या कुछ करती रही यह उसका निजी मामला था और मैं उसके निजी जीवन में हस्तक्षेप नहीं करना चाहता। लेकिन मैंने इतना ज़रूर सोचा था कि वह अपनी शिक्षा-दीक्षा के बल पर भारत में रहकर भी कोई उपयोगी काम कर सकती थी, परन्तु उसने ऐसा न करके दुनिया-भर की राजधानियों में घूम-घूमकर रंगरेलियां मनाई और बेकार पैसा फूंका।

वृन्दा उन औरतों का ज्वलन्त उदाहरण है जो यूरोप में शिक्षा प्राप्त करने के बाद अपने राष्ट्र के लिए बोझ बन जाती है। वृन्दा भारत लौटी तो ज़रूर मगर कुछ ही दिन कपूरथला में रहने के बाद वह फिर लौट गई–सदा के लिए अमरीका में बसने।

माधवी अपनी बहन वृन्दा के साथ कपूरथला में ही रहा करती थी। उसके भाई कुंवर महेन्दरसिंह और कुंवर राजिन्दरसिंह उसे प्यार में काजू कहकर पुकारा करते थे। बाद में इसी माधवी की शादी जसदान के राजा से हुई थी। माधवी के अपनी रियासत के कई अधिकारियों के साथ बड़े ही मित्रतापूर्ण सम्बन्ध थे। ख़ासतौर पर युवराज के निजी सचिव सरदार भरपूरसिंह तथा अपने देवर के साथ। माधवी और सरदार भरपूरसिंह के बीच चलने वाले प्रेमालाप तो मैंने कपूरथला महल के अपने कार्यालय में बैठे हुए टेलीफोन पर सुने थे। बाद में उसकी शादी जसदान के सरदार श्री कच्छार-अला वाजौर के साथ हो गई।

चाहे जो भी कारण रहा हो, रानी माधवी का जसदान के राजा के साथ निर्वाह नहीं हो सका। माधवी के साथ शादी करने से पहले राजा की एक और पत्नी भी थी और उससे एक बेटा भी था, जिसे जसदान रियासत का वारिस घोषित किया जा चुका था। माधवी ने जसदान छोड़कर नई दिल्ली के सुन्दर नगर इलाक़े में रहना शुरू कर दिया था। दो दशक तक लगातार राजा और उसकी पटरानियों के बीच तनातनी चलती रही। बाद में माधवी और राजा के बीच क़ानूनी तौर पर सम्बन्ध-विच्छेद हुआ।

जसदान का राजा केवल एक बार दिल्ली आया और वह भी तब जब माधवी से उत्पन्न उसकी बेटी गीता की शादी कपूरथला के सुखजीतसिंह के साथ हुई थी। महाराजा को उन दिनों लकवा मार चुका था और उसे स्टेचर में

डालकर होटल लाया गया ताकि वह अपनी लड़की की शादी में शामिल हो सके। मुझे भी उस शादी में निमन्त्रित किया गया था। इस शादी के सिलसिले में अशोका होटल में पार्टी दी गई थी जिसमें लगभग एक हज़ार मेहमान बुलाए गए। जसदान के राजा की शारीरिक अक्षमता को देखकर उस समय दया आ रही थी, मगर माधवी एकदम प्रसन्नचित घूम रही थी। उस समय वह अपने नेपाली मित्रों की ख़ातिर करने में व्यस्त थी। मेहमानों में से कुछ लोगों ने मुझे बताया कि आजकल माधवी नेपानी दोस्तों पर ख़ासतौर से मेहरबान है। अपनी जवानी के दिनों में माधवी की दोस्ती आन्द्रे शौफ नामक एक फ्रांसीसी जौहरी के साथ थी। वह जौहरी इसे कीमती जवाहरात भेंट किया करता था। जसदान का राजा अपने जीवन के कष्टपूर्ण अन्त के कारण बहुत दुखी था तथा अपनी रानियों द्वारा पूरी तरह अवहेलित। लकवे ने उसे बेकार कर डाला था और इसी बीमारी में आख़िर उसकी मृत्यु हो गई।

वासनामयी राजमाता

सर सी.पी. रामास्वामी अय्यर एक बहुत बड़ा विद्वान, सुधारक तथा प्रसिद्ध राजीनीतिज्ञ था। कई वर्षों तक ट्रावंकोर के दीवान की हैसियत से उसने बड़े-बड़े सुधार किए। उस ज़माने में प्रथा थी कि जब भी कोई औरत महाराजा, दीवान या किसी ब्राह्मण को देखे, तो अपनी अंगिया उतारकर छातियां नंगी कर ले। सर सी.पी. ने इस परम्परागत प्रथा को समाप्त कर दिया। उसने आदेश दिया कि महाराजा, दीवान या ब्राह्मण को देखते समय कोई औरत अपनी अंगिया न उतारे। त्रिवेन्द्रम में यह बात आमतौर पर सुनी जाती है कि जब भी सर सी.पी. किन्हीं ऐसी औरतों के सामने पड़ जाते थे जिनकी छातियां नंगी होतीं, तो वे उन्हें ढकने के लिए अपने घाघरे उठाकर छातियां तक तान लिया करती थीं ताकि दीवान के आदेशों का पालन हो सके। यह अलग बात थी कि इस सरकारी आदेश का पालन करने के चक्कर में वे नीचे से नंगी हो जाती थीं।

सर सी.पी. रामास्वामी को ऐसा आदेश जारी करने का निर्देश भारत के वाइसराय तथा इंग्लैंड के सम्राट से प्राप्त हुआ था, क्योंकि उनके पास यहां की ईसाई जनता की ओर से ये शिकायतें पहुंची थीं कि उन्हें अपनी संस्कृति और धर्म के विरुद्ध बड़े लोगों के सामने अपनी छातियां नंगी करनी पड़ती हैं। वाइसराय तथा सम्राट को ट्रावंकोर के ईसाइयों की ये शिकायतें उचित लगीं और उन्होंने सर सी.पी. रामास्वामी अय्यर को उस प्रथा का अन्त करने के लिए सुझाया था।

रियासत का महाराजा क्योंकि नाबालिग था इसलिए महारानी सेथु लक्ष्मीबाई रियासत की रीजेंट थी। ट्रावंकोर में प्रचलित मातृसत्ता प्रणाली के अनुसार महाराजा की मां रीजेंट नहीं बन सकती थी, बल्कि महाराजा की बुआ को ही यह अधिकार पहले पहुंचता था। सर सी.पी. रामास्वामी कई वर्षों तक

वाइसराय की कार्यकारी परिषद के सदस्य रह चुके थे तथा वाइसराय की पत्नी लेडी विलिंगटन के साथ उसके बहुत घनिष्ठ सम्बन्ध थे। मैंने उसे कई बार नई दिल्ली के इम्पीरियल होटल में देखा था तथा टेलीफोन पर लेडी विलिंगटन के साथ लम्बी-लम्बी प्रेम-वार्ताएं करते सुना था।

ट्रावंकोर के महाराजा की मां महारानी सेथु पार्वथीबाई प्रसिद्ध सुन्दरी थी। सर सी.पी. रामास्वामी अय्यर ईसाई संगठन की ओर से एक महत्वपूर्ण मुकदमे की पैरवी के सिलसिले में त्रिवेन्द्रम आया और सरकारी हैसियत से रियासत की रीजेंट महारानी सेथु लक्ष्मीबाई से मिला। वहीं सर सी.पी. ने महारानी पार्वथीबाई को देखा और देखते ही उस पर मोहित हो गया। बाद में उसने वाइसराय की सहायता से कुछ ऐसा प्रबन्ध करा लिया कि वह ट्रावंकोर का दीवान नियुक्त होकर आ गया। उन दिनों यही प्रथा भी थी कि महत्वपूर्ण रियासतों में दीवान की नियुक्ति के लिए वाइसराय की स्वीकृति लेनी पड़ती थी।

महारानी पार्वथीबाई ने सर सी.पी. के प्यार का प्रत्युत्तर भी दिया और बहुत जल्दी ही महारानी तथा सर सी.पी. परस्पर प्रगाढ़ प्रेम-पाश में जकड़ गए। यहां तक कि उनके प्यार की कहानी रियासत में हर किसी की ज़बान पर थी। राजनीतिक क्षेत्रों में भी यह कहानी फैली और वाइसराय-भवन तक भी पहुंची। मगर दीवान क्योंकि शक्तिशाली था और महाराजा की मां महारानी पार्वथीबाई का प्रभाव क्षेत्र भी पर्याप्त विस्तृत था इसलिए किसी को उनके विरुद्ध उंगली उठाने का साहस नहीं होता था। लेकिन रियासत की जनता सर सी.पी. और महारानी पार्वथीबाई के बीच खुले रूप में चलने वाले इन अनैतिक सम्बन्धों को देखकर जल्दी ही क्षुब्ध हो गई। सर सी.पी. से लोग घृणा करने लगे थे। इसलिए जब सर सी.पी. ने युवक महाराजा से परामर्श किए बिना ही ट्रावंकोर रियासत को स्वतन्त्र घोषित कर दिया, तो लोगों को सर सी.पी. पर सन्देह हो आया। रियासत की जनता ने यह मांग की कि दीवान को तत्काल कार्य-मुक्त कर दिया जाए, परन्तु क्योंकि दीवान को महाराजा की मां का समर्थन प्राप्त था इसलिए वह अपने पद पर बना रहा और तब तक बना रहा जब तक कि एक व्यक्ति ने उसे जान से मारने की कोशिश की। इस आक्रमण में सर सी.पी. की नाक और ओठों पर गहरे घाव आए और वह अपनी जान बचाकर वहां से भाग निकला। महाराजा ने दिल्ली में केन्द्रीय गृहमन्त्री सरदार

वल्लभभाई पटेल से मिलनें के बाद रियासत को भारत में मिलाना स्वीकार कर लिया और ऐसा स्वीकार करते समय महाराजा ने सरदार पटेल से कहा था कि जब तक मेरे भगवान पद्मनाभन यह चाहते रहेंगे कि मेरी रियासत भारत में शामिल रहे तब तक मैं भारत से अलग होने की बात नहीं मानूंगा। कहा जाता है कि इस पर सरदार पटेल ने महाराजा से कहा कि मैं इस महत्वपूर्ण मामले पर भगवान पद्मनाभन से परामर्श करूंगा तथा महाराजा की ओर से अपने प्रार्थना-कक्ष में बैठकर भगवान से वार्तालाप करूंगा। सरदार पटेल कुछ देर प्रार्थना-कक्ष में बैठकर बाहर आए और उन्होंने महाराजा से कहा कि भगवान पद्मनाभन इस बात पर राजी हो गए हैं कि ट्रावंकोर रियासत भारत में शामिल हो जाए। इस पर महाराजा के पास कोई भी बहाना नहीं बचा और उसने रियासत के विलीनीकरण के काग़ज़ात पर तत्काल हस्ताक्षर कर दिए।

सर सी.पी. रामास्वामी अय्यर ने लन्दन में होनेवाली गोलमेज़ कान्फ्रेंस की दो बैठकों में ट्रावंकोर रियासत का प्रतिनिधित्व किया था। महारानी सेथु पार्वथीबाई, सर सी.पी. रामास्वामी अय्यर और मैं एक साथ जहाज़ में सफ़र कर रहे थे। हम लोग पहली गोलमेज़ कान्फ्रेंस के बाद भारत लौट रहे थे। महारानी भी सर सी.पी. के साथ लन्दन गई हुई थी। जहाज़ में तीन-चार केबिन साथ-साथ बने हुए थे और हर केबिन में बड़े-बड़े शयन-कक्ष और ड्राइंग-रूम थे। असल में जहाज़ का एक पूरा कोना ट्रावंकोर की महारानी और सर सी.पी. के लिए आरक्षित था। वे लोग कतई भी गुप्त रूप से नहीं रह रहे थे और सबके सामने खुलेआम एक-दूसरे की बांहों में बाँहें डालकर डैक पर घूमते और अपने कमरे के दरवाज़े खोलकर एकसाथ बैठकर शराब पीते। ज़हाज़ में इस बात की कोई चिन्ता नहीं करता कि दूसरे मुसाफ़िर क्या कर रहे हैं, क्या नहीं। सर सी.पी. और महारानी खुलकर अपने प्यार का यह खेल दिन-रात खेलते रहे और जहाज़ के सारे मुसाफ़िर यह खेल देखते रहे। ट्रावंकोर लौटकर महारानी पार्वथीबाई वादियार महल में अपने बेटे ट्रावंकोर के महाराजा के साथ रहने लगी और सर सी.पी. अक्सर वहां आने-जाने लगे। महाराजा क्योंकि नाबालिग था, इसलिए सर सी.पी. रामास्वामी अय्यर और महारानी का वह प्यार निर्विरोध चलता रहा।

ट्रावंकोर दक्षिण भारत की एक महत्वपूर्ण रियासत थी और उसके महाराजा का नाम था : 'हिज हाइनेस पद्मनाभ दासा वांची पाला सर रामा वर्मा

कुलशेखरा कीर्तिपति मन्नै सुल्तान महाराजा राजा राम राजा बहादुर शाम शमशेर जंग सी॰ सी॰ आई॰ महाराजा ऑफ ट्रावंकोर और इस महाराजा को सलामी दस तोपों से दी जाती थी।

ट्रावंकोर भारतीय रियासतों में धुर दक्षिण की रियासत थी और भारतीय प्रायद्वीप के दक्षिण-पश्चिमी भाग में फैली हुई थी। इसके उत्तर की ओर कोचीन रियासत तथा कोयम्बतूर नामक ज़िला था। रियासत का शासक क्षत्रिय वंश से सम्बन्धित था और इस क्षत्रिय वंश की जड़ें दक्षिण भारत के प्राचीन चेरा सम्राटों तक फैली हुई थीं। प्राचीनकाल के प्रमुख नगर तिरुवांकोडु पर ही इस रियासत का नाम ट्रावंकोर पड़ा था। वह प्राचीन प्रमुख नगर आजकल एक छोटा-सा कस्बा है। इस राज-परिवार पर विरासत सम्बन्धी वही प्राचीन विधान लागू होता है जिसका नाम 'मारुमकाथायन विधान' था। इस विधान के अनुसार वंश-परम्परा महिलाओं की ओर से गिनी जाती है। एक प्रकार से यह मातृ-सत्ता प्रधान परम्परा है। इस वंश को चलाने के लिए विरासत सम्बन्धी अधिकारों को मान्यता देने के विचार से अर्ल केनिंग के हस्ताक्षरों से एक विशेष सनद जारी की गई। सन् 1900 में सेथु लक्ष्मीबाई और सेथु पार्वथीबाई को अटिंगल की रानियों के रूप में अपना लिया गया। उसे पहली सितम्बर, 1924 को महारानी पद प्रदान किया गया। बड़ी महारानी का ब्याह मई, 1906 में राम वर्मा के साथ हुआ। राम वर्मा केरल वर्मा वलियाकोयल तानपुरन का भतीजा था। महारानी पार्वथीबाई का विवाह रवि वर्मा के साथ अप्रैल, 1907 में हुआ। रवि वर्मा कोलिअम्मानुर वंश से थे। बड़ी महारानी के दो बेटियां हुईं–एक 30 दिसम्बर, 1923 को और दूसरी 3 अक्तूबर, 1926 को। महारानी सेथु पार्वथीबाई के दो लड़के और एक लड़की थी। एक लड़का 17 नवम्बर, 1912 को तथा दूसरा 22 मार्च, 1922 को हुआ। बड़े लड़के को 'महाराजा' तथा छोटे लड़के को 'एलाया राजा' कहा गया। लड़की का जन्म 17 सितम्बर, 1912 को हुआ था। महाराजा की इसी बहन कार्थिका थिरुमल की शादी जनवरी, 1934 में पुंज्यार वंश के गोदा वर्मा राजा के साथ हुई। अटिंगल की बड़ी रानी को औपचारिक रूप से 'हर हाइनेस' की उपाधि दी गई थी और फिर मार्च, 1933 में ट्रावंकोर के महाराजा की मां को भी 'हर हाइनेस' की उपाधि दे दी गई, यद्यपि वह प्रवर महारानी नहीं थी।

शासकों में फूट डालने की नीति

भारत में ब्रिटिश हुकूमत के दौरान मैसूर रियासत सबसे अधिक प्रगतिशील रियासत थी। इसका समुचित संविधान था तथा निर्वाचित सदस्यों की विधानपरिषद थी, जो कि रियासत की सरकारी नीतियां निर्धारित किया करती थी। मैसूर का महाराजा कृष्णराजा वाडियार बड़ा ही सन्त स्वभाव का शासक था। प्रजा को उसमें आस्था थी, हर कोई उसे चाहता था। वह एक आदर्श शासक माना जाता था, परन्तु उसने रियासत के प्रशासन का सारा काम दीवान के हाथों में सौंप रखा था। इसलिए दीवान ही असल में रियासत पर हुकूमत किया करता। प्रसिद्ध इंजीनियर डॉक्टर एम. विश्वेश्वरैया, सर एलबियन बनर्जी तथा अन्तिम दीवान मिर्ज़ा मुहम्मद इस्माइल जैसे योग्य व्यक्ति इस रियासत के दीवान रहे। इन दीवानों में से हर किसी का प्रशासन चलाने का अपना-अपना ढंग था तथा इनके पास पूरी-पूरी सत्ता थी। महाराजा तो नाममात्र का ही शासक रह गया था। विधानसभा की आड़ में ही दीवान ने सत्ता हथिया ली थी और वह इस सीमा तक सत्तावान हो गया था कि सब कुछ कर सकता था, मानो कोई संविधान न हो और किसी विधानसभा का कोई अस्तित्व ही न हो। विधानसभा द्वारा पारित किया गया कोई सुधार सम्बन्धी प्रस्ताव क़ानून के रूप में लागू कर दिया जाता था। ब्रिटिश सत्ता के चरमोत्कर्ष के उन दिनों में भी मैसूर को प्रजातन्त्रवादी रियासत के रूप में माना जाता था और यह समझा जाता था कि वहां जनता की आवाज़ सुनी जाती है। मगर असल में स्थिति यह थी कि दीवान की तानाशाही प्रायः जनता की आवाज़ को कुचलती रही।

सर मिर्ज़ा इस्माइल बड़ा ही घाघ किस्म का राजनीतिज्ञ था। उससे मेरे व्यक्तिगत सम्पर्क थे और मैं उसे बड़ी अच्छी तरह जानता था। लन्दन में हुई गोलमेज़ कांफ्रेंस के समय भी हम दोनों इकट्ठे थे। पैरिस की रंगीनियों के बीच भी हम दोनों ने कुछ

समय एक साथ बिताया था। बाद में मैं प्रायः उससे मैसूर, बंगलौर, जयपुर और दिल्ली में मिलता रहा, उसने पन्द्रह साल से अधिक समय तक रियासत पर बड़ी सख्ती के साथ हुकूमत की। प्रशासन सम्बन्धी पूरे अधिकार उसके पास थे। महाराजा तथा राज-परिवार के किसी भी सदस्य को राज-काज के मामलों में किसी प्रकार का हस्तक्षेप नहीं करने देता था, एक प्रकार से तानाशाह बन बैठा था। महाराजा की मदद तथा विधानसभा की आड़ में वह अपनी दीवानगीरी की पूरी अवधि में मनमानी करता रहा। मैसूर और बंगलौर को सुन्दर बनाने का उसे ख़ास शौक़ था। आए दिन नई-नई इमारतें और सड़कें बनवाता रहता, जिस-जिस रियासत का भी वह दीवान रहा वहां-वहां की राजधानियों को उसने नया रूप देने के वही ढंग अपनाए। जयपुर में तो वह दीवान-पद से उन्नति करके प्रधानमन्त्री बन गया था। जयपुर को गुलाबीनगर कहकर पुकारा जाता था। यह नाम यहां की गुलाबी रंग की इमारतों के कारण ही पड़ा था और यह काम भी इसी सर मिर्ज़ा इस्माइल का था। उसने यहां की सड़कों आदि का निर्माण भी बड़े ही योजनाबद्ध ढंग से कराया था। जयपुर की मुख्य सड़क का नाम भी इसने अपने ही नाम पर रखा था।

बंगलौर शहर में तो आए दिन बहुत बड़ी संख्या में ब्रिटिश अफ़सर दौरे लगाते रहते थे। इनमें सैनिक अधिकारी भी होते तथा असैनिक भी। मैसूर रियासत में दशहरे का पर्व बड़ी ही धूम-धाम से मनाया जाता था और यह पर्व यहां की एक विशिष्ट तथा निराली घटना मानी जाती थी। दशहरे के दिनों में यहां देश-विदेश से पर्यटक आया करते थे। दशहरे के अवसर पर मैसूर के राजमहल, यहां की प्रमुख अट्टालिकाओं और सड़कों तथा पहाड़ी पर बने चमुंडी मन्दिर को ख़ासतौर पर रोशनियों से सजाया जाता और महाराजा अपनी पूरी शान-बान के साथ हाथी पर सवार होकर जलूस में उस जगह जाता, जहां राम द्वारा रावण के वध की स्मृतिस्वरूप लंकानरेश रावण का पुतला जलाया जाता था। रियासत की सेना, सैनिक बैंड-बाजे इत्यादि वहां उपस्थित रहते। मैसूर-भर में हर ओर खुशियां मनाई जा रही होतीं, और उस रात राजमहल में एक शानदार दावत का प्रबन्ध किया जाता, जिसमें भारतीय और यूरोपियन दोनों तरह के मेहमान बुलाए जाते। उनका भरपूर मनोरंजन किया जाता। तरह-तरह के भारतीय वाद्ययन्त्रों की धुनें, जलतरंग की मधुर तरंगें और सरकारी बैंडों की आवाज़ें वातावरण में गूंज रही होतीं।

बगंलौर बड़ा ही शानदार शहर था। यहां का वातावरण ही रोमांसपूर्ण था। घुड़-दौड़, बाल-नृत्य तथा अन्य उत्सवों में भाग लेने के लिए अंग्रेज़ पुरुष तथा महिलाएं एकत्र होतीं और ऐसे ही अवसरों पर मैसूर रियासत के राजकुमारों को अंग्रेज़ महिलाओं के घनिष्ठ सम्पर्क में आने का अवसर मिलता। जैसा कि मैं पहले भी कह चुका हूं कि भारतीय इतिहास में यही काल था जब अंग्रेज़ औरतों ने भारतीय राजकुमारों तथा उनके मन्त्रियों और अन्य अफ़सरों के साथ बेझिझक मेलजोल बढ़ाना शुरू कर दिया था। ऐसे में परस्पर प्रेम-सम्बन्ध उत्पन्न हो जाना भी सामान्य-सी बात हो गई थी।

मैसूर के महाराजा का कोई पुत्र नहीं था। इसलिए उसने अपने उत्तराधिकारी के रूप में अपने भाई के एन.आर. वाडियार का नाम घोषित कर रखा था। इसी नाते उसे मैसूर के युवराज का पद-नाम भी दे दिया था। ब्रिटिश सरकार भी उसे युवराज के रूप में स्वीकृति प्रदान कर चुकी थी।

युवराज जवान था, सुन्दर था, अंग्रेज़ औरतें उसकी ओर खिचती थीं। वह भी उनके संग-साथ का आदी हो चुका था। वह उनसे मिलने इंग्लैंड भी जाने लगा था। युवराज की इन्हीं इंग्लैंड यात्राओं के दौरान सर मिर्ज़ा इस्माइल को स्वेच्छापूर्वक रियासत पर हुकूमत चलाने का अवसर मिलने लगा था। दीवान की जनविरोधी तथा रियासत के लिए अहितकर योजनाओं को बेरोक-टोक चलने देने के लिए युवराज का बाहर रहना अनिवार्य था, इसलिए दीवान बराबर युवराज को यूरोप जाने के लिए उकसाता रहता तथा इन यात्राओं के लिए आवश्यकता से अधिक धन की व्यवस्था भी करवा देता, क्योंकि जब-जब भी युवराज यूरोप के दौरे से स्वदेश लौटता, वह रियासत के मामलों में दिलचस्पी लेने लगता और उसकी यह दिलचस्पी दीवान को बहुत ही खलती। दीवान ने महाराजा तथा युवराज के बीच भी तनातनी पैदा करने की कोशिश की। विदेशों में युवराज के चरित्र-सम्बन्धी मनगढ़न्त क़िस्से सुना-सुनाकर वह महाराजा को भड़काने लगा था।

युवराज जिन दिनों लन्दन, पैरिस तथा अन्य यूरोपियन राजधानियों का दौरा कर रहा था, मैं भी उन दिनों यूरोप में ही था। मुझे उसकी गतिविधियों की प्रत्यक्ष जानकारी थी। वह सामान्य व्यवहार में बहुत ही भद्र पुरुष तथा राजकुमारोचित स्वाभिमान भी उसमें था। यूरोप-यात्राओं पर निकले अन्य राजकुमारों की तरह वह

सुरा और सुन्दरी पर धन नहीं लुटाता था। ज़रूरत से ज़्यादा कभी ख़र्च नहीं करता था, लेकिन क्योंकि दीवान युवराज की यूरोप-यात्राओं के दौरान उसकी बदचलनियों के क़िस्से गढ़-गढ़कर महाराजा को भड़काता रहता था, इसलिए युवराज जब भी वापस लौटता, वह महाराजा के तेवर बदले हुए पाता, महाराजा के मन में युवराज के प्रति स्नेह धीरे-धीरे कम होने लगा था।

अपनी अन्तिम यूरोप-यात्रा के बाद जब युवराज भारत लौटा, तो बम्बई में ठहरा। जिस मकान में वह ठहरा था। उसका नाम 'एनकोरेज' था। यह मकान एपोलो बन्दर के सामने स्ट्रेंड स्ट्रीट में था। युवराज ने मुझे भी कुछ सप्ताह बम्बई आकर रहने के लिए निमन्त्रित किया, मैं गया। क्रिकेट क्लब में ठहरा। क्लब का सारा ख़र्च मैं अपनी जेब से करता रहा। मैं युवराज पर बोझ बनना नहीं चाहता था, क्योंकि उन दिनों उसकी माली हालत बहुत पतली हो चुकी थी, दीवान ने उसका सारा ख़र्च बन्द कर दिया था। यहां तक कि उसके डॉक्टरों के बिल तथा हवाई-यात्रा का भाड़ा तक चुकाने से इनकार कर दिया था।

युवराज ने लन्दन-स्थित भारतीय मामलों के राज्यमन्त्री के नाम एक पत्र लिखकर इस बात की शिकायत की। ख़र्च चलाने के लिए वह अपने निजी ज़ेवर तक बेचने की बात बम्बई के कुछ जौहरियों के साथ चला रहा था। मैं युवराज को रोज़ मिलने जाता। अपने भाई मैसूर के महाराजा के साथ हो चुकी तनातनी तथा सर मिर्ज़ा इस्माइल द्वरा बिछाए गए निन्दाजाल के कारण युवराज में जो मानसिक तनाव रहने लगा था उसके कारण उसे दिल की कुछ तकलीफ़ ज़रूर पैदा हो गई थी, मगर वह था पूरे-पूरे होश-हवास में। जब कि दीवान के भड़कावे में आकर मैसूर के महाराजा ने अपने भाई युवराज को पागल करार दे दिया था। युवराज ने अपने मन की भड़ास मेरे सामने निकाली और मुझे कुछ ख़त भी दिखाए, जो कि महाराजा ने उसके नाम लिखे थे।

युवराज को जब अपने भाई के साथ सम्बन्ध ठीक-ठाक होने की कोई उम्मीद नहीं रही, तो उसने मेरी मदद से अपना मामला भारत के वाइसराय, ब्रिटिश सरकार के राजनीतिक मन्त्री सर बर्ट्रेंड ग्लैंसी, महात्मा गांधी तथा अन्य कांग्रेसी नेताओं तक पहुंचाना चाहा। बम्बई में ही युवराज ने कुछ ऐसा पत्र-व्यवहार भी दिखाया जिसमें लन्दन तथा बम्बई के प्रसिद्ध डॉक्टरों ने साफ़-साफ़ लिखा हुआ था कि युवराज क़तई पागल नहीं है। युवराज ने मुझे

सर सुल्तान मुहम्मद-शाह आग़ाख़ान का भी एक ख़त दिखाया। यह ख़त आग़ाख़ान ने युवराज के भाई मैसूर के महाराजा के नाम लिखा था। इस ख़त में युवराज के व्यवहार की भूरि-भूरि प्रशंसा करते हुए यहां तक लिखा हुआ था कि युवराज ने अपने यूरोप प्रवास के दौरान यूरोपवासियों के मन पर भारतीय राजाओं तथा उनके उत्तराधिकारियों की बड़ी सुन्दर छाप छोड़ी है और इस प्रकार पूर्व तथा पश्चिम के बीच आपसी समझ-बूझ पैदा करने में सहायक सिद्ध होते हुए यूरोप पर भारतीय सभ्यता तथा संस्कृति का प्रभाव डाला है।

सर आग़ाख़ान ऐसे महान व्यक्ति के पत्र से अपने भाई के चरित्र की वास्तविक्ता जानकर तो महाराजा का रवैया बदल जाना चाहिए था, लेकिन नहीं बदला, क्योंकि वह अपने दीवान की बातों पर अधिक विश्वास करता था और दीवान का रुख दिनोदिन युवराज के प्रति अधिकाधिक उग्र रूप लेता चला जा रहा था। दीवान नहीं चाहता था कि महाराजा और युवराज के बीच सम्बन्ध सुधरें, क्योंकि ऐसा होने से उन योजनाओं पर पानी फिर सकता था जो कि दीवान सर मिर्ज़ा इस्माइल ने रियासत पर मनमानी हुकूमत करने के लिए बना रखी थीं।

युवराज के जीते-जी ही उसे बता दिया गया था कि अब वह रियासत की गद्दी का हक़दार नहीं रह गया और यह कि उसका पुत्र राजकुमार जय चामराज, जो कि आजकल मैसूर का महाराजा है, अपने ताऊ की मृत्यु के बाद गद्दी पर बैठाया जाएगा। राजकुमार जय चामराज वाडियार ही बाद में मैसूर-नरेश बना तथा भारतीय महाराजाओं में सर्वाधिक प्रसिद्ध भी हुआ। रियासत के भारत में विलीनीकरण के बाद यही महाराजा पहले राजप्रमुख तथा बाद में मैसूर राज्य का राज्यपाल नियुक्त किया गया। यह बहुत बड़ा विद्वान है। इसमें साहित्यिक प्रतिभा है और राज्य की जनता इसे बहुत चाहती है।

युवराज ने इस मामले में क़ानूनी राय जाननी चाही कि उसके पुत्र को महाराजा अपना वारिस घोषित कर सकता है या नहीं। क़ानूनी स्थिति यह थी कि हिन्दू क़ानून के मुताबिक महाराजा केवल युवराज की सहमति से ही ऐसा कर सकता था, क्योंकि युवराज का केवल यही एक पुत्र था और ऐसे मेरे युवराज की अन्त्येष्टि क्रिया करने के लिए कोई और पुत्र नहीं था। जबकि हिन्दू-विधि के अनुसार यह अनिवार्य है कि पिता की अन्त्येष्टि क्रिया पुत्र द्वारा ही की जाए।

जिन दिनों मैं बम्बई में युवराज से मिला, उसका दिल टूट चुका था और वह मैसूर जाने के लिए तैयार नहीं था, क्योंकि वह जानता था कि वहां पर उसके साथ अच्छा सलूक नहीं किया जाएगा और यह कि महाराजा तथा दीवान युवराज के मान-मर्तबे के मुताबिक उसका स्वागत नहीं करेंगे।

जैसा कि ऊपर कहा जा चुका है, युवराज ने मेरे द्वारा अपना मामला भारत सरकार तथा महात्मा गांधी तक पहुंचाने में मदद चाही थी और इस बारे में मुझे पूरे-पूरे लिखित अधिकार दे दिए थे कि मैं जो उचित समझूं करूं। दिल्ली आकर मैंने वाइसराय तथा राजनीतिक मन्त्री और महात्मा गांधी से मुलाक़ात करने की योजना बनाई, परन्तु पूर्व इसके कि मैं इन लोगों से भेट कर पाता, मुझे दिल्ली के इम्पीरियल होटल में रहते हुए ही रेडियो पर यह समाचार सुनने को मिला कि मैसूर के युवराज चल बसे हैं। यह दुखद समाचार सुनकर मुझे बड़ा कष्ट हुआ।

द्वेषवश ही युवराज के मृत शरीर को मैसूर न ले जाकर बम्बई में फूंक दिया गया। हालांकि रियासत के उत्तराधिकारी होने के नाते उसका शव मैसूर ले जाया जाना चाहिए था। इससे भी अधिक अपमानजनक बात यह की गई कि जिस अरथी पर डालकर शव को श्मशानघाट ले जाया गया वह अरथी युवराज के क़द से काफ़ी छोटी थी और शवयात्रा के दौरान शव के पैर अरथी से बाहर लटक रहे थे। बाद में युवराज की अस्थियां मैसूर ले जाई गईं तथा सम्मानसहित एक समाधि भी बनाई गई। इस प्रकार रहस्यपूर्ण परिस्थितियों में मैसूर के प्रतिभाशाली युवराज का अन्त हो गया और फिर महाराजा की मृत्यु के बाद युवराज के पुत्र को मैसूर का महाराजा बनाया गया। उसके पिता के शानदार अतीत की कहानी सुनाने तथा अपनी संवेदना प्रकट करने के लिए मैं उससे मिलने ऊटाकमंड भी गया था।

भारत-स्थित ब्रिटिश अधिकारी भी मिर्ज़ा इस्माइल के हाथों में खेल रहे थे तथा उसकी सनकों को स्वीकृति दे रहे थे जैसा कि मैं अपनी पिछली पुस्तक 'महाराजा' में बता चुका हूं कि रियासतों के महामन्त्री वाइसराय तथा राजनीतिक विभाग के अधिकारियों के हाथों की कठपुतलियां थी, और इस तरह अपने प्रभुओं के इशारों पर नाचने के इनाम के तौर पर ही उसे वह असीम सत्ता प्रदान की जाती थी जिसके बल पर वे भारत-सम्राट की सत्ता को स्थिर रखते

थे। ब्रिटेन के सम्राट को ही भारत सम्राट कहा जाता था। इस सम्राट के दरबार में ही वही तौर-तरीक़े बरते जाते थे जो कि मुग़ल-सम्राटों के काल में प्रचलित थे।

ब्रिटिश सम्राट जार्ज पंचम जब 1911 में भारत आया, तो उसकी ताजपोशी का जश्न मनाने के लिए दिल्ली-दरबार लगा। इस अवसर पर भारतीय रियासतों के सारे शासकों को भी अपने महाप्रभु के आगे अपनी निष्ठा प्रकट करने तथा सलामें झुकाने के लिए पेश होने को कहा गया था। कुछ राजाओं के सामने तो यह समस्या खड़ी हो गई थी कि ऊंचे सिंहासन पर आरूढ़ सम्राट के समक्ष किस प्रकार अपनी निष्ठा प्रकट की जाए, क्योंकि इन्हें सम्राट के समाने झुककर जाना था और फिर उसी तरह सम्राट के सामने झुके-झुके ही सात क़दम पीछे लौटकर अपने स्थान पर बैठना था। स्वयं को सूर्यवंशी तथा राम और कृष्ण की वंश परम्परा के राजा-महाराजा कहने वाले इन शासकों के लिए यह सब वास्तव में बड़ा ही अपमानजनक था।

बड़ौदा नरेश महाराजा सायाजीराव गायकवाड़ का क़िस्सा तो ख़ासा प्रसिद्ध है कि जिस समय वह ब्रिटिश सम्राट के दरबार में पेश होने के लिए गया उस समय न तो अपनी रत्न-जड़ित तलवार साथ ले गया और न ही महाराजोचित वेशभूषा पहनकर। एक सादा-सा सफ़ेद कोट, खुली मोहरी का पाजामा तथा पगड़ी पहनकर ही वह दरबार में चला गया तथा तलवार की जगह लकड़ी की एक छड़ी अपने साथ ले गया था। उसी छड़ी को झुकाकर इसने सम्राट का अभिवादन किया था। इस व्यवहार से सम्राट तथा पूरा ब्रिटिश राष्ट्र तिलमिला उठा था। इस अवसर पर ली गई फ़िल्म जब लन्दन के स्काला थिएटर में दिखाई गई, तब दर्शकों ने चिल्ला-चिल्लाकर महाराजा को 'राजद्रोही' बताते हुए मांग की थी, "इस राजद्रोही को फांसी पर लटका दो! इसे गद्दी से उतार दो।" सिनेमाहाल में मच उठे इस शोर को बड़ी मुश्किल से शान्त किया जा सका था। इस प्रकार ब्रिटिश सरकार ने अपने कठपुतली मन्त्री बैठाकर भारतीय रियासतों के शासकों के हाथों से सत्ता छीन ली थी और उन्हें नपुंसक तथा नाकारा करके डाला हुआ था।

लड़के की वेश-भूषा में महारानी

लार्ड कर्जन ने महाराजा कपूरथला को यूरोप जाने की इज़ाज़त बड़ी मुश्किल से दी थी, मगर उसे अपनी किसी भी महारानी को अपने साथ ले जाने की इज़ाज़त नहीं थी। परन्तु मेरे पिता दीवान दौलतराम की राय से महाराजा ने अपनी जवान महारानी कनारी को अपने साथ ले जाने का प्रबन्ध कर लिया। कनारी को महाराजा बहुत प्यार करता था। मेरे पिता उन दिनों महाराजा के मुख्य सलाहकार थे और लन्दन से बैरिस्टर बनकर आए थे। कनारी क्योंकि महाराजा के साथ महारानी के तौर पर यूरोप नहीं जा सकती थी, इसलिए अचकन, पाजामा और पगड़ी पहनकर एक सिक्ख लड़के की वेश-भूषा में साथ गई। उन दिनों क्योंकि पासपोर्ट लेना नहीं पड़ता था, इसलिए वह लड़के के वेश में भारत तथा यूरोप के सरकारी कर्मचारियों की नज़रों से बचकर यूरोप जा पहुंची। यूरोप प्रवास में महाराजा और महारानी ने खूब मौज़ की। जिस समय उसके सामने कोई और न होता तब महारानी औरतों के कपड़े पहन लेती। फ्रांस के शाही खानदानों के मेहमानों के तौर पर महाराजा और महारानी को ख़ास होटलों में ठहराया जाता। वे लोग महाराजा के इस रहस्य से परिचित थे। महारानी कनारी परम सुन्दरी थी, वह कांगड़ा के राजपूत परिवार की थी। उसके गर्भ से एक पुत्र तथा एक पुत्री का जन्म हुआ। पुत्र का नाम था महाराज कुमार करमजीतसिंह, जो कि एक सुन्दर और सुसंस्कृत राजकुमार था। और पुत्री का नाम था महाराज कुमारी अमृतकौर जिसकी शादी मंडी के राजा जोगिन्दरसेन से हुई। मंडी हिमाचल प्रदेश की एक महत्वपूर्ण रियासत थी। भारत की स्वतन्त्रता के बाद जब रियासतों को भारत गणराज्य में शामिल कर लिया गया, तब मंडी के इसी राजा को भारत के राजदूत के रूप में नियुक्त करके ब्राजील भेजा गया। मंडी के राजा जोगिन्दरसेन के साथ जब 4, 5 और

6 फरवरी, 1923 को महाराज कुमारी अमृतकौर की शादी हुई तब मैं भी वहां मौजूद था। शादी की रस्में पूरे ठाट-बाट के साथ पूरी की गईं। पंजाब के गवर्नर तथा उसकी पत्नी लेडी मैक्लेगन, कई राजे-महाराजे, महारानियां, राजकुमारियां, रियासतों के मन्त्री वगैरा शादी में शामिल हुए। दूल्हे राजा को एक सजे हुए हाथी पर बैठाकर कपूरथला स्टेशन से एक महल तक लाया गया था। आतिशबाजी छोड़ी गई और रोशनी की गई। कपूरथला के राजमहल में शानदार दावतों के दौर भी चले। हज़ारों ग़रीबों को खाना भी खिलाया गया और इनाम भी बांटा गया। आगे महाराज कुमारी अमृतकौर के गर्भ से एक पुत्र का जन्म हुआ, जिसका प्यार का नाम टीबू था। इसे ही बड़े होकर कपूरथला रियासत का महाराजा बनना था। यही सुन्दर राजकुमार पढ़-लिखकर जवान हो गया, मगर उस समय तक उसकी मां पूरे तौर पर शराबी बन चुकी थी। शराब पीने की लत उसे अपनी मां महारानी कनारी से लगी थी। फिर महाराज कुमारी अमृतकौर अमरीका चली गई और बरसों तक वहां अकेली रही। उसने अपने पति से क़ानूनी तौर पर सम्बन्ध-विच्छेद कर लिया था। उसके पति मंडी के राजा ने बाद में राजपिपला के महाराजा के एक निकट सम्बन्धी सरदार पिंकी की लड़की से शादी की।

अमृतकौर की मृत्यु अमरीका में हुई और बड़ी दर्दनाक स्थितियों में हुई। यह था उस नाजोंपली राजकुमारी का दुखद अन्त, जिसकी बुद्धि को पाश्चात्य शिक्षा ने भ्रष्ट कर डाला था।

यूरोप की राजधानियों में कई महीने बिताने के बाद जब महाराजा और महारानी कनारी भारत लौटे और उनका हवाई जहाज़ बम्बई में उतरा तो बम्बई के गवर्नर के सैनिक सचिव ने वाइसराय की ओर से उनका स्वागत किया था। इस स्वागत समारोह में भी महारानी को कोई नहीं पहचान पाया क्योंकि उस समय भी वह सिख लड़के की वेशभूषा में थी। इससे पता चलता है कि उस समय के महाराजा लोग कितने चालाक थे और अपनी सनकें पूरी करने की ख़ातिर वे वाइसराय तथा अन्य सरकारी अफ़सरों की आंखों में किस तरह धूल झोंका करते थे।

जब जिन्ना ने एक व्यभिचारिणी की वकालत की

कपूरथला के महाराज जगतजीत सिंह तथा स्पेन की सुन्दरी अनीता डेलगाडो के प्यार की कहानी भारत, फ्रांस और स्पेन के समाजों में रस ले-लेकर सुनाई जाने लगी थी। यह प्यार सन् 1906 में उस समय शुरू हुआ था जब स्पेन के सम्राट एल्फोन्सो तेरहवें की शादी बटनबर्ग की राजकुमारी विक्टोरिया यूजीन के साथ हुई थी। दो प्राचीन राजघरानों को मिलाने वाली यह शादी बड़ी ही धूमधाम के साथ हुई। ऐसी धूमधाम देखने का अवसर कुछ लोगों को ही मिल पाता है। जहां-तहां से कुछ मेहमान बुलाए गए थे। महाराजा कपूरथला भी इस शादी में शरीक होने के लिए स्पेन गया। शादी की रस्में पूरी होने के बाद महाराजा स्पेन का प्रसिद्ध वार्षिक मेला देखने के लिए सेविल नामक स्थान पर गया। यहीं पर उसकी भेंट अनीता से हुई। अनीता उस समय एक कैबरे नृत्य कर रही थी। लोगों ने महाराजा को बता रखा था कि अनीता-सी सुन्दरी और कहीं नहीं मिल सकती और यह बात सच भी निकली। जिस समय अनीता अन्य नर्तकियों के साथ सामने आई, तो महाराजा ने उसे ध्यान से देखा, मगर उस समय अनीता में उसकी रुचि मामूली, तौर पर ही जग पाई थी। फिर जब अनीता अकेली नृत्य करती हुई सामने आई, तो उसकी सुन्दरता की चकाचौंध में बाक़ी सब नर्तकियां लुप्त हो गईं और महाराजा पूरी तरह अनीता की ओर आकर्षित हो गया। उसके हर हाव-भाव के साथ महाराजा की आंखें बिछती चली गईं। अनीता के उत्तेजक काले केशों में से हज़ार-हज़ार प्रकाश-पुंज छिटकते हुए दिखाई पड़े और उसकी काली आंखों की चौंध में महाराजा चुंधिया गया। उस समय अनीता एक बड़ा ही कामोत्तेजक स्पेनी नृत्य प्रस्तुत कर रही थी।

महाराजा इस लातीनी सुन्दरी पर मर मिटा। अनीता से मिला और मिलने के कुछ ही दिन बाद दोनों में घनिष्ठता उत्पन्न हो गई। यह घनिष्ठता बड़ी तेज़ी के साथ प्यार में बदल गई और महाराज ने अपना प्यार बेझिझक होकर प्रकट कर दिया। अनीता को भी महाराजा के प्रति एक विचित्र प्रकार का आकर्षण अनुभव हो रहा था। अतः उसने महाराजा के प्यार का पूरा-पूरा प्रत्युत्तर दिया, महाराजा ने उसके सामने शादी का प्रस्ताव रखा, तो वह कहने लगी, "अपने पिता की स्वीकृति मिलते ही मैं शादी कर लूंगी।"

तब महाराजा अनीता के साथ उसके पिता के पास गया, मगर पिता ने आशीर्वाद देने के बजाय उसकी बात सुनने तक से इनकार कर दिया। अनीता का पिता अपने शहर की गलियों में उबले हुए आलुओं का खोंचा लगाया करता था और इस धन्धे से जो भी थोड़ा बहुत कमा पाता, उससे परिवार का गुज़ारा नहीं चलता था। इसीलिए वह अनीता की कमाई पर निर्भर था। शादी के बाद क्योंकि अनीता का सहारा छिन जाता, इसलिए वह अनीता की बात सुनना भी नहीं चाहता था।

अन्त में महाराजा ने छः हज़ार डालर का चैक देकर अनीता के पिता की आपत्ति दूर कर दी। मगर उसके बाद कई आपत्तियां उठ खड़ी हुईं। पिता ने पूछा कि महाराज की कोई और पत्नियां तो नहीं हैं? महाराजा ने उत्तर दिया कि तीन हैं और इससे पहले कि महाराजा उसे यह कहकर समझाता कि उन तीनों में से एक भी अनीता-सी सुन्दरी नहीं है, अनीता ने स्वयं ही अपने पिता को आश्वस्त करते हुए कहना शुरू किया कि इस सबसे उसे कोई अन्तर नहीं पड़ेगा, उसे तो महाराजा का गहरा प्यार चाहिए।

कई साल तक अनीता के साथ रहने के बाद महाराजा का मन उससे भर गया, क्योंकि उसे अनीता के चरित्र पर सन्देह हो गया था। यह उन दिनों की बात है जब महाराजा और महारानी लन्दन के सेवाय होटल में ठहरे हुए थे। मैं तथा रियासत के कुछ अन्य अधिकारी भी साथ थे। महाराजा सदा दो शयन-कक्षों का प्रबन्ध किया करता, एक अपने लिए, एक महारानी के लिए और इन दोनों शयन-कक्षों के बीच एक ड्राइंग-रूम था, जिससे गलियारे की ओर रास्ता खुलता था। रात को सोने के लिए महाराजा अपने कमरे में चला जाता। एक रात हुआ यह कि महारानी अपने कमरे से निकलकर होटल में कुछ

मित्रों से मिलने चली गई। लेकिन अपने बिस्तर को कुछ इस ढंग से कर गई जिससे देखने वाले को यह लगे कि वह कम्बल ओढ़कर सोई हुई है। बिस्तर पर कुछ सलवटें भी उभरी हुई थीं और कमरे की बत्तियां भी बुझी हुई थीं। महाराजा का एक नौकर खुशालसिंह काफ़ी रात तक गलियारे में बैठा रहता था। उसने रात के डेढ़ बजे महाराजा को जगाकर बताया कि महारानी इसी होटल में अपने किसी यार से मिलने गई है। महाराजा को पहले से ही इस बारे में शक हो चुका था। उसने महारानी के कमरे में जाकर देखा। वह वहां नहीं थी। फिर महाराजा ने मुझे बुलवा भेजा। रियासत के बाक़ी अफ़सर भी बुलवाए गए। हम लोग बैठकर बेताबी के साथ महारानी के लौटने की प्रतीक्षा करने लगे। साढ़े तीन बजे के क़रीब जब महारानी लौटी, तो उसके तन पर सिर्फ़ ड्रैसिंग गाउन था और उसके बाल बिखरे हुए थे। महाराजा ने उससे पूछा कि इतनी रात गए वह कहां गई थी! महारानी ने कहा कि उसे नींद नहीं आ रही थी इसलिए अपनी फ्रांसीसी परिचारिका के पास चली गई थी। महाराजा ने कहा कि यह बात झूठ है। इस पर महारानी ने बात बदल दी और मेरी तरफ़ देखकर कहने लगी कि वह कुछ पूछने के लिए मेरे कमरे में गई थी। महाराजा ने यह कहंकर उसकी बात काट दी कि हम लोगों में से एक-एक के कमरे में वह खुद होकर आया था। महाराजा ने उससे यह भी कह दिया कि इसी होटल में वह किसी से इश्क़ लड़ा रही है। खुशालसिंह ने इस सारे कांड में खलनायक की भूमिका अदा की थी। वह महाराजा को लेकर पहले ही फ्रांसीसी परिचारिका के कमरे में देख आया था कि महारानी वहां नहीं थी और खुशालसिंह ही महाराजा को लेकर हम लोगों के कमरों में भी हो आया था। महाराजा के कर्मचारियों में एनरिकज़ नाम का एक बूढ़ा ब्रिटिश कर्नल भी था, जो कि महाराना के बड़े बेटों को पढ़ाया करता था। महाराजा ने उसे बुलाकर यह बात बताई। महारानी फ़र्श पर गिरकर ज़ार-ज़ार रोती हुई कहने लगी कि उसने कोई अपराध नहीं किया, कोई बेवफ़ाई नहीं की। मगर महाराजा ने उसकी किसी बात पर विश्वास नहीं किया। उस रात पौ फटने तक यही हृदय-विदारक कांड चलता रहा। महाराजा बेतरह थक गया था। थक-टूटकर वह अपने कमरे में जा पड़ा। मगर जाते समय वह कर्नल एनरिकज़ से कह गया था कि तत्काल ही सम्बन्ध विच्छेद के कागज़ात तैयार कर दिए जाएं।

मोहम्मदअली जिन्ना जो कि बाद में पाकिस्तान का राष्ट्रपति हुआ, उन दिनों उसी होटल में ठहरा हुआ था, क्योंकि जिन्ना और उसकी पत्नी रीता के साथ महाराजा और महारानी के मित्रतापूर्ण सम्बन्ध थे इसलिए उन लोगों ने महाराजा का गुस्सा ठंडा करने की बड़ी कोशिश की, मगर वह अपनी बात पर अड़ा हुआ था।

जब जिन्ना को विश्वास हो गया कि महाराजा अपने फ़ैसले से टस से मस नहीं होगा, तो उसने महारानी के लिए विशेष ख़र्चा बांध देने की बात चलाई और महाराजा से साफ़-साफ़ कह दिया कि वह अपनी पत्नी को तलाक़ नहीं दे सकता, क्योंकि उसने क़ानूनी रूप से शादी की हुई है और क़ानूनी पत्नी को उसकी बेवफ़ाई की ठोस और निश्चित प्रमाण के बिना तलाक़ नहीं दिया जा सकता। जिन्ना का यह स्वभाव था कि अपनी बात न मानने वाले व्यक्ति के प्रति वह बहुत ही मुंहफट होकर बोलने लगता था। यह बातचीत सेवाय होटल में महाराजा के शयन-कक्ष में चल रही थी। उस समय जिन्ना और महाराजा के साथ दोपहर के समय मैं भी मौजूद था। महाराजा ने जिन्ना की राय मानने से साफ़ इनकार कर दिया। जिन्ना ने धमकी दी कि वह महारानी के मुक़दमे की पैरवी भारत के रियासतों के मामलों के मन्त्री के सामने करेगा। एक घंटे तक यह बातचीत चलती रही, जिन्ना क्रोध में उबल रहा था। महाराज तलाक़ लेने की बात पर अड़ा हुआ था और महारानी को कोई भत्ता देने के लिए तैयार नहीं था। जिन्ना गुस्से में उठकर तेज़ क़दमों से अपने कमरे में चला गया। मैं उसके पीछे-पीछे गया। उसने मुझे भी यही कहा कि महाराजा को इस तरह अपनी पत्नी को छोड़ने का कोई हक नहीं है, जब कि इसके पास उसकी बेवफ़ाई का कोई ठोस प्रमाण नहीं है। सिर्फ़ खुशालसिंह की रिपोर्ट काफ़ी नहीं। इससे भी कोई बात नहीं बनती कि वह कुछ घंटों के लिए अपने कमरे से बाहर रही। इन बातों से न तो क़ानूनी आधार बनता है न नैतिक। किसी हालत में यह साबित नहीं किया जा सकता कि वह किसी अनैतिक काम के लिए ही होटल में या कहीं बाहर गई थी।

खुशालसिंह के सिवा हम सबने महाराजा को मनाने की कोशिश की कि वह इतनी-सी बात पर इतना बड़ा क़दम न उठाए, मगर महाराजा ने हमारी बात नहीं मानी। जिन्ना के साथ मेरी व्यक्तिगत मित्रता भी थी। जब भी वह

भारत जाता, तो उसके पीछे उसकी पत्नी रीता की देखभाल करना मेरा काम था। जिन्ना से किए गए वादे के अनुसार ही मैंने पैरिस में रीता की हर सुविधा का ध्यान रखा था और जिन्ना की अनुपस्थिति में उसकी पत्नी का मन बहलाया था। महाराजा की ज़िद को लेकर जिन्ना बहुत ही नाराज़ था। उसने कहा कि हर हालत में महाराजा को तलाक़ का हर्जाना देना ही पड़ेगा।

प्रेमकौर ने महाराजा के कमरों से दूर एक अलग शयन-कक्ष में रहना शुरू कर दिया। उन दोनों के बीच आपसी फ़ैसले की बातचीत चल रही थी। सालाना भत्ते के रूप में एक मोटी रक़म पर बात तय हुई। जिन्ना कामयाब हो गया। उसने महारानी के लिए छत्तीस हज़ार सालाना भत्ता बंधवा दिया। महारानी के गर्भ से पैदा हुए पुत्र अजीतसिंह के लिए भी चौबीस हज़ार सालाना भत्ता निश्चित करा दिया। अजीतसिंह भी नाबालिग था। बाद में महाराजा उसे अपने साथ ले गया। और उसे वे सारी सुविधाएं दीं जो आमतौर पर राजकुमारों को दी जाती हैं। इस प्रकार एक महान प्रेमकथा का अन्त हुआ। महाराजा को यहां तक सन्देह था कि उसके बड़े बेटे महाराजा कुमार महीजीतसिंह के साथ भी प्रेमकौर के यौन-सम्बन्ध थे। महीजीतसिंह पटरानी के गर्भ से था। उसने जब सुना कि प्रेमकौर को इस बुरी तरह से अपमानित किया गया है और उसके साथ उसका नाम भी ऐसे निन्दाजनक प्रसंग में उछाला जा रहा है, तो महीजीतसिंह ने आत्महत्या की धमकी दी थी।

सम्बन्ध-विच्छेद के बाद महारानी मेड्रिड में ही रहने लगी। उसके फ्लैट में हर प्रकार के ऐश्वर्य का सामान बड़े ही कलात्मक ढंग से सज़ा हुआ था। महाराजा के दिए हुए बहुमूल्य रत्न आदि उसके पास थे।

काम-शक्ति के लिए प्रार्थना

प्रेमकौर से सम्बन्ध-विच्छेद करने के बाद महाराजा जगतजीतसिंह ने आरलेटसैरी नामक एक फ्रांसीसी औरत के साथ प्यार की पींगें बढ़ानी शुरू कर दी थीं। यह औरत कई साल तक कपूरथला महल में महाराजा की रखैल के रूप में रही। सर्दियों के कुछ महीने तो वह कपूरथला के शानदार महल में बिताती और फिर गर्मियों में महाराजा के साथ पैरिस चली जाती। इस प्रकार वह साल-भर में लगभग छः महीने तो महाराजा के साथ यूरोप में रहती और तीन महीने भारत में। पैरिस के एक बड़े शानदार इलाक़े में उसने बड़ा ही ठाठदार फ्लैट किराये पर ले रखा था। पाठकों को यह बात मनोरंजक लगेगी कि जितनी भी यूरोपीय महिलाओं के साथ कपूरथला के महाराज या अन्य महाराजाओं के प्रेम-सम्बन्ध चला करते थे, उन महिलाओं के हमेशा ही दो-तीन और प्रेमी भी हुआ करते थे। आरलेटसैरी का भी एक प्रेमी था जो कि पत्रकार था और ब्युनस-आयरस के एक महत्वपूर्ण समाचारपत्र का पैरिस-संवाददाता था।

हर शुक्रवार की रात को महाराजा जगतजीतसिंह अपनी चहेती रखैल आरलेटसैरी के साथ सोने से पहले गुरु ग्रन्थसाहब के आगे हाथ जोड़कर प्रार्थना किया करता। एक शाम मैं अचानक महाराजा के प्रार्थना-गृह की ओर जा निकला, तो देखता क्या हूं कि महाराजा और इन्दरसिंह दोनों प्रार्थना कर रहे हैं, जैसा कि आमतौर पर होता था, मैं भी प्रार्थना में शामिल हो गया। लेकिन बाद में मैंने जब इन्दरसिंह से पूछा कि आख़िर रात के दस बजे महाराजा इस प्रकार प्रार्थना क्यों कर रहा था, तो इन्दरसिंह ने मुझे धीरे से बताया कि महाराजा अपनी चहेती रखैल के साथ सोने से पहले भगवान से काम-शक्ति पाने की प्रार्थना करता है। जब मुझे इन प्रार्थनाओं का उद्देश्य पता चल गया, तो मैं शुक्रवार को जानबूझकर प्रार्थना में शामिल होने से कतराने

लगा। मैंने महाराजा या इन्दरसिंह से यह भी नहीं पूछा कि इस प्रार्थना का परिणाम क्या होता है! मगर मुझे पता चला कि महाराजा की प्रार्थना सुन ली जाती है, क्योंकि अगले ही दिन वह अपने मन्त्रियों और अन्य कर्मचारियों को उपहार और इनाम बांटता। दस हज़ार फ्रैंक्स का एक चैक महाराजा ने मुझे भी भेंट किया। मैं हैरान हुआ, क्योंकि उस भेंट का कोई कारण नहीं बताया गया था, लेकिन महाराजा के एक सेवक ने मुझे बताया कि महाराजा बहुत खुश है और इस खुशी में वह दिल खोलकर अपने मन्त्रियों और सेवकों में उनके पदानुसार धन बांट रहा है। मैडम सैरी को पैरिस के एक प्रसिद्ध जौहरी की दुकान से हरे पन्ने का एक नैकलिस भेंट-स्वरूप दिलवाया गया।

यही सब कुछ फिर हुआ जब मैं महाराजा के साथ मोराको गया हुआ था। हम लोग जमाल महल में ठहरे हुए थे। यह महल किसी ज़माने में साई मोहम्मद बिन अली आरवी अलजमाल का निवास था। अलजमाल के इसी सपनों के महल की खुबसूरती की तारीफ़ में एक अरबी शायर ने लिखा :

ऐ मुसाफ़िर, रुक और सोच
इस मुकम्मिल अजूबे की, खुबसूरती की तारीफ़ कर
और फिर मन-ही-मन कह
कि इस खुबसूरती का राज़ इस इमारत में नहीं,
बल्कि राज़ छिपा है, इमारत के बाशिन्दों में

इस महल के रहस्यपूर्ण प्रांगण और बाग़ वास्तव में स्वप्न संसार का आभास दे रहे थे। वज़ीर के रहस्यपूर्ण हरम की वाटिका तथा इसके बारजो की तो किसी से तुलना ही नहीं की जा सकती। महल की सुन्दरता और आनबान को चार चांद लगा रहे थे यहां के फव्वारे। महाराजा उन कमरों में ठहरा जहां वज़ीर रहा करता था और मैडम सैरी सुल्तान के कमरे में। महाराजा को इस्लामी संस्कृति और वास्तुकला के प्रति विशेष अनुराग था। मुंह-अंधेरे जब फैज़ की मस्जिद की मीनारों से अज़ान की आवाज़ें सुनाई देतीं, महाराजा रोमांचित हो उठता। मरक्कश की मशहूर मस्जिद महाराजा को इतनी पसन्द आई कि उसने कपूरथला में भी हू-ब-हू वैसी ही मस्जिद बनवाई। यह मस्जिद वास्तुकला का निराला नमूना है। शुक्रवार की एक रात को महाराजा इस रूमानी माहोल में अपनी रखैल के साथ इस सीमा तक प्रसन्न हुआ कि उसने

अपने कर्मचारियों को न केवल मूल्यवान उपहार दिए, बल्कि उनके वेतन भी बढ़ा दिए। सारे कर्मचारी हर ऐसे शुक्रवार की रात की प्रतीक्षा में उत्सुक रहने लगे कि महाराज अपनी प्रणयलीला में सफल होकर इन्हें और अधिक उपहार दें। दुर्भाग्यवश ऐसे खुशी के अवसर वर्ष में दो या तीन ही बार आते और सो भी महाराजा की प्रार्थना के फलस्वरूप।

कांपते बढ़ते हाथ

कपूरथला के महाराजा जगतजीतसिंह पैरिस में अपने निवासस्थान पर इथियोपिया के सम्राट हेलसिलासी को दोपहर के खाने पर निमन्त्रित किया हुआ था। उस समय मैंने महाराजा के मन्त्री के रूप में इस भोज का प्रबन्ध किया। इथियोपिया के सम्राट के साथ वहां के चार और राजा भी फ्रांस आए हुए थे। इन मेहमानों को लेकर जब सम्राट की कार महाराजा कपूरथला के निवासस्थान पर पहुंची, उस समय द्वार पर स्वागत करने के लिए महाराजा का मुख्य सेवक सरदार इन्दरसिंह खड़ा था। इन्दरसिंह ने बड़ी ही भड़कीली वर्दी पहन रखी थी। सुनहली वर्दी, पगड़ी पर लगे सुनहली फीते और लम्बी सफ़ेद दाढ़ी। इस रूप में इन्दरसिंह ने सम्राट की कार का दरवाज़ा खोला। सम्राट और उसके साथियों ने इन्दरसिंह को ही महाराजा समझ लिया और हाथ मिलाने के लिए अपने हाथ बढ़ाए। सम्राट ने महाराजा को पहले कभी देखा नहीं था। सम्राट का बढ़ा हुआ हाथ देखकर इन्दरसिंह चक्कर में आ गया। उसकी समझ में नहीं आ रहा था कि क्या करना चाहिए। मैं उस समय इन्दरसिंह के दो-एक गज़ के फ़ासले पर खड़ा था। इन्दरसिंह को मैंने आंख का इशारा करके हाथ मिलाने के लिए कह दिया। उसने झिझकते हुए हाथ मिला लिया। उसके बाद सम्राट और उसके साथियों ने मुझसे हाथ मिलाए। वे लोग इतने भारी भरकम दैत्य से थे कि उनसे हाथ मिलाने के बाद मेरा हाथ दुखता रहा। हाथ मिला चुकने के बाद मैंने उन्हें बताया कि महाराजा ड्राइंग-रूम में उनकी प्रतीक्षा कर रहे हैं, यह बात मैंने फ्रांसीसी भाषा में कही थी ताकि किसी प्रकार की कोई ग़लतफ़हमी न रह जाए। इस पर सम्राट और उसके साथी समझ गए कि इन्दरसिंह महाराजा नहीं, बल्कि सेवक था। महाराजा तो अपने कमरे में मामूली कपड़े पहने हुए बैठा था। इथियोपिया के सम्राट से दोबारा भेंट का अवसर मुझे तब मिला जब वह

अपने देश से निष्कासित थे और मुसोलिनी ने इथियोपिया पर क़ब्ज़ा किया हुआ था। सम्राट ने मेरी सेवाओं से खुश होकर सम्मानार्थ ठोस सोने का तमग़ा प्रदान किया था।

सम्राट हेलसिलासी अदीस अबाबा स्थित अपने महल में मध्ययुगीन सिंहासन पर बैठते हैं। सिंहासन के एक ओर उसका तोजो नामक पालतू शेर बैठा होता है। ईसाई होने के बावजूद सम्राट हेलसिलासी का मुस्लिम अरब संसार में बड़ा सम्मान है। कुछ वर्ष पहले यहां के लोग अपने सम्राट को सम्मान देने के लिए उसके दरबार में पेश होते समय पेट के बल रेंगकर जाया करते थे। हेलसिलासी ने यह प्रथा समाप्त कर दी है। मगर अब भी जब कोई इनसे मिलने आता है, तो लौटते समय सम्राट की ओर पीठ नहीं करता बल्कि उलटे पैरों चलकर बाहर जाता है। भारत में महाराजाओं के ज़माने में और तुर्की के सुल्तानों के ज़माने में भी ऐसी ही प्रथा थी।

आरलेट सैरी जवान 'रोमियो' के पास

आरलेट सैरी की आगे की कहानी यह है कि वह सप्ताह में दो दिन कपूरथला की कोठी में महाराजा के साथ रहा करती थी और बाक़ी दिन 'नील एवेन्यू' स्थित अपने फ्लैट में। महाराजा हर शाम खाने से पहले टेलीफ़ोन करके उसका हालचाल पूछ लिया करता था। सैरी बड़े ही रसीले और प्रेम-पगे स्वर में उत्तर देती और महाराजा के प्रति अपना प्यार प्रकट करती। महाराजा अपनी प्रेमिका के रसीले बोल सुनकर बहुत प्रसन्न होता। महाराजा का एक बावर्ची था जिसका नाम अनन्त ख़ान था। अनन्त ख़ान क्योंकि भारतीय व्यंजन और पुलाव बनाने में निपुण था, इसलिए महाराजा यूरोप, अमरीका और पैरिस आदि जहां-जहां भी जाता, उसे साथ ले जाता। अनन्त ख़ान की एक फ्रांसीसी रखैल थी जिसका नाम ऐनी था। ऐनी को भी महाराजा के खानसामाओं के क्वार्टरों में रहने की इज़ाज़त थी। महाराजा जब भी आरलेट सैरी को टेलीफ़ोन करते, अनन्त ख़ान वहां मौजूद रहता। टेलीफ़ोन बावर्चीखाने से दूर नहीं था। पहली मंज़िल पर खाने के कमरे के क़रीब ही फ़ोन रखा हुआ था। महाराजा को आरलेट के प्रति सन्देह होने लगा था कि वह एक पत्रकार के साथ फंसी हुई है और उसके कई अन्य मित्र भी हैं और यह इसीलिए महाराजा की कोठी में अपने कमरे में न रहकर अलग फ्लैट में रहती है। एक रात महाराजा ने अपने मन की बात मुझसे कह दी और यह तय किया कि रात के नौ बजे वह अचानक वहां जा पहुंचेगा। अनन्त ख़ान से कहकर खाना भी जल्दी बनवा लिया गया था। महाराजा ने आरलेट को टेलीफ़ोन करके यह कह दिया था कि आज रात वह बहुत व्यस्त है, क्योंकि बहुत से मित्र रात खाने पर आ रहे हैं। कुछ प्यार-भरे बोल दोनों ओर से बोले गए। आरलेट ने भी चैन की सांस ली और निश्चिन्त होकर अभिवादन किया। उसके बाद महाराजा और मैं आरलेट

के फ़्लैट की ओर चल पड़े। उसी दौरान अनन्त ख़ान ने अपनी फ्रांसीसी रखैल को बता दिया कि इस तरह महाराजा आरलेट सैरी के फ्लैट की ओर चल पड़ा है। अनन्तख़ान की रखैल ने टेलीफ़ोन पर आरलेट सैरी को सूचना दे दी। उस समय सैरी के यहां उसके मित्र बैठे हुए खा-पी रहे थे। सैरी ने तत्काल खाने-पाने की तश्तरियां हटवा दीं और अपने मित्रों को विदा कर दिया तथा बिस्तर में जा घुसी, जैसे कि बीमार हो। महाराजा वहां पहुंचा और देखा कि पूरे फ्लैट में अंधेरा है और सैरी गहरी नींद में सो रही है। महाराजा का सन्देह दूर हो गया। वह कुछ घंटे सैरी के पास रहा। वह यह जानकर बहुत ख़ुश था कि मैडम सैरी उसके प्रति बेवफ़ा नहीं है।

महाराजा अपनी सारी यूरोपीय रखैलों को सदा 'मैडम' कहकर पुकारा करता था। इस प्रकार से यह इनका पदनाम था। फ्रांस के सम्राट लुई चौदहवें, लुई पन्द्रहवें और लुई सोलहवें की रखैलें भी मैडम कहलाती थीं, जिनमें से मैडम डी पोम्पेदाऊ और मैडम डी मेत्तेनाऊ जगत प्रसिद्ध हो चुकी हैं।

आरलेट सैरी का प्रेम-सम्बन्ध एक पीयरेलेमान्त नामक फ्रांसीसी से भी चल रहा था। दोनों का आपस में गहरा सम्बन्ध था और प्रेम की तीव्रता भी ऐसी थी कि सैरी अपने प्रेमी की हर सनक को सिर झुकाकर स्वीकार लेती। एक दिन दोपहर बाद वह महाराजा के पास आई और ज़ार-ज़ार रोती हुई कहने लगी कि वह पीयरे से शादी करना चाहती है, इसलिए अब महाराजा के साथ नहीं रह सकती। महाराजा को इस बात से बहुत क्लेश हुआ। उसने अपने दरबारियों के आगे भी अपना यह दुख प्रकट किया। सबने उसे यह राय दी कि वह सैरी को साथ लेकर पैरिस से चला जाए और किसी दूसरे देश में कुछ समय बिताए ताकि उस बीच सैरी अपने प्रेमी को भूल सके। सैरी को इस बात के लिए तैयार करना कि वह महाराजा के साथ बर्लिन चली जाए, बहुत कठिन था। उसका प्रेमी और भावी पति पीयरे हर समय उसकी गतिविधियों पर नज़र रखे हुए था और उसे पूरा-पूरा सन्देह था कि महाराजा और उसके कर्मचारी किसी भी समय कोई ऐसी शरारत कर सकते हैं। सैरी को बर्लिन के लिए राज़ी करने का काम महाराजा ने मुझे सौंपा और अगले ही दिन शाम की एक्सप्रेस से बर्लिन जाना तय हो गया। मैं सैरी के फ्लैट पर गया और हर तरह के लालच देकर उसे मनाया। किसी प्रकार उसे फुसला लिया। वह मेरे साथ बर्लिन जाने

के लिए तो राज़ी हो गई, मगर महाराजा के साथ जाने के लिए तैयार नहीं थी और न ही वह इतनी जल्दी जाना चाहती थी। मैंने उसकी सुविधानुसार जाने की तारीख़ तय की और उस तारीख़ के लिए गाड़ी में दो बर्थ सुरक्षित करा लीं। उसने बर्लिन जाने की बात अपने प्रेमी को भी नहीं बताई थी। मगर किसी तरह उसकी नौकरानी के द्वारा उसके प्रेमी को इस बात का सुराग मिल गया और वह पिस्तौल लेकर मुझे मारने के लिए स्टेशन पर आ गया, लेकिन सौभाग्यवश जैसे ही वह प्लेटफ़ार्म पर पहुंचा, गाड़ी चल पड़ी थी और इससे पूर्व कि वह लपककर गाड़ी पकड़ता, गाड़ी पूरी रफ़्तार पकड़कर प्लेटफ़ार्म छोड़ चुकी थी।

आरलेट सैरी पूरी रात रोती रही थी। उसे अपने प्रेमी को छोड़ने का बहुत दुख हुआ था। महाराजा कार्यक्रम के अनुसार पहले ही बर्लिन पहुंचकर एडलन होटल में ठहरा हुआ था। मैं आरलेट को लेकर जब वहां पहुंचा, तो महाराजा उसे देखकर बहुत ख़ुश हुआ। वह मुझसे भी ख़ुश था, क्योंकि मैं आरलेट को उसके प्रेमी से जुदा करके बर्लिन पहुंचाने में सफल हो गया था। उस रात महाराजा ने आरलेट के साथ खाना खाकर लगभग एक घंटा उसके साथ बिस्तर में बिताया और फिर सोने के लिए आरलेट को उसके कमरे में भेज दिया। वह कमरा महाराजा के बिल्कुल साथ वाला ही था। कुछ देर बाद जब महाराजा सो गया, तो मैडम सैरी ने पैरिस के लिए ट्रंककाल बुक किया और टेलीफ़ोन पर अपने प्रेमी के साथ बात की। उसका प्रेमी उस समय पागलों की सी मनःस्थिति में था और वह चिल्ला-चिल्लाकर कह रहा था कि जो भी उसके प्यार के रास्ते में आएगा, उसे जान से मार डालेगा। अगले ही दिन आरलेट ने मुझसे कहा कि वह वापस पैरिस जाना चाहती है, क्योंकि उसकी मानसिक दशा बहुत ख़राब हो चुकी है और अब बर्लिन में रह पाना उसके लिए सम्भव नहीं। वह दो प्रेमियों के बीच घिरी हुई थी। एक ओर था महाराजा और उसकी धन-दौलत, दूसरी ओर थी सम्पूर्ण यौन तुष्टि। मैंने महाराजा को राय दी कि आरलेट को जाने दिया जाए, क्योंकि उसका पागल प्रेमी किसी भी समय कोई संकट पैदा कर सकता था। मैडम सैरी जब पैरिस के लिए रवाना हुई, तो मैं ही उसे स्टेशन पर विदा करने गया था। इस प्रकार वह अपने जवान रोमियो के पास चली गई।

लेडी कर्ज़न साड़ी में

भारत के वाइसराय लार्ड कर्ज़न तथा अन्य ब्रिटिश अधिकारी पंजाब की रियासतों के महाराजाओं को बहुत पसन्द करते थे। पटियाला के महाराजा राजिन्दरसिंह तथा कपूरथला के महाराजा जगतजीतसिंह पर तो उनकी विशेष कृपा थी। ये दोनों महाराजा अक्सर शिमला जाया करते और वहां पर ब्रिटिश अधिकारियों के साथ घुलमिलकर रहते। लार्ड कर्ज़न की पत्नी लेडी कर्ज़न के साथ तो इनके बहुत घनिष्ठ सम्बन्ध थे।

एक बार गर्मी के दिनों में दोनों महाराजा धौलपुर के महाराजा राणा के साथ शिमला में थे। वाइसराय, उसकी पत्नी तथा अन्य अफ़सरों और उनकी पत्नियों की ख़ातिरदारी का पूरा-पूरा प्रबन्ध था। हर प्रकार से उनके मनोरंजन की व्यवस्था की गई थी।

ये तीनों महाराजा दिनोंदिन लेडी कर्ज़न के साथ मित्रता बढ़ाते गए। धीरे-धीरे यह मित्रता इतनी घनिष्ठ हो गई कि इन्होंने भी लेडी कर्ज़न को अकेली ही अपने यहां निमन्त्रित किया। रात को खाने से पहले इन्होंने लेडी कर्ज़न को साड़ी पहनाई तथा रत्नजटित मुकुट पहनाया, मोतियों की मालाएं भेंट की तथा यूजीन नामक प्रसिद्ध हीरा भेंट किया और फिर इस रूप में उसकी फ़ोटो उतरवाई। यह फ़ोटो जब अंग्रेज़ी अख़बारों में छपी, तो लार्ड कर्ज़न आग-बबूला हो उठा। पटियाला के महाराजा राजिन्दरसिंह तथा बाक़ी दो महाराजाओं द्वारा लेडी कर्ज़न के प्रति किए गए इस अनुचित व्यवहार को लेकर वाइसराय इतना अधिक नाराज़ हुआ कि उसने एक आदेश जारी करके भारतीय महाराजाओं के शिमला जाने पर ही रोक लगा दी। उस आदेशानुसार किसी महाराजा को शिमला जाने से पहले वाइसराय की मंज़ूरी लेनी ज़रूरी हो गई और आमतौर पर यह मंज़ूरी नहीं दी जाती थी। यह बात महाराजा

राजिन्दरसिंह के मन को लग गई और उसने शिमला-कालका मार्ग में कंडाघाट से उन्नीस मील के अन्तर पर चैल नामक एक नगर बसाया। चैल को ही महाराजा ने अपनी गर्मियों की राजधानी बनाया। एक तंग घुमावदार पहाड़ी के रास्ते से चैल की दूरी शिमला से चालीस मील है। इस प्रकार अब ये राजे-महाराजे शिमला जाने की बज़ाय चैल जाने लगे और वहीं पर अपने अंग्रेज़ दोस्तों और उनकी पत्नियों को दावतें देने लगे। यहीं पर एक निराला क्रिकेट मैदान भी बनाया गया जो कि समुद्र-तल से सात हज़ार फुट की ऊंचाई पर पहाड़ काटकर बनाया गया था। इसी क्रिकेट मैदान में ब्रिटिश, आस्ट्रेलियन तथा भारतीय टीमें क्रिकेट मैच खेला करती थीं। इसी क्रिकेट मैदान में खड़े होकर हिमालय पर्वत के सर्वोच्च शिखर तथा कैलाश की बर्फ़-ढकी चोटियों के सुन्दर दृश्य दिखाई पड़ते हैं।

यह कहानी सुनाने का मेरा उद्देश्य सिर्फ़ यह साबित करना है कि इन महाराजाओं के ब्रिटिश अधिकारियों और उनकी पत्नियों के साथ कितने खुले और घनिष्ठ सम्बन्ध थे और अंग्रेज़ औरतें किस गहरे स्नेह के साथ इन महाराजाओं से मिला करती थीं। ऐसा न होता तो भला यह कैसे सम्भव हो सकता था कि वाइसराय की पत्नी अकेली ही इन महाराजाओं के पास चली जाती और साड़ी पहनकर फोटो भी खिंचवा लेती। महाराजाओं में भी एक अपना ही आकर्षण था, उनका अपना इतिहास था, अपनी संस्कृति और सभ्यता की चमक थी, जिसमें कोई भी विदेशी महिला, चाहे वह सम्राज्ञी ही क्यों न हो, चौंधिया सकती थी।

जयपुर के महाराजा मानसिंह भी इंग्लैंड की महारानी एलिज़ाबेथ को उसके घर के नाम 'लिज़ी' से पुकारा करता था। महारानी एलिजाबेथ जब जयपुर आई, तो कई दिन तक महाराजा मानसिंह के पास रही। एलिज़ाबेथ मानसिंह को बहुत चाहती थी। एलिज़ाबेथ के पिता जार्ज छठे ने मानसिंह को ब्रिटिश सम्राट के 'स्टाफ़ ऑफ़िसर' के रूप में नियुक्त किया था। महारानी एलिज़ाबेथ के साथ महाराजा मानसिंह के घनिष्ठ संबंधों को लेकर राजस्थान सरकार के मन्त्री महाराजा से ईर्ष्या करने लगा था।

महारानी को सम्मान देने के लिए जितने भी उत्सव हुए, उन सबमें इन मन्त्रियों को पीछे की सीटों पर बैठाया गया था। राजस्थान के तत्कालीन

मुख्यमन्त्री श्री सुखाड़िया ने प्रधानमन्त्री श्री जवाहरलाल नेहरू से इस बारे में शिकायत भी की थी। प्रधानमन्त्री ने दिल्ली के रामलीला मैदान में महारानी एलिज़ाबेथ की उपस्थिति में जो भाषण दिया उसमें भारतीय महाराजाओं का उल्लेख एक विलुप्त होती हुई जाति के रूप में किया था। उस समय लगभग दस लाख लोग रामलीला मैदान में मौजूद थे और पंडित जवाहरलाल नेहरू अपने जोशीले भाषण में कह रहे थे कि महाराजाओं, सांपों और साधुओं के दिन अब लद गए हैं और इस देश के प्रजातन्त्रवादी ढांचे में महाराजाओं को भी एक सामान्य नागरिक के रूप में माना जाना चाहिए। मैं भी उस विशाल सभा में मौजूद था। महाराजाओं के बारे में नेहरू जी ने जो कुछ कहा मैं सब सुन रहा था।

टेलीफ़ोन पर प्यार

भारतीय महारानियों की प्रेम-कहानियों के अनगिनत क़िस्से हैं। इनके प्यार चला करते थे राजाओं के मन्त्रियों के साथ, रियासत के अन्य कर्मचारियों के साथ तथा उन विदेशियों के साथ जो समय-समय पर रियासत के मेहमान बनकर आया करते।

यहां उस युवती राजकुमारी की कहानी लिखी जा रही है, जिसका पति हर तरह से उसका ध्यान रखता था, परन्तु पति से उसे यौनतुष्टि नहीं हो पाती थी। फलस्वरूप उसे कई मानसिक तथा शारीरिक प्रेमचक्रों में फंसना पड़ा। वह थी महाराज कुमार एम. सिंह की पत्नी राजकुमारी ए.डी.। महाराज कुमार कैंसर का रोगी था। डॉक्टरों ने उसे महारानी के साथ किसी प्रकार का यौन-सम्पर्क रखने से मना कर दिया था, लेकिन उसके स्वभाव में क्योंकि ईर्ष्या थी, इसलिए वह इस बात पर विशेष रूप से नज़र रखता कि कहीं उसकी पत्नी अपने तन की भूख मिटाने के लिए किसी और से तो नहीं मिलती! महाराज कुमारी रानी महाराजा के निजी सचिव सरदार एम.डी. पर फिदा थी। उसका प्यार छिप-छिपकर चल रहा था। उसे और कुछ करने का अवसर नहीं मिल रहा था। सरदार से मिल पाने की सम्भावनाएं नहीं थीं। महाराज कुमारी रानी जब भी महल के अपने कमरे में अकेली होती, तो कमरे का दरवाज़ा अन्दर से बन्द करके टेलीफ़ोन पर सरदार से बात करती रहती। रियासत के एक टेलीफ़ोन क्लर्क ने इन दोनों की बातें सुन ली और महाराज कुमार से शिकायत की। इसके बाद से राजकुमारी ने टेलीफ़ोन पर बातें करना छोड़ दिया। महाराज कुमार को शक हो गया था कि उसकी पत्नी सरदार को चाहती है। मगर उसे इस बात की तसल्ली थी कि वे दोनों न तो आपस में मिल सकते हैं, न

पत्र-व्यवहार कर सकते हैं और न एक-दूसरे के पास ज़बानी सन्देश भिजवा सकते हैं।

डॉक्टरों की राय के अनुसार महाराज कुमार को कैंसर के इलाज के लिए पैरिस जाना पड़ा। वह अपनी पत्नी महाराज कुमारी को भी साथ ले गया। हुआ यह कि महाराज कुमार के पिता महाराजा ने भी पैरिस जाना तय किया और वह साथ में सरदार एम.डी. को भी ले गए। महाराज कुमार तथा महाराज कुमारी रानी पैरिस के 'क्लरजीज़ होटल' में ठहरे। महाराजा और सरदार 'होटल जॉर्ज पंचम' में ठहरे। राजकुमार ने इस बात पर नज़र रखी कि राजकुमारी सरदार से मिलने न पाए। राजकुमारी के पास होटल में अलग कमरा था और उस कमरे में अलग टेलीफ़ोन था। इस प्रकार वह सरदार को उसके होटल के कमरे में टेलीफ़ोन करने लगी। यह टेलीफ़ोन-वार्ताएं भावुकता से बढ़ती-बढ़ती कामुक प्रेमालाप तक पहुंच गईं। महाराज कुमार जब रात को अपने कमरे में सोया होता, तो इधर यह प्रेमालाप चल रहा होता। हर रात ऐसा ही होने लगा। दोनों प्रेमी अपने-अपने कमरों में अपने-अपने बिस्तरों में लेटे होते। बिस्तर के पास छोटी मेज़ पर टेलीफ़ोन रखा होता और टेलीफ़ोन के माध्यम से वासनापूर्ण बातें छन-छनकर एक-दूसरे के पास पहुंचती रहतीं, क्योंकि कामवासना दोनों पर हावी हो चुकी थी, इसलिए वे लोग टेलीफ़ोन पर कुछ इस तरह से बात करते मानों एक ही बिस्तर में लेटे हुए प्रेमालाप कर रहे हों। टेलीफ़ोन पर वे लोग एक-दूसरे से यहां तक पूछते कि किसने किस-किस रंग का पाज़ामा पहन रखा है? और फिर वे टेलीफ़ोन पर ही एक-दूसरे पर चुम्बन उछालते। फिर महाराज कुमारी कहती कि वह कपड़े उतार रही है। उधर से भी ऐसी ही सूचना मिलती और यह क्रम चलता रहता। उसे इस बात का ध्यान ही न रहता कि वे सिर्फ़ टेलीफ़ोन पर बातें कर रहे हैं, एक-दूसरे के साथ लेटे हुए नहीं हैं। जैसा कि स्वप्न में होता है, वे दोनों बेसुधो प्रेमियों की तरह अपने को आलिंगन-बद्ध अनुभव करने लगते और ऐसी सारी हरकतें करते जो उस समय की जा सकती हैं, लगभग पौन घंटे तक यही सब चलता रहता और इस दौरान दोनों ही पूरी तरह वासना की लपेट में आ जाते। इस प्रकार दोनों हर रात अपनी वासना की तृप्ति का सन्तोष प्राप्त करते। वे लोग पांच सप्ताह तक पैरिस में रहे और इन पांच सप्ताहों की हर रात का यही क्रम

था। महाराज कुमार ने हालांकि अपनी पत्नी को पूरी तरह से निगरानी में रखा हुआ था और वह शारीरिक रूप से अपने प्रेमी से कभी भी नहीं मिली थी, परन्तु फिर भी हर रात वहां जो कुछ होता रहा उस सबसे राजकुमार बेख़बर था।

क्योंकि इस प्रकार के प्रेम-सम्बन्ध ने राजकुमारी और सरदार दोनों को मानसिक रूप से बेचैन कर डाला था, इसलिए वे प्यार करने के इस ढंग से उकता गए थे और परस्पर मिलकर वासना की भूख शान्त करना चाहते थे, परन्तु यह तभी सम्भव हो पाया जब महाराज कुमार की मृत्यु हो गई। पति की मृत्यु के बाद राजकुमारी और सरदार सही अर्थों में प्रेमी बन गए और महाराजा के क्षोभ के बावजूद कई वर्षों तक इनका यह प्रेम-व्यापार चलता रहा।

राजकुमारी और सरदार के बीच प्रेम व्यापार को समाप्त करने के लिए एक दिन महाराजा ने सरदार को बुलाकर चेतावनी दी कि यदि वह यह सब बन्द नहीं करेगा, तो उसे नौकरी से निकाल दिया जाएगा। दूसरी ओर महाराजा ने अपनी बहू को राय दी कि वह अपनी पसन्द का कोई प्राइवेट सेक्रेटरी नियुक्त करले तो उस प्राइवेट सेक्रेटरी के लिए रियासत की ओर से ऊंचे वेतन की व्यवस्था की जा सकती है। राजकुमारी ने महाराजा का यह प्रस्ताव स्वीकार कर श्री बी.दत्त को अपने निजी सचिव के रूप में नियुक्त कर लिया और फिर समय पाकर इन दोनों के बीच घनिष्ठ प्रेम-सम्बन्ध स्थापित हो गया।

महारानियों के बीच इस प्रकार की घटनाएं आम तौर पर होती रहती थीं, क्योंकि इन औरतों की शिक्षा-दीक्षा या तो विदेशों में हुई होती या फिर इनका पालन-पोषण ब्रिटिश समाज में हुआ होता, क्योंकि इन्हें यूरोपीय समाज में रहकर अनैतिकता और कामुकतापूर्ण जीवन जीने की आदत पड़ी होती थी, इसलिए ये अपनी वासना पर नियन्त्रण नहीं रख पाती थीं।

जो राजे-महाराजे यूरोपीय देशों में रहकर रामलीलाएं रचाया करते थे, उनकी अनुपस्थिति में उन रनिवास की महिलाएं भी यही सब किया करती थीं। कभी कोई राजकुमारी किसी महाराजा के अंगरक्षक के साथ भाग जाती और अगर वह खुलेआम उसके साथ महल से न भी निकल पाती तो कम-से-कम यह तो होता ही कि महल की चारदीवारी के अन्दर काम-सम्बन्ध चलते रहते। राजकुमारी की सहेलियां और उधर अंगरक्षक के यार-दोस्त इन सम्बन्धों के बारे में पूरी तरह परिचित होते।

मेरा अनुमान है कि सौ में से केवल बीस महारानियां ऐसी होती थीं जो इस प्रकार के लालच में नहीं फंसती थीं। मैं यह बात बल देकर कहना चाहता हूं कि वे अस्सी प्रतिशत औरतें वही थीं, जिन्हें यूरोप, अमरीका तथा संसार के अन्य देशों में या फिर भारत के ही रमणीय पहाड़ी स्थानों में रहकर पराये मर्दों के साथ अनैतिक जीवन जीने का चसका पड़ चुका था।

इस प्रकार का चसका लगकर उन्मुक्त हो चुकी औरतें कामुक मर्दों की बांहों में घिरकर नाचतीं और मौज़ मनातीं। इस प्रकार के शारीरिक सम्पर्क से उनमें परस्पर घनिष्ठता आ जाती और फिर वे यौन-तुष्टि की ओर अग्रसर हो जातीं। प्राचीन भारत में तथा अठारहवीं या उन्नीसवीं शताब्दी तक भी यह स्थिति थी कि कोई पुरुष अपनी बहन और मां तक को छू नहीं सकता था। जब कि आज बीसवीं शताब्दी में स्थिति यह है कि मर्द और औरतें एक-दूसरे से लिपटकर नाचने लगे हैं। तो ज़ाहिर है कि वासना जागेगी और परिणामस्वरूप यौन-सम्बन्ध स्थापित होंगे ही, इक्का-दुक्का अपवादों की बात और है।

भारत सरकार का एक आई. सी. एस. ऑफ़िसर था मि. एम. एम.। उसे बाल-रूम नृत्य करने की आदत नहीं थी। एक बार हुआ यह कि उसे एक यूरोपीय महिला के साथ नाचना पड़ा। जैसे ही उसने उस महिला को अपनी बांहों में लपेटकर नाचना शुरू किया, वह इस सीमा तक कामोत्तेजित हो उठा कि उसे बीच में ही नाचना छोड़कर स्नानागार में जाना पड़ गया। स्त्री और पुरुष के बीच शारीरिक सम्पर्क में किसी-न-किसी मात्रा में कामोत्तेजना रहती ही है– चाहे कोई कितने भी पवित्र मन से एक दूसरे के सम्पर्क में आए। यही कारण है कि हिन्दू-धर्मग्रन्थों में यह उल्लेख किया गया है कि नशे की हालत में पुरुष को अपनी सगी बहन तथा मां के पास भी अकेले में नहीं जाना चाहिए, लेकिन आज की सभ्यता में महिलाओं और पुरुषों के बीच परस्पर सम्पर्कों को बढ़ावा मिलता है और यही कारण है कि आज के समाज में भ्रष्टाचार फैला हुआ है तथा कामवासना व्यक्ति के जीवन का महत्वपूर्ण अंग बन गई है। आज यह स्थिति केवल यूरोप और अमरीका में ही नहीं है, बल्कि पूर्वी देशों का भी यही हाल है। स्त्रियों-पुरुषों के बीच शारीरिक सम्बन्धों से जो स्वच्छन्दता आती है वह वैवाहिक जीवन में अशान्ति उत्पन्न कर देती है परन्तु

इस क्रम को अब रोका नहीं जा सकता। स्थिति इतनी आगे पहुंच चुकी है कि इस पर अब नियन्त्रण रख पाना मनुष्य के बस की बात नहीं रह गई। यह बात ख़ास तौर पर उस युवा पीढ़ी पर लागू होती है जो प्राचीन संस्कृति के सिद्धान्तों के विरुद्ध विद्रोह कर रही है, यह जाना-माना तथ्य है कि युवा वर्ग के परस्पर उन्मुक्त मिलन से सामाजिक असन्तुलन उत्पन्न होता है।

रंगीन मिज़ाज
विधवा महारानी इन्दिरा राजा

बड़ौदा के महाराजा राव गायकवाड़ की बड़ी बेटी राजकुमारी इन्दिरा राजा का विवाह कूचबिहार के महाराजा जतेन्द्रनारायण के साथ हुआ था। इसके एक पुत्र तथा पुत्री उत्पन्न हुई। पुत्री का नाम गायत्रीदेवी रखा गया। इसी गायत्रीदेवी की शादी बाद में जयपुर के महाराज सवाई मानसिंह के साथ हुई। महाराजा सवाई मानसिंह विश्व के सबसे अच्छे पोलो खिलाड़ियों में से था और पोलो खेलते हुए ही उसकी मृत्यु हो गई।

महारानी इन्दिरा राजा पर पश्चिमी सभ्यता का रंग काफ़ी गहरा चढ़ा हुआ था। वह अक्सर यूरोप तथा अमरीका जाती रहती। अपने पति की मृत्यु के बाद पुत्र के नाबालिग होने के कारण वह महारानी रीजेंट के रूप में इंग्लैंड गई। वहीं उसका पुत्र अंग्रेज़ी स्कूल में पढ़ा करता था। यह भी एक बहाना था जिसकी आड़ में वह अक्सर लन्दन जाया करती। कूचबिहार के राजपरिवार के अधिकांश लोग अंग्रेज़ियत में रंगे हुए थे। महाराजा जतेन्द्रनारायण की दो बहनें थीं। इनके घर के नाम थे राजकुमारी बेबी और राजकुमारी प्रैटी। इन दोनों की शादी अंग्रेज़ों के साथ हुई। दोनों के अंग्रेज़ पति आपस में सगे भाई थे। बेबी और प्रैटी की अधिकांश उम्र इंग्लैंड में ही बीती। महारानी इन्दिरा राजा तो ब्रिटिश समाज के उच्च वर्ग में बहुत अधिक घुली-मिली हुई थी और वहां हर कोई उस पर जान देता था। इन्दिरा राजा शराब की बड़ी शौक़ीन थी और वह हर समय मदमस्त जीवन जीना चाहती थी। मैं अक्सर उसे लन्दन की दावतों में देखा करता था। वह बड़ी ही मौज़-मस्ती की मनःस्थिति में दिखाई दिया करती। एक शाम को मैंने उसे एक अंग्रेज़ दोस्त की बांहों में घिरे हुए भी देखा

था। उस समय वे दोनों सीढ़ियों पर बैठे थे। वह ख़ुश थी। कुछ देर के लिए मैं भी उनके साथ सीढ़ियों पर बैठ गया था।

मैं आज तक जितनी भी औरतों से मिला हूं, यह महारानी उन सब में सुन्दर थी और मुझे उसके इतने चाहने वाले देखकर कोई आश्चर्य भी नहीं होता था। हैदराबाद का नवाब कुसरोजंग भी उसका चाहने वाला था। नवाब को मैं महबूब कहकर पुकारा करता था। पैरिस की बात है, एक दिन नवाब ने मुझे टेलीफ़ोन पर बताया कि इन्दिरा उसके साथ है। उसने मुझे भी अपने यहां बुलवाया, मैंने कोई बहाना तलाशकर टाल देना चाहा था कि तभी उसने टेलीफ़ोन इन्दिरा को पकड़ा दिया। इन्दिरा भी उसी मौज़-मस्ती वाले अन्दाज़ में बात कर रही थी। उसने भी मुझे आने के लिए कहा। लगता था, वे दोनों पूरी तरह परस्पर प्यार करने लगे थे और चाहते थे कि उनका प्यार प्रचारित हो। इस प्रकार प्यार का प्रदर्शन करने में प्रेमियों को एक प्रकार का मानसिक सन्तोष प्राप्त होता है।

कई महारानियों के साथ प्यार के खेल खेल चुकने के बाद आख़िरकार नवाब ने हैदराबाद निवासी पारसी परिवार की एक सुन्दरी मिस लुलो तलियारख़ान से शादी कर ली। जब मैं आख़िरी बार हैदराबाद गया तब मैं महबूब और लुलो के घर गया और उनसे बातें करके मुझे बड़ी ख़ुशी हुई। उस दिन कई बीती बातें भी याद हो आई थीं।

विदेशों से आईं महारानियां

अमरीकी और यूरोपीय औरतों, ख़ासतौर पर अंग्रेज़ औरतों के साथ शादी करने के लिए तो भारतीय राजे रजवाड़े बेतरह लालायित रहते। उन सारे राजाओं और राजकुमारों के तो नाम गिनवाने की ज़रूरत नहीं है, जिन्होंने यूरोपीय तथा अमरीकी औरतों के साथ शादी की, परन्तु कुछ उदाहरणों से यह स्पष्ट हो जाएगा कि प्यार की हवा का रुख़ क्या था।

दक्षिण भारत की एक रियासत पुत्थूकोट्टा के शासक राजा मार्तंड तोंडिमन बहादुर ने एक अंग्रेज़ औरत से शादी की। वह उसके साथ पूरा यूरोप घूमा था। राजा ने उसे ऐतिहासिक महत्व के कई हीरे-जवाहरात भेंटस्वरूप दिए। मैं इन राजा-रानी को अच्छी तरह जानता था और अक्सर मैंने इन्हें लन्दन तथा पैरिस की पार्टियों में देखा था। इन दोनों की कपूरथला के महाराजा जगतजीतसिंह से ख़ासी दोस्ती थी। कपूरथला नरेश यूरोप और पैरिस के समाजों में जाने-माने थे ही। इसने ही राजा तोंडिमन और उसकी रानी का परिचय पैरिस के समाज में कराया था।

राजा तोंडिमन की अंग्रेज़ी रानी बड़ी खूबसूरत औरत थी। लम्बा क़द और भव्य आकृति। उसने जल्दी ही अपने आपको भारतीय सांचे में ढाल लिया था। वह अक्सर साड़ी पहनती और देखने-भालने में बिल्कुल भारतीय महारानी जैसी लगती।

पन्ना के महाराजा महिन्द्र यादवेन्द्रसिंह बहादुर ने भी एक अंग्रेज़ औरत से शादी की थी। इनकी पहली रानी भावनगर के महाराजा की पुत्री थी, जिसकी मृत्यु के बाद इसने जयपुर के महाराजा सवाई मानसिंह की बहन से शादी की थी। मगर क्योंकि पन्ना का महाराजा नित नई अंग्रेज़ औरतों के साथ घूमने-फिरने का शौक़ीन था, इसलिए वह गर्मियों में अपनी महारानी को पहाड़ों पर रंगरेलियां मनाने के लिए छोड़कर खुद अन्य अंग्रेज़ औरतों के साथ सफ़र को निकल जाता। महारानी पहाड़ों

पर जी-भरकर मौज़ मनाती, ठाटदार दावतें देती और उन दावतों में अंग्रेज़ अफ़सरों व मसूरी के गिने-चुने लोगों को निमन्त्रित करती। इनमें भारतीय राजकुमार और जवान भारतीय अफ़सर भी होते। मुझे भी मसूरी में इस महारानी की दावतों में जाने का प्रायः अवसर मिला करता था। वह दिल खोलकर अतिथि-सत्कार करती। उसके चेहरे से ही वासना टपकती थी। कोई भी उसकी ओर देखकर आकर्षित हुए बिना नहीं रह सकता था।

पालमपुर के नवाब सर तालेमुहम्मद ख़ान की बेगम भी अंग्रेज़ थी। नवाब ने इसे बेशुमार क़ीमती हीरे-जवाहरात दिए थे और इसके साथ पूरा यूरोप घूमा था। पालमपुर का नवाब अफ़गानों के यूसुफहोनी वंश का था। उसके बेटे ने भी अपने बाप के पद-चिह्नों पर चलकर एक अंग्रेज़ औरत से शादी की।

गुजरात में पोरबन्दर के महाराजा नटवरसिंह जी की शादी लिम्बड़ी के दौलतसिंह जी की पुत्री राजकुमारी रूपालिब से हुई थी, परन्तु किसी सन्तान को जन्म देने से पहले ही उसकी मृत्यु हो गई थी। आजकल नटवरसिंह जी मैसूर राज्य के ऊटकमंड नामक नगर में एक अंग्रेज़ औरत के साथ रह रहे हैं और अपने हीरे-जवाहरात बेच-बेच कर गुज़ारा चला रहे हैं।

भारतीय रियासतों के भारत में विलीनीकरण के बाद नटवरसिंह जी अपनी भूतपूर्व रियासत में बहुत कम जाते हैं। अगर कभी जाते भी हैं तो सिर्फ़ अपने हीरे-जवाहरात और महल का साज सामान बेचने के लिए।

इन्दौर के महाराजा तुकोजीराव होल्कर तथा उसका सुपुत्र जो उसके बाद इन्दौर का महाराजा बना, इन दोनों ने भी अमरीकी औरतों से शादी की थी। पंजाब की जींद रियासत के शासक महाराजा रणबीरसिंह, राजिन्दर बहादुर ने डौरोथी नामक एक अंग्रेज़ औरत से शादी की थी। और भी कई भूतपूर्व भारतीय राजाओं-महाराजाओं ने विदेशी औरतों से शादियां कीं और उन्हें महारानियां घोषित किया।

रियासतों के विलीनीकरण के बाद इन राजा-महाराजों में से अधिकांश की हालत यह है कि वे अपने हीरे-जवाहरात और कील, बाड़ियां इत्यादि बेचकर लगभग नंगे हो चुके हैं और भयंकर आर्थिक संकटों में से गुज़र रहे हैं, क्योंकि यह अपना सारा पैसा औरतों और शराब पर फूंक चुके हैं।

रोमांचक राजकुमारियां

कुछ रानी-महारानियों के बारे में पाठकों को यह जानकर रुचिकर लगेगा कि जब वे बुरी तरह वासना के वश में हो जाती थीं, तो किस सीमा तक निर्दयी होकर प्रतिशोध लिया करती थीं।

एक बार जूनागढ़ की बेगम जब अपनी लेडी कम्पेनियन (महिला सहचरी) के साथ वासनारत थी, तो उसकी एक जवान नौकरानी ने उसे ऐसा करते देख लिया था। उस नौकरानी का नाम था शमीम। शमीम ने यह बात महल के सारे नौकरों को कह दी कि बेगम अपनी लेडी कम्पेनियन के साथ यह सब करती है। बेगम ने शमीम को इस बदतमीज़ी की सज़ा देने के लिए अपने दूसरे नौकरों द्वारा बेतरह पिटवाया तथा उसके हाथ-पैर बंधवा दिए और फिर उसे नंगी करके अपने हाथों से उसके गुप्तांग में मिर्चें डाल दीं। शमीम को बेतरह जलन महसूस होने लगी और वह बुरी तरह छटपटाती रही। बेगम उसकी छटपटाहट देखती रही और अन्त में हुआ यह कि शमीम तड़प-तड़पकर मर गई। बेगम ने मामला रफ़ा-दफ़ा करना चाहा, लेकिन महल के दूसरे नौकरों ने शोर मचा दिया और शमीम के मां-बाप ने एक वकील द्वारा पुलिस में रिपोर्ट करा दी। लाहौर हाईकोर्ट में यह मुक़दमा लड़ा गया, मगर पाकिस्तानी अधिकारियों ने बीच-बचाव करके बेगम की मान-रक्षा की ख़ातिर मुक़दमा वापस करवा दिया।

देवास रियासत के महाराजा टिक्कोराव पवार की शादी कोल्हापुर के महाराजा की पुत्री अक्का साहिब के साथ हुई थी। अक्का साहिब बड़ी ही मनचली, ज़िद्दी और हुकूमत करने वाली प्रवृत्ति की औरत थी। वह अपने पति को पूरी तरह अपने वश में किए रहना चाहती थी। महारानी बराबर यह कोशिश करती रही कि महाराजा टिक्कोराव को राजनीतिक कठिनाइयों में

उलझाये रखे। आख़िरकार वह सफल हो गई और उसने भारत सरकार के राजनीतिक विभाग की मदद से महाराजा के नाम यह हुक्म जारी करवा दिया कि महाराजा गद्दी छोड़ दे नहीं तो फिर उसके ख़िलाफ़ जांच कमीशन बैठाया जाएगा। महाराजा के विरुद्ध आरोप ये थे कि उसकी रियासत में कुशासन था और उसने अपनी दूसरी पत्नी से उत्पन्न लड़कियों के नाम जागीरें कर रखी थीं, जबकि इन लड़कियों को भारत सरकार द्वारा वैध सन्तान के रूप में मान्यता प्राप्त नहीं थी। महाराजा ने भारत सरकार की इन शर्तों को नहीं माना और पांडिचेरी भाग गया, जहां वह देवास नामक रियासत के राजा के रूप में तीन साल तक रहा। पांडिचेरी पर उन दिनों फ्रांस का अधिकार था।

महाराजा और महारानी के बीच झगड़ा इस बात को लेकर शुरू हुआ था कि महाराजा महारानी की एक नौकरानी के साथ प्यार करने लगा था और उस नौकरानी को अपने ख़ास रेल-डिब्बे में बैठाकर कोल्हापुर से देवास लाया था और फिर देवास ले जाकर उसे अपने महल में रखा था–पहले रखैल के रूप में और बाद में पत्नी बनाकर।

इस बात को लेकर महारानी के मन में प्रतिहिंसा की आग इस सीमा तक भड़क उठी कि उसने देवास छोड़कर सदा के लिए कोल्हापुर में ही रहना शुरू कर दिया। परन्तु कोल्हापुर में भी वह अपने गर्म मिज़ाज के कारण बदनाम हो गई। सप्ताह में दो दिन वह नंगे पांव ही चलकर महालक्ष्मी के मन्दिर में जाया करती थी। महल से लेकर मन्दिर तक के मार्ग में उस दिन किसी भी नागरिक को चलने की मनाही थी। इत्तफ़ाक से यदि कोई आदमी या औरत उसे सड़क पर दिखाई पड़ जाती, तो वह कोड़ा लेकर उसे मारने लगती।

प्रतिहिंसा की आग में जलती हुई महारानियों के और भी कई क़िस्से मशहूर हैं, मगर मैं अब इस प्रसंग को यहीं छोड़ता हूं।

इन सब बातों की जड़ में कहीं-न-कहीं किसी हत्या की घटना अवश्य छिपी रहती। महारानियों को अन्य पुरुषों से यौन-सम्पर्क स्थापित किए देखकर महाराजाओं द्वारा हत्या करवा देने की घटनाएं आए दिन घटा करती थीं। महाराजा लोग अपनी महारानियों के प्रति बहुत ही ईर्ष्यालु होते थे। उन्हें ज़रा-सा भी कहीं शक़ पड़ता कि महारानी के किसी अन्य पुरुष से सम्बन्ध हैं, तो इसके लिए महारानी को कड़ी-से-कड़ी सज़ा भुगतनी पड़ती। ऐसी मुज़रिम

महारानियों के लिए रियासतों की जेलों में ख़ास क़िस्म की कालकोठरियां बनी हुई थीं। महाराजा का फ़ैसला आख़िरी फ़ैसला होता था और उसकी कोई अपील नहीं हो सकती थी। ऐसी भी कई घटनाएं होती थीं कि महाराजा लोग अपनी रानियों के प्रेमियों को स्वयं अपने हाथ से गोली मार दिया करते थे। और फिर खुद ही मृतक की अन्त्येष्टि क्रिया में कुछ इस ढंग से सम्मिलित होते थे मानो वह अपनी मौत मरा हो और उसे उसकी मौत का कड़ा सदमा पहुंचा हो।

सामान्यतया बड़ी उम्र के राजे-महाराजे जवान-जवान लड़कियों से शादियां करके उन्हें अपनी महारानियां बनाते थे और फिर अपने जवान रिश्तेदारों या युवा कर्मचारियों को उन महारानियों से मेलजोल बढ़ाने की छूट दे देते थे। ऐसे में स्वाभाविक ही था कि महारानियों के साथ उनका प्रेम-प्यार बढ़ता और कई क़िस्से खड़े होते। पकी उम्र की महारानियां साधु-सन्तों के साथ यौन-सम्पर्क बनाकर ही सन्तुष्ट हो लेती थीं। नवाबों की बेगमें सैयदों के साथ ख़ूब रंगरेलियां मनाया करती थीं।

अंग्रेज़ों की नीति और भारतीय महाराजे

यूरोपीय औरतों के साथ प्यार की पींगें बढ़ाने का जो मज़ा इन महाराजाओं को लग गया था उसके कारण यूरोपीय औरतों के साथ महाराजाओं की शादियां आम होने लगी थीं। जो लोग किसी कारण शादी नहीं कर पाते थे, वे इन्हें रखैलों के रूप में अपने साथ रखते थे और यूरोप तथा अमरीका में खुलेआम उनके साथ रंगरेलियां मनाते थे। कोई-कोई तो इन्हें भारत में लाकर अपने महलों में भी रख लेते थे। कई महाराजाओं और राजकुमारों ने इंग्लैंड, फ्रांस तथा अन्य देशों में इन कामों के लिए ख़ासतौर पर मकान ख़रीदे हुए थे, जहां वे अपनी यूरोपीय पत्नियों और रखैलों के साथ गर्मियां बिताया करते थे। इन औरतों पर तथा इन औरतों के मित्रों पर पानी की तरह पैसा बहाया जाता था। वे लन्दन, पैरिस, बर्लिन, न्यूयार्क आदि नगरों के बड़े-बड़े होटलों में ठाठदार डिनर पार्टियां आए दिन देते रहते। सन् 1910 और सन् 1940 के बीच भारतीयों, यूरोपियों और अमरीकियों में अवैध यौन-सम्पर्क बहुत बढ़ चुके थे। सन् 1947 में भारत की स्वतन्त्रता के बाद भारतीयों ने यूरोपियों और अमरीकनों के साथ शादी करना कम कर दिया।

लॉर्ड कर्ज़न जब तक भारत का वाइसराय रहा, उस दौरान भारतीय राजा-महाराजाओं ने बहुत कम यूरोपीय औरतों के साथ शादी की, क्योंकि लॉर्ड कर्ज़न व्यक्तिगत रूप में इस परम्परा के विरुद्ध था और उसका व्यक्तित्व बहुत प्रभावशाली था। शायद ही कोई उसे नाराज़ करने का साहस कर पाता। उसने तो यहां तक आदेश जारी कर दिया था कि किसी भी महाराजा की यूरोपीय पत्नी के गर्भ से उत्पन्न सन्तान को गद्दी पर बैठने का अधिकार नहीं होगा। लॉर्ड कर्ज़न को यद्यपि पाश्चात्य सभ्यता में आस्था थी और ब्रिटिश तौर-तरीक़ों को वह सर्वोच्च मानता था, परन्तु फिर भी उसने बराबर यह कोशिश की कि

भरतीयों को धीरे-धीरे ब्रिटेन के सांस्कृतिक स्तर पर ले आया जाए। वह महसूस करता था कि करोड़ों भारतीयों के बीच मुट्ठी-भर अंग्रेज़ अधिक समय तक टिक नहीं पाएंगे। केवल 39 वर्ष की उम्र में ही कर्ज़न भारत के वाइसराय के रूप में नियुक्त होकर सन् 1898 में यहां आया और 1902 तक रहा।

उन दिनों अगर लॉर्ड कर्ज़न विरासत सम्बन्धी ऐसा क़ानून न बनाता तो समय पाकर स्थिति यह हो जाती की सारी-कि-सारी भारतीय रियासतों के उत्तराधिकारी यूरोपीय और अमरीकी औरतों के गर्भ से उत्पन्न लड़के ही बन जाते, क्योंकि उन दिनों भरतीय राजा-महाराओं में विदेशी औरतों के साथ शादी करने की प्रवृत्ति बड़ी तेज़ी के साथ काम कर रही थी, लॉर्ड कर्ज़न के इस आदेश ने जहां एक ओर राजाओं-महाराजाओं पर रोक लगा दी, वहीं यूरोपीय औरतों को भी यह सोचकर झिझक होने लगी थी कि इन महाराजाओं से शादी करने से फ़ायदा ही क्या है। इसीलिए वे रखैलों के रूप में सम्मानित पद प्राप्त करके रहना अधिक अच्छा समझने लगी थीं, क्योंकि ऐसे सम्मानित पदों को भारत सरकार द्वारा मान्यता प्राप्त थी। लॉर्ड कर्ज़न के काल में भारतीय राजे-महाराजे अय्याशी के लिए यूरोप जाने में भी संकोच करने लगे थे, क्योंकि लॉर्ड कर्ज़न ने उनके मन में भारतीय रियासतों के प्रति कर्तव्य भावनाओं को जगा दिया था।

महाराजाओं तथा उनके इन प्रेम-प्रसंगों के बारे में लिखने का मेरा उद्देश्य यह प्रमाणित करना है कि सन् 1910 से 1940 के बीच अंग्रेज़ सरकार ने अंग्रेज़ महिलाओं को भारतीय राजाओं-महाराजाओं तथा उनके मन्त्रियों के साथ घुलने-मिलने और प्रेम-सम्बन्ध स्थापित करने की जो छूट दे रखी थी, उसके पीछे सरकार की दो चाले थीं। एक तो यह कि इस तरह वे इन राजाओं-महाराजाओं की दौलत हथिया सकें और दूसरे इस माध्यम से पूरी तरह अपने चगुंल में कर सकें। इसी कारण उन दिनों अंग्रेज़ों ने भारतीय राजाओं-महाराजाओं तथा उनके मन्त्रियों आदि के साथ मित्रतापूर्ण सम्बन्ध स्थापित कर रखे थे और बराबरी के दर्जे से उनसे मिलते थे। यहां तक कि अपनी औरतों तक को उनसे खुल-खेलने की छूट देते थे।

इंग्लैंड में रहते हुए अंग्रेज़ों के तौर-तरीक़े कुछ और होते और भारत में रहते हुए कुछ और। इंग्लैंड की महारानियों की प्रेम कथाएं प्रसिद्ध हैं। हैनरी

तृतीय और एनीवोलीन की पुत्री महारानी एलिज़ाबेथ का अपने ही कई दरबारियों के साथ प्रेम था। मौज़-मस्ती का जीवन जीने के लिए वह हर प्रकार के राग-रंग करती रहती। फ्रांस तथा अन्य यूरोपीय देशों की महारानियों के ऐश्वर्यपूर्ण जीवन की कहानियां भी काफ़ी प्रसिद्ध हैं। महारानी जोज़फीन, महारानी मेरी ल्यूसी तथा महारानी मेरी एंटोयनेट जो क्रमशः नेपोलियन तथा लुई चौदहवें के काल में हुईं, फ्रांस की प्रसिद्ध रंगीली रानियों में गिनी जाती हैं। अठारहवीं तथा उन्नीसवीं शताब्दी में इन रानियों ने फ्रांस के इतिहास को भी ख़ासा रंगीन बना दिया था।

सीता, द्रौपदी, महारानी झांसी, नूरजहां तथा मुमताजमहल जैसी भरतीय रानियां हमारे यहां सदा इज़्ज़त की निगाह से देखी गई हैं। कोई भी इतिहासकार इन भारतीय महारानियों के चरित्र पर उंगली तक नहीं उठा सकता, लेकिन जब से अंग्रेज़ भारत में आए तभी से भारतीय महिलाओं के चरित्र में भी गिरावट आनी शुरू हो गई और यह गिरावट विशेष रूप से भारतीय महारानियों, राजकुमारियों तथा उच्च वर्ग की महिलाओं में आई। भारत के गांवों की महिलाओं पर अंग्रेजों की इस अनैतिकता का कुप्रभाव नहीं पड़ा, क्योंकि हमारे यहां की ग्रामीण महिलाओं का नैतिक स्तर संसार-भर में सबसे ऊंचा है।

शुरू-शुरू में जब अंग्रेज़ भारत आए, तो वे भारतीयों से मेल-जोल बढ़ाने में कतराया करते थे, परन्तु सन् 1857 में महारानी विक्टोरिया के घोषणा-पत्र के बाद जब ब्रिटिश अधिकारियों को भारत के हर कोने में नियुक्त किया गया तथा अंग्रेज़ व्यापारियों ने जगह-जगह अपने डेरे डाले, तो उन्होंने भारतीय औरतों से शादी करनी शुरू कर दी। इस प्रकार भारतीयों के साथ उनका मेल-जोल बढ़ा और इस मेल-जोल के फलस्वरूप एंग्लो-इंडियन नाम की जाति अस्तित्व में आई जो कि आज भी भारत की अल्पसंख्यक जाति के रूप में स्वीकृत है।

छोटी जाति और निम्न वर्गों की भारतीय महिलाओं को अंग्रेज़ लोग रखैलों के रूप में रखा करते थे। केरल और पूर्वी बंगाल में यह सब आम चलता था और कोई-कोई अंग्रेज़ इनसे शादी भी कर लेता था।

केरल के कुछ ईसाई परिवारों में आधे लोग तो गोरे मिलेंगे और आधे काले। मैंने अपने केरल-निवासी मित्रों से पूछा, तो उन्होंने बताया कि अगर

एक भाई किसी गोरी लड़की से शादी कर ले, तो उसके बच्चे गोरे होंगे और दूसरा भाई काली लड़की से शादी कर ले, तो उसके बच्चे काले। इस प्रकार कई पुश्तों तक यही क्रम चले तो ऐसा ही होगा।

जैसा कि मैं पहले कह चुका हूं कि भारतीय राजे-महाराजे अपनी यूरोपीय रखैलों के साथ दुनिया-भर में मौज़-मस्ती करते फिरते थे और पीछे से उनकी अवहेलित महारानियां अंग्रेज़ अफ़सरों के साथ यौन-सम्पर्क स्थापित करने के लिए विवश हो जाती थीं। मसूरी, शिमला, डलहौजी, दार्जिलिंग, माउंटआबू, ऊटाकमंड तथा अन्य पहाड़ी नगरों में जो-जो अय्याशियां होतीं, उनका मुख्य कारण यही था। बम्बई, कलकत्ता और मद्रास की घुड़दौड़ों में भी इसी वर्ग की महिलाएं बढ़-चढ़कर दांव लगाया करती थीं। उनके पास न तो दौलत की कमी थी और न उन पर किसी प्रकार का कोई नियन्त्रण। जुए के दांव और प्यार के दांव-पेचों पर दोनों हाथों से रुपया लुटातीं। अपने पतियों की अपेक्षा उन्हें अपने अंग्रेज़ प्रेमियों के साथ अधिक आनन्द आता। उधर महाराजा लोग जब अधिकांश समय विदेशों में बिताकर भारत लौटते, तो अपने साथ विदेशी रखैलें भी ले आते और फिर उन रखैलों को महलों में रखकर महारानियों के बराबर खड़ा कर देते। महारानियों को मजबूर होकर उन्हें स्वीकारना पड़ता। इस प्रकार महारानियों के मन में इनके प्रति कड़वाहट और असन्तोष भरता रहता।

महाराजा जगतजीत सिंह तुर्की में

लंदन में प्रधानमंत्री रामसे मेक्डोनॉल्ड के साथ
महाराजा जगतजीत सिंह व अन्य

जरमनी दास, लंदन में

महाराजा जगतजीत सिंह विदेशी मेहमानों के साथ

महाराजा जगतजीत सिंह और महाराजा मैसूर
अपनी क्रिकेट टीम के साथ

महाराजा जगतजीत सिंह दूर पूरब में

हॉलीवुड सितारों के साथ महाराजा जगतजीत सिंह

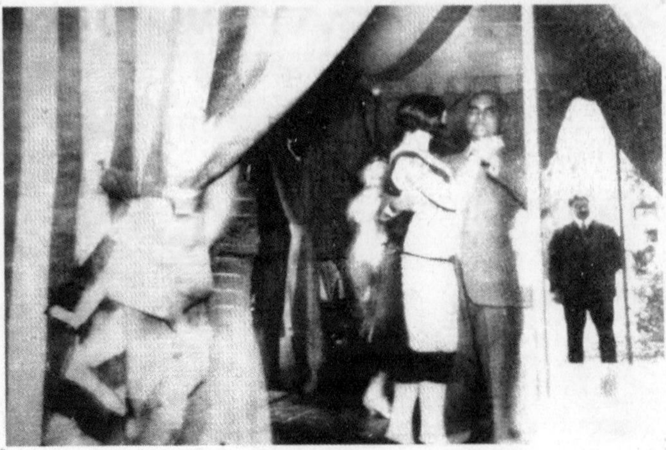

विदेशी महिला के साथ डांस करते महाराजा जगतजीत सिंह

शाही घराने की एक राजकुमारी

शाही घराने की एक सदस्या

पेरिस में ममे डे मारिया के साथ जरमनी दास

मिस जर्मनिन पोलग्रीनो

पंजाब में एक विदेशी मेहमान

पार्वती देवी

सीता देवी

रानी अनारी देवी

रानी कनारी ऑफ़ कांगड़ा

महाराजा जगतजीत सिंह अपने परिवार के साथ

मैसूर के हिज़ हाइनेस युवराज और जरमनी दास के साथ टर्की की लैला

अनीता देलगादो के साथ जरमनी दास

हरम के पहरेदार हीजड़े

बड़े-बड़े सम्राट, तुर्की सुल्तान, निज़ाम हैदराबाद तथा कई भारतीय महाराजे अपने बड़े-बड़े हरमों और रनिवासों पर नियन्त्रण किस प्रकार किया करते थे, यह जानकारी काफ़ी मनोरंजक है, क्योंकि उन रनिवासों में रानियों की संख्या तीन सौ से पांच सौ भी हुआ करती थी इसलिए उन पर नियन्त्रण करने की एक नियमित प्रणाली थी।

रनिवासों में रहने वाली उन औरतों को विशेष रूप से इस बात का प्रशिक्षण दिया जाता था कि वे एक ही आदमी की होकर रहें। उन्हें ग़ैर मर्दों के हाथों में पड़ने से रोकने के लिए कई तरह के उपाय किए जाते थे। पहला तो यह कि रनिवास में किसी औरत के लिए बाहर निकलना ही असम्भव था। तुर्की सुल्तानों ने अपने हरम की पहरेदारी पर हीजड़े तैनात किए हुए थे। उन हीजड़ों में से एक मुखिया चुनकर उसे एक बड़ा ही सम्मानित ओहदा और ऊंचा पद-नाम दिया जाता। उस प्रमुख हीजड़े का पद महामन्त्री से थोड़ा ही नीचा होता तथा अन्य मन्त्रियों के मुक़ाबले सबसे ऊंचा। हरम का सारा इन्तज़ाम उसके हाथ में होता और वह जिस तरह चाहता, कर सकता था। उसकी कमान में महिला सैनिकों की कई गारदें होतीं, जो कि हरम के चारों ओर सशस्त्र पहरे पर तैनात रहतीं।

हर समय जासूसी करने की प्रणाली भी बड़ी मज़बूत थी। जहां कहीं किसी औरत पर रत्ती-भर भी शक़ हुआ कि झट गारद की अफ़सर ने मुख्य हीजड़े तक शिकायत पहुंचा दी। दंड भी बहुत कड़े दिए जाते। कभी-कभी मृत्यु-दंड भी। इस प्रकार हरम की औरतों के मन में हर समय आतंक छाया रहता, परन्तु फिर भी कभी-न-कभी कोई-कोई वारदात होती ही रहती।

भारत के हिन्दू राजाओं के महलों में भी यही हालत थी। महारानियों और रानियों की एक-एक हरक़त पर बराबर बड़ी कड़ी नज़र रखी जाती थी। मैं महाराजा पटियाला के दरबार में कई साल तक रहा और वहां की महारानियों के निकटतम सम्पर्क में भी आया, मगर मैंने एक बार भी ऐसा नहीं देखा कि कोई रानी या महारानी रनिवास में रहते हुए ऐसी वैसी कोई हरकत कर पाती। उनमें से कोई भी ऐसा सोच नहीं पाती थी कि अपने पति के अलावा किसी और के साथ काम-सम्बन्ध स्थापित किया जा सकता है।

मुग़ल बादशाहों और तुर्की के सुल्तानों ने अपने हरम की औरतों पर नियन्त्रण रखने का एक और भी तरीक़ा अपनाया हुआ था। उन औरतों को एक ख़ास तरह का भोजन दिया जाता ताकि उनमें अधिक कामोत्तेजना उत्पन्न ही न होने पाए। इसके अलावा उन्होंने यह इन्तज़ाम भी कर रखा था कि पांच साल की उम्र से बड़ा कोई भी लड़का हरम में दाख़िल नहीं हो सकता था। हरम की औरतों के नज़दीकी रिस्तेदारों तक को उनसे मिलने की इज़ाज़त नहीं थी। कोई ख़ास बात हो जाती या शादी-ब्याह अथवा मृत्यु के अवसर पर ही कोई रिश्तेदार इनसे मिल पाता, परन्तु वह भी इजाज़त लेकर।

महल के भीतरी भागों की बनावट कुछ इस प्रकार की हुआ करती थी कि वहां पर रहने वाली औरतें बाहरी दुनिया से एकदम कट जाएं। छः-छः सात-सात गलियारे पार करने के बाद कहीं जाकर महल के इन भीतरी कक्षों में पहुंचा जा सकता था और फिर इन गलियारों में हर समय हीजड़ों का पहरा रहता। हीजड़ों के अलावा बौने, कुबड़े तथा अन्य भयानक शक्लों वाले पहरेदारों को भी तैनात किया जाता। इनमें से भी चुन-चुनकर ऐसे लोग काम पर लगाए जाते, जो एकदम नपुंसक होते और जीवन के प्रति किसी प्रकार का मोह उनमें नहीं रह गया होता और यह सब कुछ किया जाता केवल इसलिए कि हरम की महिलाओं का कोई यौन-सम्बन्ध न हो।

धार्मिक प्रवचन दे-देकर भी इन औरतों का नैतिक संस्कार बनाया जाता। इन धार्मिक प्रवचनों द्वारा उनके मन में यौन-शुद्धता की भावना प्रबल की जाती। साथ ही इस प्रकार का भय उत्पन्न किया जाता कि यदि वे चरित्र से गिर जाएंगी तो भगवान नाराज़ हो जाएगा। वास्तव में भारतीय औरतों के मन

में इस प्रकार की भावनाएं और भय घर कर चुके थे। परन्तु अंग्रेज़ों के आने के बाद यह भय सरकना शुरू हो गया। औरतों को दी गई आज़ादी, उनके पतियों की लम्बी अनुपस्थिति, ऐश्वर्यपूर्ण जीवन-पद्धति तथा धार्मिक आस्था में आ चुकी कमी के कारण भारतीय महारानियां और अन्य औरतें अपने पतियों के प्रति बेवफ़ाई करने लगीं।

भारतीय समाज और झूठी आधुनिकता

हाल ही में मैं एक डिनर पार्टी में गया। नई दिल्ली के मेरे एक दोस्त ने अपने शानदार घर में यह पार्टी दी थी। इस पार्टी में बहुत सारे लोग आमन्त्रित थे। व्यापारी, उद्योगपति, राजनीतिज्ञ, सरकारी अफ़सर और उनकी पत्नियां वग़ैरा। दो महारानियां भी थीं। जब शराब के कुछ जाम ढल चुके, तो दो औरतों ने अपनी आंखें नचाकर मुझे बताया कि वह जल्दी ही पेरिस घूमने जा रही हैं। जब मैंने पूछा कि वे अकेली जा रही हैं या अपने पतियों के साथ, तो उन्होंने बताया कि अकेली ही जा रही हैं। मैं क्योंकि भारत-फ्रांस मैत्री संघ का प्रधान हूं, सरकार द्वारा पैरिस घूमने के लिए वे औरतें चाहती थीं कि मैं किसी तरह उन्हें फ्रांस सरकार द्वारा पैरिस घूमने के लिए निमन्त्रित करवा सकूं। मैं भी क्योंकि पैरिस जाने वाला था, इसलिए उन्होंने मेरे बारे में भी जानकारी लेनी चाही कि मैं अकेला जा रहा हूं या दुकेला। मैंने उन्हें बताया कि मैं चाहे वहां होऊं या न होऊं, उन्हें वहां किसी प्रकार की दिक्क़त नहीं होगी, क्योंकि पैरिस में मेरे फ्रांसीसी दोस्त हर तरह से उनकी देखभाल करेंगे। उन दोनों की बातचीत से मुझे लगा कि वे दोनों अपने पतियों के बिना ही जाना चाहती थीं ताकि विदेश में पूरी तरह मौज़-मस्ती कर सकें।

किसी पार्टी में इस प्रकार की बातचीत मेरे लिए एक आम बात है। मेरा ख़्याल है कि उच्च वर्ग की महिलाएं अपने पतियों के बिना अकेली ही विदेश घूमना पसन्द करती हैं। कई बार तो इस तरह के प्रोग्राम पहले से ही तय किए होते हैं। पैरिस, लन्दन, फ्रेंकफर्ट और यूरोप की अन्य राजधानियों में इन औरतों के दोस्त इनसे मिलना तय किए रहते हैं। मैं दिल्ली की कुछ महत्वपूर्ण औरतों को जानता हूं जो अकेली पैरिस गई थीं और वहां इन्हें इनके प्रेमी मिले थे। वहां से फिर ये लोग अमरीक़ा गए और अमरीका से फिर भारत लौटे।

होता यह है कि भारत से जाते समय ये प्रेमी और प्रेमिकाएं आमतौर पर सीधे पैरिस नहीं जाते और न इकट्ठे जाते हैं। ये लोग अलग-अलग जाते हैं और कनाडा तथा अमरीका घूमने, पढ़ने या किसी काम से जाते हैं और फिर कुछ दिन वहां रहकर पैरिस या जहां भी कहीं मुलाक़ात तय की होती है, कुछ दिनों के लिए घूम आते हैं और फिर से अमरीका या कनाडा के रास्ते भारत लौट आते हैं। ऐसे इन्तज़ाम का सबसे बड़ा फ़ायदा यह होता है कि इन प्रेमियों की मुलाक़ात पर किसी को शक़ नहीं हो सकता। कुछ दिन पहले की बात है, भारत के एक जाने-माने व्यक्ति अमरीका गए। वह सरकारी दौरे पर गए थे। जाते समय अपनी किसी प्रेमिका तथा उसके पति को पैरिस में मिलने के लिए कह गए। फिर पैरिस से इन्हें साथ लेकर अमरीका चले गए। अमरीका से फिर इन्हें पैरिस छोड़कर भारत आए। बहुत बड़ा सरकारी अफ़सर होने के नाते उसे अपने विदेशी दौरों के समय अपने रिश्तेदारों को भी साथ ले जाने की इज़ाज़त थी। इस प्रकार सरकारी ख़र्चे पर वह अफ़सर, उसकी प्रेमिका और प्रेमिका का पति घूमते और मौज़ मनाते रहे। कुछ भी सही, प्यार और जंग में सब जायज़ है।

महिला अधिकारियों के साथ पुरुष अधिकारी जब कहीं दौरे पर जाते हैं, तो कई-कई दिन रेस्ट हाउस या होस्टल में इकट्ठे ठहरते हैं। इस दौरान उनमें दोस्तियां भी पैदा हो जाती हैं और यही दोस्तियां कई दफ़ा प्यार में भी बदल जाती हैं। लगभग हर ऐसे मामले में यौन-सम्बन्ध तो पैदा हो ही जाते हैं। ऐसे भी कई मामले देखने में आए हैं कि अविवाहित महिला अधिकारी को अपने सरकारी दौरे के दौरान ही उपयुक्त पति मिल गया। मैं ऐसी कई महिला आई.ए.एस. अफ़सरों और ऐसे पुरुष आई.ए.एस. अफ़सरों को भी जानता हूं जिनकी शादियां सरकारी दौरों के दौरान बने यौन सम्पर्कों का परिणाम हैं, लेकिन जब इस प्रकार के सम्पर्क विवाहित पुरुषों और विवाहित महिलाओं के बीच स्थापित हो जाते हैं, तो दोनों ओर के घरों की तबाही का कारण बन जाते हैं। ऐसे कई तबाह हुए घर भी मैंने देखे हैं।

कुछ सरकारी अफ़सर अपनी महिला स्टेनोग्राफ़रों या सेक्रेटरियों को सरकारी दौरों पर जाते समय अपने साथ ले जाते हैं और होटलों में उनके साथ रहते हैं। कभी-कभी ये अफ़सर कोई महत्वपूर्ण तथा गुप्त-पत्रों की डिक्टेशन

देने के बहाने इन्हें कार में ले जाते हैं। असल में इस तरह की स्थितियां पैदा कर वे इनसे खुल-खेलने का अवसर ढूंढ़ते हैं। मैं एक मेडिकल-संस्थान का चेयरमैन हूं और इस संस्थान की बैठकें अक्सर दिल्ली में होती रहती हैं। एक बार इस संस्थान में कुछ लोगों की नियुक्ति करनी थी, तो इसके डॉक्टर इंचार्ज ने अख़बारों में इश्तिहार छपवाया कि अस्पताल में कुछ स्थान ख़ाली हैं, जिनके लिए आवेदनपत्र देने वाले अभ्यर्थियों की अर्ज़ियों के साथ फोटोग्राफ भेजना भी ज़रूरी है। उस डॉक्टर ने महिला अभ्यर्थियों से कई सवाल पूछे, मगर हरेक से यह सवाल ज़रूर पूछा कि क्या वह उसके साथ अकेली दौरे पर जाने को तैयार होगी? बहुत-सी महिलाएं जिन्हें नौकरी की वाक़ई बहुत ज़रूरत थी उन्होंने इस सवाल के जवाब में 'हां' कह दिया। बाक़ियों ने कहा कि वे अपने मां-बाप से पूछकर बताएंगी । इन महिलाओं की अर्ज़ियां डॉक्टर ने रद्द कर दीं और पचास लड़कियों में से दस ऐसी महिलाओं को चुना जो उसके साथ अकेली ही दौरों पर जाने के लिए राज़ी हो गई थीं और वे दस की दस जवान और ख़ूबसूरत लड़कियां थी। मैंने उस डॉक्टर से पूछा कि क्या 'इंटरव्यू' के समय यह सवाल पूछना उचित है? डॉक्टर ने कहा कि यह सवाल बहुत ज़रूरी है, क्योंकि उसे आमतौर पर चंडीगढ़, पटियाला, गाज़ियाबाद आदि शहरों में सरकारी दौरों पर जाना पड़ता है। उस डॉक्टर के चाल-चलन के बारे में मुझे बड़ी गम्भीर शिकायतें मिलीं, इसलिए मैंने साफ़-साफ़ कह दिया कि ऐसे डॉक्टर के रहते मैं उस मेडिकल-संस्थान का चेयरमैन नहीं रह सकता। इस पर डॉक्टर ने मुझसे माफ़ी मांगी और वायदा किया कि भविष्य में ऐसी हरकतें नहीं करेगा।

दिल्ली के अधिकांश बड़े-बड़े होटलों में 'काल गर्ल्स' होती हैं। ये 'काल गर्ल्स' होटल के रिसेप्शन अफ़सरों के साथ मिलकर धन्धा चलाती हैं। होटल में ठहरने वाले पर्यटकों के साथ इनका परिचय कराने में ये अधिकारी इनका साथ देते हैं। ऐसी लड़कियां कलकत्ता, बम्बई और अन्य शहरों से हवाई जहाज़ों द्वारा दिल्ली आती हैं और इन बड़े-बड़े होटलों के ठाठदार कमरों में रहती हैं। अमीर व्यापारियों द्वारा इनके होटलों के बिल अदा किए जाते हैं, क्योंकि ये व्यापारी इन लड़कियों के माध्यम से सरकारी अफ़सरों को खुश करके ठेके या लाइसेंस प्राप्त करते हैं। कुछ होटल वालों ने कमरे साफ़ करने

के लिए ख़ूबसूरत और जवान नौकरानियां रखी हुई हैं। इनके द्वारा ही पर्यटकों को आकर्षित करते हैं।

हाल ही में दिल्ली के एक बड़े होटल में मेरे एक जर्मन मित्र ने मुझे शराब पीने की दावत दी। मैं वहां पहुंचा, तो कुछ ही मिनट बाद एक बड़ी ही ख़ूबसूरत लड़की कमरे में दाख़िल हुई और उसने वहां की चीज़ों को झाड़ना-पोंछना शुरू कर दिया। उस लड़की की उम्र मुश्किल से बीस साल रही होगी। मेरा मित्र उसे जानता था। उसने उसे भी साथ बैठा लिया।

समाज के जिस उच्च वर्ग के लोगों का मैं यहां वर्णन कर रहा हूं, उनमें राजे-महाराजे, व्यापारी, उद्योगपति, भारत सरकार के सेक्रेटरी, सैनिक और असैनिक उच्च अधिकारी और उच्च मध्यम वर्गों की महिलाएं आती हैं। निम्न वर्गों की औरतों या ग्रामीण महिलाओं की बात मैं नहीं करूंगा, क्योंकि उन महिलाओं पर आधुनिक सभ्यता की काली परछाईं अभी उतनी नहीं पड़ी है। यद्यपि इस बीच सिनेमा, रेडियो तथा आधुनिक शिक्षा ने भारतीय गांवों में प्रवेश करके वहां की जीवन-पद्धति को भी परिवर्तित करना शुरू कर दिया है और इसमें कोई सन्देह नहीं कि आधुनिक विचारधारा ने भारतीय ग्रामीणों के मन में घुसकर हलचल मचानी शुरू कर दी है। हो सकता है आने वाले कुछ वर्षों में भारतीय ग्रामीण शहरी तौर-तरीक़े अपना ले और अपने परम्परागत सांस्कृतिक मूल्यों को भूल जाए।

उच्च वर्ग की महिलाओं की वर्तमान मानसिक स्थिति का जायज़ा लेते समय कुछ बातें बहुत खुलकर सामने आती हैं। इन महिलाओं की शिक्षा-दीक्षा ईसाई मिशन स्कूलों में होती है, जहां इनके मन में पाश्चात्य विचारधारा भरी जाती है। भारतीय संस्कृति या धार्मिक शिक्षा का ज्ञान भी नहीं कराया जाता। इस प्रकार आज की 'आधुनिक पीढ़ी' अपनी संस्कृति और धर्म को भूल गई है और हुआ यह है कि यह पीढ़ी न इधर की रही है और न उधर की, क्योंकि पश्चिमी सभ्यता ने इन्हें यह सिखाया है कि भौतिक उन्नति ही जीवन में सब कुछ है, इसलिए इस पीढ़ी की महिलाएं ऊंचे-ऊंचे पदों, आरामदेह घरों, कारों, एयरकंडीशनरों, रेडियोग्रामों और अन्य अत्याधुनिक साज-सामान के लिए ललचाती रहती हैं। इस पीढ़ी की महिलाओं को धरम-करम के काम करते शर्म आती है और सबके सामने खुलकर कहने लगी हैं कि इन पुरानी परम्पराओं में

उन्हें कोई विश्वास नहीं, धर्म से कोई लेना-देना नहीं तथा पुराने नैतिक मूल्य भी ये छोड़ चुकी हैं। परिणामस्वरूप ये सदा भ्रान्तियों में फंसी रहती हैं। भ्रान्तियों ने इनका मानसिक सन्तुलन बिगाड़ दिया है। हमें ह्रासशील पश्चिमी समाज का अनुगामी नहीं बनना चाहिए। पश्चिमी रंग-ढंग में ढली ऐसी भारतीय महिलाएं उन्मुक्तता के नाम पर वास्तव में पतन के गर्त में डूबी जा रही हैं।

हमारे जीवन पर पश्चिमी सभ्यता के प्रभाव के कारण आज की जीवन-स्थितियां कुछ इस प्रकार से बदल गई हैं कि अधिकांश भारतीय परिवार आर्थिक संकट में रहने लगे हैं और इन्हीं आर्थिक स्थितियों के कारण हमारे समाज में औरतों का दृष्टिकोण भी बदलने लगा है। मैट्रिक पास महिलाएं दफ़्तरों में काम करने लगी हैं। उच्च शिक्षा प्राप्त महिलाएं आई. ए. एस. तथा अन्य ऊंची नौकरियों के पीछे भागने लगी हैं। नौकरियों के दौरान ये महिलाएं अपने पुरुष सहयोगियों के सम्पर्क में आती हैं और फिर इस प्रकार के सम्पर्क सेक्स तक जा पहुंचते हैं। हमारे यहां सरकारी दफ़्तरों में काम करने वाले कर्मचारियों में 25 प्रतिशत महिलाएं हैं। यह बड़े दुर्भाग्य की बात है कि जिन महिलाओं को अन्य पुरुषों से मेल-जोल बढ़ाने का अवसर नहीं मिला करता था। वे इस प्रकार अचानक अपने पुरुष सहयोगियों के साथ घुल-मिलकर काम करने लगी हैं। इस प्रकार घुलने-मिलने का स्वाभाविक दुष्परिणाम यह हो रहा है कि अधिकांश महिलाएं मर्दों के साथ खुल-खेलने लगी हैं। पहले ज़माने में ऐसा कभी नहीं होता था कि औरतें अपने मर्द दोस्तों को अपने घरों में निमन्त्रित करें। मगर अब ऐसा होने लगा है। दफ़्तरों में काम करने वाली लड़कियां और औरतें बाहर तो अपने दोस्तों के साथ घूमती ही हैं, परन्तु अपने घरों में भी बुलाने लगी हैं। अपने मां-बाप या पतियों से उनका परिचय भी कराती हैं। इस प्रकार आधुनिक महिला का दृष्टिकोण बदल गया है। उसे अब इस बात में कोई शर्म महसूस नहीं होती कि वह ग़ैर मर्दों के साथ घुलती-मिलती है। दफ़्तरों में काम करने वाली कई लड़कियों ने निजी फ्लैट ले रखे हैं, जहां वे अपने दोस्तों को बुलाती रहती हैं। औरतों की इस आज़ादी के कारण कई बार कुछ ऐसी दुर्घटनाएं भी हो जाती हैं जिनके कारण कई औरतों को अपनी जान से हाथ धोना पड़ता है। जब इन्हें गर्भ रह जाता है तो ये चोरी-छिपे गर्भ

गिरवाने की कोशिश करती हैं और ऐसे में कई बार उनकी मृत्यु तक हो जाती है।

पिछले दिनों मैंने अख़बार में पढ़ा कि एक आदमी ने अपनी शादी की पहली रात को ही अपनी पत्नी के मुंह पर तमाचा मार दिया, क्योंकि उसे लगा कि पत्नी शादी से पहले कुंआरी नहीं थी। कुंआरी नहीं थी यानी उसका कौमार्य भंग हो चुका था। वह औरत एक प्रसिद्ध लेखिका थी। उसने इस बात को लेकर अपने पति की बड़ी भर्त्सना भी की। उसका पति शायद यह नहीं जानता कि आधुनिक लड़कियों में से 70 प्रतिशत लड़कियों की शादी से पहले ही कौमार्य भंग हो चुका होता है। ख़ासतौर पर उनका जो यूनिवर्सिटियों में पढ़ी होती हैं या अस्पतालों में नर्स होती हैं, दफ़्तरों में काम करती हैं इत्यादि। कुछ मध्यम वर्ग की लड़कियों की भी यही हालत है। कुछ दिन पहले इटली की सुप्रीम कोर्ट के सामने एक धर्मसंकट की स्थिति उत्पन्न हो गई। अदालत को यह फ़ैसला करना था कि अगर कोई लड़की यह कहे कि शादी से पहले उसका कौमार्य भंग नहीं हुआ, परन्तु वास्तव में हुआ हो, तो क्या ऐसा कहना जुर्म है?

नेपल्स का एक आदमी अपनी प्रेमिका से शादी करने के लिए तैयार हो गया, क्योंकि उसकी प्रेमिका ने उसे विश्वास दिलाया था कि उसका कौमार्य भंग नहीं हुआ, लेकिन शादी के बाद उस आदमी को पता चला कि उसकी प्रेमिका ने झूठ बोला था। सुहागरात से अगले दिन ही वह आदमी अपने वकील के पास गया और क़ानूनी रूप से सम्बन्ध-विच्छेद करने की अर्ज़ी दे दी। पांच साल तक यह मुकदमा चला। आख़िरकार कोर्ट ने यह मान लिया कि औरत द्वारा इस तरह झूठ बोलना जुर्म था। इस प्रकार उस पति को सम्बन्ध-विच्छेद करने की इज़ाज़त दे दी गई।

कुछ पुराने समाजों में यह रिवाज़ था कि जिस समय नव-विवाहित जोड़ा सुहागरात मना रहा होता, तो परिवार के बाक़ी सदस्य उस बन्द कमरे के बाहर बैठकर इन्तज़ार किया करते। पति जब कमरे से बाहर निकलकर वधू के कुंवारी होने की घोषणा करता, तो सब लोग ख़ुशियां मनाते। कुंवारी होने की घोषणा के साथ-साथ पति उस बिस्तर पर बिछा वह कपड़ा भी उठाकर लाता जिस पर लहू के लाल धब्बे लगे होते। आज के ज़माने में किसी पति की यह जुर्रत नहीं कि वह सुहागरात को अपनी पत्नी से इस प्रकार का कोई सबूत माँगे

कि वह कुंवारी है या नहीं। कुछ लोगों को जब यह पता चलता है कि उनकी पत्नियां शादी से पहले ही अपना कौमार्य भंग कर चुकी हैं। तो वे चुपचाप इस बात को पी जाते हैं और अपनी पत्नियों के सामने अपने मन के भाव प्रकट ही नहीं होने देते। कुछ औरतें अपने पतियों के साथ चालें भी खेलती हैं। वे ऐसा करती हैं कि सुहागरात को तकिए के नीचे लाल स्याही की दवात रख लेती हैं। और सुहागरात मना चुकने के बाद बिस्तर की सफ़ेद चादर पर लाल स्याही छिड़क देती हैं। डॉक्टरी सिद्धान्त के अनुसार एक ख़ास उम्र तक पहुंचने के बाद औरत के अन्दर से वह झिल्ली अपने आप फट जाती है जो कौमार्य की सूचक मानी जाती है। इस आड़ में भी कई औरतें अपने पतियों को धोखा देती हैं। मेरा कहने का यह अभिप्राय नहीं है कि आजकल सभी औरतों का शादी से पहले कौमार्य भंग हो चुका होता है, लेकिन अधिकांश ऐसी ही होती हैं और ऐसा सिर्फ़ इसलिए होता है, क्योंकि उन्हें पुरुषों के सम्पर्क में आने और मेल-जोल बढ़ाने के अवसर मिलते हैं। यह एक आम-फहम बात है कि कोई स्त्री और पुरुष जब भी अकेले मिलेंगे या किसी बन्द कमरे में उन्हें मिलने का मौक़ा मिलेगा, तो वे एक-दूसरे की ओर खिंचे बगैर रह नहीं सकते। मगर इस सबके बावजूद कुछ ऐसी औरतें अभी तक हैं जिन्हें अपनी वासना पर पूरा-पूरा नियन्त्रण होता है और वे किसी भी हालत में अपने आप को गिरने नहीं देतीं।

भारतीय समाज में नैतिक गिरावट आने का एक और कारण भी है और वह है आजकल के होटलों और रेस्तराओं में आए दिन चलने वाले कैबरे नृत्य। कैबरे-नृत्यों की यह बीमारी तो यहां तक फैल गई है कि बम्बई के कुछ रेस्तराओं में सुबह नाश्ते के समय से ही ऐसे प्रोग्राम चालू हो जाते हैं और रात को देर तक चलते रहते हैं। दिल्ली के भी कई रेस्तराओं में अब कैबरे-नृत्य होने लगे हैं। इन कैबरे-नृत्यों में नाचने और गानेवाली लड़कियां लगभग नंगी दिखाई देती हैं। नाममात्र को ढके इनके अंग दर्शकों को खुल-खेलने का निमन्त्रण देते हैं। 'स्ट्रिपटीज़' शो भी होने लगे हैं। 'स्ट्रिपटीज़' शो यह होता है कि कैबरे-नर्तकी पूरे कपड़े पहनकर सामने आती है और फिर धीरे-धीरे एक-एक कपड़ा उतारती चली जाती है। आख़िरकार एकदम नंगी हो जाती है। भारत में इस तरह के 'स्ट्रिपटीज़' शो बड़े ही फूहड़ ढंग से समाप्त होते हैं। मैंने पैरिस के 'क्रेज़ी हॉर्स' रेस्तरां में ज़ो 'स्ट्रिपटीज़' शो देखे थे, वे बड़े ही कलात्मक थे। वहां की

कैबरे-नर्तकियां भी बहुत ही सुन्दर, छरहरी और आकर्षक थीं। उनके खमदार जिस्म देख-देखकर वास्तव में आनन्द की अनुभूति होती थी। वहां के कैबरे-नृत्य को नृत्य-नाटिका के रूप में प्रस्तुत किया जाता है और यह प्रस्तुतीकरण वास्तव में कलात्मक होता है। 'क्रेज़ी हॉर्स' रेस्तरां की कैबरे-नर्तकियों को रेस्तरां के ग्राहकों से मिलने-जुलने की इज़ाज़त नहीं होती। दिल्ली, बम्बई और कलकत्ता के रेस्तराओं की तरह वहां यह भी नहीं होता कि कैबरे-नर्तकियां आकर ग्राहकों के पास बैठ जाएं और शराब पीने लगें। वहां तो कला कला के लिए प्रदर्शित की जाती है न कि फूहड़ता के लिए।

महानगरों की रंगीनियां

अब हम भारत के महानगरों के सामाजिक जीवन की कुछ झांकियां प्रस्तुत करते हैं। बाल-रूम-नृत्य, शराब के दौर तथा स्त्री-पुरुषों की परस्पर आलिंगनबद्ध स्थितियां ऐसे वातावरण में भला यह कैसे हो सकता है कि कोई अपने पर काबू रख सके। चाहे मर्द हो या औरत! मैं ऐसे कई रात्रि-भोजों में शामिल हुआ हूं जहां कुछ औरतें अपने पतियों को टेबल पर छोड़कर अपने प्रेमियों के साथ नाचने चली जाती हैं और नाच ख़त्म होने के काफ़ी देर बाद वापस अपने टेबल पर लौटती हैं। कुछ औरतें तो अपने प्रेमियों को लेकर किसी होटल में चली जाती हैं और उनके पति पीछे से दूसरी औरतों के साथ रंग-रेलियां मनाते रहते हैं। दिल्ली के कुछ क्लबों में और बड़े-बड़े होटलों में आए दिन यही सब होता रहता है। सिर्फ़ दिल्ली में ही नहीं, कलकत्ता और बम्बई में भी इसी एक साल के अन्दर-अन्दर मैंने दर्जनों ऐसे नज़ारे देखे हैं। पति अपनी पत्नी से यह भी नहीं पूछता कि वह किसके साथ नाच रही थी या फिर नाच के बाद कहां गई थी। दफ़्तरों में कई बड़े अफ़सर अपनी महिला सेक्रेटरियों और स्टेनोग्राफ़रों को फंसाए रहते हैं। दो-एक दफ़्तरों में तो मैंने यहां तक देखा कि अफ़सर के कमरे के बाहर लाल बल्ब जल रहा है और एक तख्ती लटकी हुई है जिस पर लिखा है कि अफ़सर इस समय बहुत व्यस्त है। जाहिर यह किया जाता है कि इस समय अफ़सर अपने किसी सरकारी काम में बहुत अधिक व्यस्त है और कुछ महत्वपूर्ण तथा गुप्त-पत्रों की डिक्टेशन दे रहा है। लेकिन होता यह है कि वह दरवाज़े बन्द करके लड़की को लिए पड़ा होता है। बाहर बैठा चपरासी भी जानता है कि अन्दर क्या हो रहा है, लेकिन उसे बख़्शीश मिलती है और उसका मुंह बन्द रहता है।

बहुत सारे अफ़सर रात को देर तक दफ़्तर में बैठकर काम करते हैं। बहाना यह कि काम बहुत है। परन्तु, वास्तव में वे अपनी महिला सहायकों और स्टेनोग्राफ़रों के साथ कामाग्नि शान्त कर रहे होते हैं। इनकी पत्नियां भी यह जानकर खुश होती हैं कि पति दूसरी औरतों के साथ उलझे हुए हैं, क्योंकि ऐसे में इन्हें भी ग़ैरमर्दों के साथ रंगरेलियां मनाने का अवसर मिलता है।

कई औरतें धर्म की आड़ में साधु-सन्तों के साथ अपनी वासना-पूर्ति करती हैं, क्योंकि आमतौर पर साधु-सन्तों पर इस प्रकार का कोई शक़ नहीं कर पाता। मेरे पास ऐसे बेशुमार उदाहरण हैं कि साधु-सन्त अपनी चेलियों के साथ ख़ूब मौज़ मनाते हैं। यह सच है कि वैदिक युग में कुछ बड़े ऋषि-मुनियों को महाराजा लोग खुद बुलवाकर महारानियों के साथ नियोग करवाया करते थे। नियोग की यह प्रथा इसलिए चली थी कि जिन राजा-महाराजाओं के सन्तान उत्पन्न नहीं होती थी, वे अपनी वंश-बेल बनाए रखें और नियोग के लिए ऋषि-मुनियों को ही इसलिए बुलवाया जाता था, क्योंकि उनका रक्त शुद्ध माना जाता था। मगर यह सब पतियों की जानकारी में होता और धर्म की सहमति से होता। उस युग के नैतिक्र नियमों के अनुसार नियोग को मान्यता भी प्राप्त थी, क्योंकि नियोग के द्वारा एक सामाजिक भूमिका अदा होती थी। मगर आज की औरतें सिर्फ़ अपने तक की भूख मिटाने के लिए साधु-सन्तों के पास जाती हैं। मैं ऐसी अनगिनत मिसालें दे सकता हूं जिनसे आज की औरतों की यह प्रवृत्ति खुलकर सामने आ सकती है कि इनके सामने सेक्स ही एकमात्र लक्ष्य है। यह सब अगर जारी रहा, तो भारत अपनी परम्परा को भूलकर नैतिक पतन के गर्त में उसी तरह डूब जाएगा जिस प्रकार पश्चिमी देश डूब रहे हैं।

यह प्रवृत्ति हमें उस आदिम युग की ओर ले जाएगी, जिस युग में नारी के सामने कोई नैतिक मूल्य नहीं हुआ करता था। आदिमयुगीन नारी कबीले के मुखिया की सम्पत्ति हुआ करती थी और उस सम्पत्ति को सब लोग मिलकर भोगा करते थे।

नारी : नई और पुरानी

नारी के मन से धार्मिक प्रभाव हट जाने तथा और भी अनेक परिस्थितियों के कारण आज यह स्थिति आ गई है कि नारी ने अय्याशी को ही जीवन-मूल्य बना लिया है। भले ही आज की नारी को अपने नए जीवन-मूल्यों पर गर्व है, परन्तु यह मूल्य इतने लक्ष्यहीन और फूहड़ हैं कि इनसे नारी को वास्तविक सन्तोष प्राप्त नहीं हो सकता। अमरीका की रेड इंडियंस नामक पिछड़ी हुई जातियों तक में नारी के मन में नैतिकता की यह उच्च भावना पाई जाती है कि वह जीवन-भर एक ही पुरुष की होकर रहे। मैं जब शिकागो गया, तो वहां मेरी कुछ रेड इंडियन औरतों से मुलाक़ात हुई। तभी मुझे पता चला कि ये औरतें जीवन-भर किसी पराये मर्द की तरफ़ आंखें उठाकर भी नहीं देखतीं। आज के भारत में यह भी सम्भव नहीं रह गया कि औरतों और मर्दों को अलग-अलग रखा जा सके। इसलिए यह बात महत्वपूर्ण हो उठी है कि औरतों को सेक्स-सम्बन्धी शिक्षा दी जाए ताकि उन्हें सेक्स के ख़तरों की जानकारी प्राप्त हो सके। अगर भारत की नारी यह सोचना शुरू कर दे कि हमारे परम्परागत जीवन-मूल्य सही थे, तो वह सुखी हो सकती है, क्योंकि जीवन का सुख-दुख इसी बात पर निर्भर करता है कि हम किस प्रकार की जीवन-पद्धति अपनाते हैं। मुझे विश्वास है कि यदि नारी अपने घर के बाहर इधर-उधर भटकना छोड़ दे, तो उसे सही अर्थों में शान्ति और प्रसन्नता प्राप्त हो सकती है।

घर को सुखी बनाने के लिए सबसे पहला सिद्धान्त यह होना चाहिए कि घर को ही अपना पूरा-पूरा प्यार दिया जाए। पुरुष और नारी के बीच काम का बंटवारा होना चाहिए। पुरुष का कर्तव्य है कि वह अपने परिवार के लिए कमाकर लाए और नारी का कर्तव्य है कि वह घर और बच्चों की देख-भाल करे

और घर को स्वर्ग-समान बनाए। इस प्रकार काम का बंटवारा हो जाने के बाद भारत का हर घर सुखी हो जाएगा तथा देश उन्नति करेगा और महान बनेगा।

कुछ औरतें अख़बारों में ब्याह-शादियों के लिए इश्तहार देती हैं, मगर यह एक भ्रम है कि अख़बारी इश्तहारों के द्वारा सही जोड़े तलाश किए जा सकते हैं। इस तरह की इश्तहारबाज़ी से भला यह कैसे जाना जा सकता है कि जो पुरुष उन्हें पति के रूप में मिलेगा वह उन्हें पति का प्यार दे भी सकेगा! अपनी लड़कियों की शादी के लिए अख़बारों में इश्तहार छपवाने वाले मां-बाप मुझे बहुत फूहड़ लगते हैं। यह तो ठीक वैसी ही बात हुई जैसे कोई कार बेचने के लिए अख़बार में इश्तहार निकलवा दे।

हाल ही में हमारे देश में एक बड़ा विवाद उठ खड़ा हुआ था। उत्तर प्रदेश के भूतपूर्व मुख्यमन्त्री ने ही यह विवाद शुरू किया था। उनका कहना था कि औरतों को किसी भी ज़िम्मेदार ओहदे पर नहीं लगाया जाना चाहिए। उनकी दृष्टि में नारी किसी भी प्रशासनिक पद के लिए उपयुक्त नहीं है। नारियों ने उनके बयान को चुनौती दी तथा भारतीय नारियों के बड़े-बड़े कारनामे याद दिलाए। मुख्यमन्त्री ने जो कुछ कहा उससे मैं भी सहमत नहीं हूं। मैं यह बात तो नहीं मानता कि औरतें ऊंचे पदों के लिए अयोग्य हैं। मेरे विचार में तो नारी बड़े से बड़ा पद संभाल सकती है। भारत की प्रधानमन्त्री श्रीमती इन्दिरा गांधी, लंका की प्रधानमन्त्री श्रीमती भंडारनायके और इज़रायल की प्रधानमन्त्री श्रीमती गोल्डा मायर ने यह सिद्ध कर दिया है।

परन्तु मैं इस बात को एक और नज़र से देखता हूं और वह यह कि नारी बाहर की अपेक्षा भीतर रहकर अधिक महत्वपूर्ण और उपयोगी भूमिका अदा कर सकती है। राजनीति और प्रशासन को छोड़कर यदि नारी घर चलाए, तो समाज के लिए अपेक्षाकृत अधिक उपयोगी सिद्ध हो सकती है। अपने पति और बच्चों की देखभाल करने में नारी को जितना आनन्द प्राप्त हो सकता है और वह अपनी नज़रों में जितनी ऊंची उठ सकती है उतनी और किसी भी तरह से नहीं । दिन-भर दफ़्तरों में खट-पट कर शाम को थकी-टूटी घर लौटने वाली नारी घर और समाज के लिए कर भी क्या सकती है! उसके पास तो इतना समय भी नहीं बचता कि वह अपने बच्चों के लिए अच्छा खाना बना सके। पति और पत्नी दोनों दफ़्तर जाते हैं, तो उन्हें आपस में ढंग से बात तक

करने का समय नहीं मिल पाता। सुखी जीवन के लिए यह अनिवार्य है कि जब पति काम से लौटे, तो मुस्कराती हुई पत्नी उसका स्वागत करे, पति-पत्नी मिल-बैठकर बातें करें, एक साथ खाना खाएं और एक-दूसरे को खुश रखें।

नारियों को पुरुषों के स्तर तक लाने के लिए अमरीका में एक तगड़ा आन्दोलन शुरू हुआ जिसे नारी-मुक्ति-आन्दोलन कहते हैं, परन्तु इसके विरोध में भी एक आन्दोलन चल रहा है। भारत में भी औरतें ऐसा सोचती हैं कि उनका स्तर पुरुषों के बराबर नहीं है। पुरुष उन्हें अपने से नीचा समझते हैं। विवाह-सम्बन्धी वैदिक सिद्धान्तों के विरुद्ध क़ानून भी लागू किए जा चुके हैं। भारतीय संविधान के अनुसार पुरुष और नारी एक समान हैं और नारी भी पुरुष की तरह बड़े-से-बड़े पद पर पहुंच सकती है, चाहे वह राष्ट्रपति या प्रधानमन्त्री का पद ही क्यों न हो, परन्तु इतने पर भी भारतीय नारी को सन्तोष नहीं है और वह अधिकाधिक सत्ता प्राप्त करना चाहती है ताकि पुरुष को दबाकर रख सके। नौकरियां करने वाली औरतें घरों में अपने पतियों को भी दबाकर रखना चाहती हैं। नतीजा यह होता है कि आपसी प्यार ख़त्म हो जाता है और जीवन कलहपूर्ण हो जाता है। उच्च वर्ग के घरों की औरतें तो एकदम तानाशाही व्यवहार करने लगी हैं। उनके व्यवहार से घर-परिवार में प्यार का वातावरण पैदा नहीं हो पाता। जानवरों तक में देख लीजिए कि मादा विनम्र होती है और नर आक्रामक। स्वामी विवेकानन्द ने अमरीका से लौटकर कहा था कि भारतीय नारी का नारीत्व बहुत आकर्षक है, परन्तु दुर्भाग्यवश आज के भारत की नारी अमरीकी नारी की तरह होती जा रही है। तड़कीले-भड़कीले कपड़े पहनकर लिपस्टिक से होंठ रंगती है, तरह-तरह से भृकुटी बनाती है और इस प्रकार का बनावटी रूप भरकर जब वह बाहर निकलती है, तो एक पेशेवर तवायफ़ की तरह नज़र आती है।

हमारी सरकार क्योंकि धार्मिक भेदभाव नहीं बरतना चाहती, इसलिए स्कूलों-कॉलेजों में धर्म-शिक्षा नहीं दी जाती। मगर यह हमारा दुर्भाग्य है। स्वाभाविक है कि ऐसे स्कूल-कॉलेजों में पढ़कर निकलने वाले बच्चे न तो अपने परम्परागत जीवन-मूल्यों से परिचित होंगे और न ही हमारे प्राचीन दर्शन तथा संस्कृति के बारे में कुछ जान पाएंगे। आज की शिक्षा हमारी भावी सन्ततियों को हर प्रकार से भौतिकवादी बनाती जा रही है। आज की पीढ़ी में जो

मानसिक भ्रान्तियां फैली हुई हैं उसकी जड़ यही है। सरकार समझती है कि स्कूल-कॉलेजों में धार्मिक शिक्षा अनावश्यक है, जब कि स्थिति यह है कि धार्मिक शिक्षा से मानसिक शान्ति प्राप्त होती है और हमारा चरित्र सुदृढ़ होता है और कुल मिलाकर हम अच्छे नागरिक बनते हैं। चाहे कोई काल्पनिक प्रतिरूप ही क्यों न हो! कोई ऐसा सर्वशक्तिमान स्वरूप तो मनुष्य के मन में रहना ही चाहिए जिससे डरकर वह एक अच्छे नागरिक के कर्तव्य निभा सके। धर्मनिरपेक्ष राज्यों में व्यक्ति को किसी सर्वशक्तिमान सत्ता का भय नहीं होता, इसलिए वह नियन्त्रण में नहीं रहता। दूसरे यह कि धर्मनिरपेक्ष समाजों में सारे धर्मों का कुछ इस प्रकार से गड्डमड्ड हुआ होता है कि किसी का भी स्वरूप स्पष्ट नहीं हो पाता। परिणामस्वरूप भावी सन्ततियां भ्रान्तियों में फंसी रहती हैं और सामाजिक नियन्त्रण को अस्वीकार करने लगती हैं। आज के समाज के सामने भौतिक प्रगति ही मुख्य ध्येय है न कि आध्यात्मिक उन्नति। जीवन का एकमात्र लक्ष्य जैसे-तैसे पैसा कमाना ही रह गया है। यही कारण है कि नारी की भी जीवन-दृष्टि बदल गई है और इसी बदली हुई जीवन-दृष्टि ने उसे भौतिक तथा आर्थिक उपलब्धियों के लिए ललचा दिया है। यही लालच आज नारी को वासना की ओर खींचे लिए जा रहा है।

आज की नारी अपने सुख-वैभव के प्रसाधनों पर ही रुपया ख़र्च करने लगी है। आधुनिक नारी की पहचान भी यही रह गई है कि उसके पास कितना रुपया है, कितने आभूषण हैं और उसके घर में आधुनिक सुख-सुविधाओं की कितनी चीज़ें हैं। इन सारी चीज़ों को उपलब्ध करना ही उसकी संस्कृति बन गई है। पुरानी नारियां तीर्थ-यात्राओं और दान-दक्षिणाओं में धन व्यय किया करती थीं और ग़रीबों को खाना खिलाना पुण्य का काम समझा करती थीं, परन्तु आधुनिक नारी के सामने लक्ष्य ही कुछ और है। वह नहीं जानती कि जिस ढंग का जीवन वह जीने लगी है वह उसे किधर ले जाएगा! यह जीवन-पद्धति न तो उसके अपने लिए अच्छी साबित होगी, न उसके देश के लिए। वह पीछे लौटना नहीं चाहती क्योंकि उसकी मां और दादी जिस प्रकार का जीवन जिया करती थीं, वैसा जीवन जीने की कल्पना भी उसे डराने लगी है।

मैं व्यक्तिगत रूप में पाश्चात्य शिक्षा के विरुद्ध नहीं हूं, परन्तु मैं तो यह चाहता हूं कि हमारे परम्परागत जीवन-मूल्यों और हमारी प्राचीन संस्कृति को भुला न दिया जाए। यह सच है कि हिन्दू-धर्म का स्वरूप इतना अधिक उलझा हुआ है कि उसे आधुनिक शिक्षित युवा वर्ग ठीक से समझ नहीं पाता। इसलिए यह ज़रूरी है कि यथासम्भव हम हिन्दू-धर्म के स्वरूप को सुलझाकर सीधा और स्पष्ट करें, ताकि वह आसानी से सबकी समझ में आ सके। वेदों और पुराणों के बृहद् ग्रन्थों को एक सरल पुस्तक के रूप में संकलित करके हमारे यहां के विद्वान निश्चित रूप से एक ऐसा रूप प्रदान कर सकते हैं, जिसे पढ़कर मानसिक शान्ति और सन्तोष प्राप्त हो।

सच्चरित्र सम्राज्ञी सीता

यदि हम असीम श्रद्धा और सम्पूर्ण त्याग को साकार देखना चाहें, तो हमें सीता के उस चित्र को आंखों के सामने लाना होगा जो महर्षि वाल्मीकि ने अपनी रामायण में सीता के चरित्रस्वरूप चित्रित किया है। राम जब अपनी सच्चरित्र पत्नी को छोड़कर वनवास के लिए जा रहे थे, तो सीता ने अपने सच्चे प्यार को इन शब्दों में अभिव्यक्त किया था, 'हे स्वामी, नारी की प्रसन्नता का स्रोत न तो पिता है न माता, न मित्र और न वह स्वयं।'

यह प्रसन्नता तो नारी को स्वयं अपने पति से ही प्राप्त होती है।
पति ही नारी का स्वर्ग होता है।
आप आज वन की ओर जा रहे हैं
मैं अपके मार्ग के कांटे बुहार दूंगी
आपकी सेवा में ही मुझे सुख मिलेगा
आपके सिवा मुझे और कोई नहीं चाहिए
मुझे छोड़कर मत जाइए मैं भी आपके साथ चलूंगी
वन में कन्द-मूल फल खाकर निर्वाह करूंगी
मेरे साथ रहने से आपकी चिन्ताएं नहीं बढ़ेंगी
आपके साथ-साथ चलूंगी
निडर होकर पथ की सारी बाधाएं लांघती चलूंगी
इसी प्रकार हज़ारों वर्ष बिता सकती हूं
परन्तु आपके बिना स्वर्ग में भी मुझे कुछ अच्छा नहीं लगेगा
आपके चरणों में बैठकर मुझे वन भी अपने पिता के महल सरीखे लगेंगे
आपके सिवाय मुझे और कुछ नहीं चाहिए
कोई अन्य वांछा नहीं

मेरी यह प्रार्थना स्वीकार कर लीजिए
मैं आपके साथ वनों में रहकर दुखी नहीं रहूंगी
आप पर बोझ भी नहीं बनूंगी
मान जाइए न आप
देखिए, इनकार न कीजिए
रघुवर! यदि आपने मेरी यह प्रार्थना नहीं सुनी तो, देखिए मैं मर जाऊंगी।

गुलाब की तरह महकती नूरजहां

मलिका नूरजहां का नाम मुग़लकाल की महत्वपूर्ण महिलाओं में उभरकर आता है। नूरजहां एतिमातुद्दौला की लड़की थी। सन् 1611 में जहांगीर से उसकी शादी हुई। वह बड़ी साहसी महिला थी। राज-काज के मामलों में पूरी-पूरी दिलचस्पी लेती थी। अच्छी सूझ-बूझ और काम करने की क्षमता उसमें थी। वह ग़रीबों की मदद करती थी और कमज़ोरों को ताक़त, हतोत्साहों को साहस और आस्थाहीनों को आस्था देती थी।

नूरजहां अपने महल के बारजे में बैठकर दरबारियों को हुक्म दिया करती थी। उसके नाम के सिक्के चलते थे। सिक्कों पर बादशाह जहांगीर के साथ मलिका नूरजहां का नाम भी खुदा होता था। सारे शाही फ़रमानों पर बादशाह के साथ मलिका के भी हस्ताक्षर होते। बड़े-बड़े अमीर-उमरा नूरजहां के सामने पड़ते ही घोड़ों से उतर जाया करते थे। किसी को भी सीधे तौर पर उससे मिलने की इज़ाज़त नहीं थी। मलिका से मिलने के लिए पहले पैग़ाम भेजना पड़ता था और पैगाम भेजकर इज़ाज़त लेनी पड़ती थी। पैग़ाम ले जाने का काम हीजड़े किया करते थे, जिन्हें ख़ास तौर पर इस काम के लिए नियुक्त किया जाता था।

शहंशाह जहांगीर की एक और बेगम भी थी, जिसका नाम इकबुल था। वह राजपूत घराने की औरत थी। इसी के गर्भ से शहज़ादा खुसरो का जन्म हुआ। शहंशाह ने इकबुल को भी शाह बेगम का ख़िताब दिया हुआ था।

अब हम नूरजहां और शहंशाह की कहानी सुनाते हैं। इससे ज़ाहिर होगा कि उस काल की औरतें कितनी चरित्रवान और निष्ठावान होती थीं। नूरजहां का असली नाम मेहरुन्निसा था। शहज़ादा सलीम ने उसे एक बाग़ में देखा था। शहज़ादा ने उसे दो कबूतर पकड़ाकर कहा था कि वह थोड़ी देर में

लौटकर आएगा और तब तक वह कबूतरों को काबू में रखे। इस बीच एक कबूतर मेहरुन्निसा के हाथ से उड़ गया। जहांगीर ने लौटकर पूछा कि कबूतर कैसे उड़ गया? मेहरुन्निसा ने बड़ी मासूमियत के साथ दूसरा कबूतर भी उड़ाकर कहा कि ऐसे उड़ गया। शहज़ादा सलीम यानी जहांगीर मेहरुन्निसा की मासूमियत और ख़ूबसूरती पर फिदा हो गया। उसी दिन उसने मन-ही-मन फ़ैसला कर लिया कि मैं नूरजहां को अपनी मलिका बनाकर रहूंगा। जहांगीर का बाप अकबर इस शादी के ख़िलाफ़ था। मेहरुन्निसा के बाप ने भी शादी की इज़ाज़त नहीं दी। उसे ही बाद में चलकर एतिमातुद्दौला के पद पर नियुक्त किया गया। वह अपनी बेटी मेहरुन्निसा की शादी अपने भतीजे अलीगुल से करना चाहता था। यही अलीगुल आगे चलकर शेर अफ़गन के नाम से मशहूर हुआ। शेर अफगन नाम इसलिए पड़ा क्योंकि उसने अपने हाथों से शेर को मार गिराया था। मेहरुन्निसा से जब उसके बाप ने पूछा, तो उसने भी अलीगुल से ही शादी करने की इच्छा प्रकट की। इस प्रकार शादी हो गई और दोनों जने बंगाल में जाकर रहने लगे। बंगाल में अलीगुल की बहुत बड़ी जागीर थी।

अकबर की मौत के बाद जब जहांगीर तख़्त पर बैठा, तो उसने बहुत कोशिश की कि किसी तरह मेहरुन्निसा मान जाए और अपने पति को तलाक़ दे दे। मगर जब-जब भी जहांगीर के आदमी मेहरुन्निसा को मनाने के लिए जाते मेहरुन्निसा साफ़-साफ़ इनकार कर देती और उलटे उन आदमियों को फटकार देती और साथ ही यह जवाब भी भिजवाती कि बादशाह को अपनी रिआया की औरतों को अपने ख़ाविन्दों को तलाक़ देने के लिए नहीं उकसाना चाहिए। किसी औरत को तलाक़ के लिए मजबूर करके उसके साथ ज़बरदस्ती शादी करना मुल्क के क़ानून के भी ख़िलाफ़ है। बाद में जब कोई और चारा नहीं रह गया, तो जहांगीर ने अपने कुछ दरबारियों की राय से साज़िश करके मेहरुन्निसा के पति की हत्या करवानी चाही। जहांगीर अपने षड्यन्त्रकारी दरबारियों के साथ शेर के शिकार के लिए जंगल में गया हुआ था। जब सामने से शेर आया, तो जहांगीर ने शेर अफ़गन को उकसाया कि वह ख़ाली हाथ शेर से भिड़ जाए। शेर अफ़गन को इस बात पर गुमान था कि वह खाली हाथ ही शेर को मार गिराएगा, क्योंकि वह पहले भी ऐसा कर चुका था, इसलिए वह भिड़ गया। इस भिड़न्त में भले ही वह काफ़ी लहूलुहान हो गया, मगर उसने

शेर को मारकर बादशाह के क़दमों पर ला पटका। जहांगीर शेर अफ़गन को ज़िंदा देखकर बड़ा मायूस हुआ।

बंगाल के गवर्नर कुतुबुद्दीन को कहकर जहांगीर ने बाद में शेर अफ़गन की हत्या करवाई। हुआ यों कि कुतुबुद्दीन ने शेर अफ़गन को कहलवा भेजा था कि वह शहर के बाहर आकर उससे मिले। शेर अफगन उन दिनों मेहरुन्निसा के साथ बर्दवान में रहा करता था। उसके मन में कभी यह ख़्याल भी नहीं आ सकता था कि गवर्नर उसे इस तरह धोखा देगा। जब वह गवर्नर से मिलने के लिए उस स्थान पर पहुंचा, तो गवर्नर के साथ आए दो आदमियों ने शेर अफ़गन का क़त्ल कर दिया। उन दिनों ऐसा रिवाज था कि गवर्नर को जब किसी आदमी से मुलाक़ात करनी होती थी, तो उसे शहर से बाहर मिलने के लिए बुलवाया जाता था, इसलिए कोई वजह नहीं थी कि शेर अफगन को गवर्नर के इस बुलावे पर शक़ होता।

इस तरह मेहरुन्निसा बेवा हो गई और फिर उसे आगरा के शाही हरम में ले जाया गया। जहांगीर ने बहुत कोशिश की कि किसी तरह वह उसे रज़ामन्द कर ले, लेकिन वह नहीं मानी। वह हर समय अपने पास एक ज़हर की पुड़िया और एक छुरा रखती ताकि अगर कभी जहांगीर उसके साथ बलात्कार की कोशिश करे, तो वह छुरे से अपने शील की रक्षा कर पाए और ज़हर खाकर मर जाए, लेकिन जहांगीर उससे प्यार की भीख मांगता रहा। वह बराबर उसे फूलों के गुलदस्ते भिजवाता रहा और प्यार-भरे पैग़ाम, पर मेहरुन्निसा उन गुलदस्तों के साथ प्यार के वह पैग़ाम भी लौटा देती। जहांगीर उसके प्यार में दीवाना हो चुका था और इस दीवानगी के कारण हुकूमत के काम भी ठीक से नहीं देख पाता था। जब ऐसी स्थिति पैदा हो गई, तो दरबार के वज़ीरों ने मेहरुन्निसा से प्रार्थना की। बड़ी मुश्किल से कहीं जाकर मेहरुन्निसा राज़ी हो पाई। मेहरुन्निसा के साथ पहली भेंट हुई, तो जहांगीर ने उसे विश्वास दिलाने की बहुत कोशिश की कि शेर अफ़गन की मौत में उसका कोई हाथ नहीं था, लेकिन मेहरुन्निसा ने उसकी बातों पर यक़ीन नहीं किया। इस मुलाक़ात के कई साल बाद जहांगीर और मेहरुन्निसा की शादी हुई। मेहरुन्निसा को नूरजहां का ख़िताब दिया गया। तब से नूरजहां हिन्दुस्तान की मलिका बनी और वास्तव में हुकूमत की बागडोर उसी के हाथ में थी, क्योंकि शहंशाह जहांगीर तो हर वक़्त शराब के नशे में धुत्त पड़ा रहता।

कहा जाता है कि जब जहांगीर का दरबार लगा होता, तो नूरजहां तख़्त के पीछे जहांगीर की पीठ पर हाथ रखकर बैठ जाती। जब तक वह नूरजहां का हाथ अपनी पीठ पर महसूस करता रहता तब तक हर मामले पर सही-सही फ़ैसले सुनाता रहता, लेकिन जैसे ही वह हाथ सरक जाता जहांगीर दरबार से उठ जाता।

प्राचीनकाल से लेकर अंग्रेज़ों की हुकूमत तक के भारतीय इतिहास में ऐसी कई मिसालें मिलती हैं जहां औरतों ने अपने ऊंचे नैतिक चरित्र तथा अपने पतियों के प्रति गहरी निष्ठा का परिचय दिया है। आगे के अध्यायों में मैं सती और जौहर का भी वर्णन करूंगा जिससे यह पता चलता है कि भारत की नारियां अपने पतियों के सम्मान के लिए जान पर खेल जाया करती थीं। नूरजहां की अंतिम इच्छा के अनुरूप उसकी मृत्यु के बाद उसे एक बहुत ही मामूली व्यक्ति की तरह दफ़नाया गया और क़ब्र पर बहुत ही मामूली क़िस्म का मक़बरा बनवाया गया। उस मक़बरे पर एक शेर खुदा हुआ है जिसका अर्थ इस प्रकार है :

एकान्त में बनी मेरी इस क़ब्र पर कोई गुलाब न उगाए जाएं, कोई बुलबुल न गाए, कोई दीया न जले, कोई पतंगा न फड़फड़ाए।

और जहांगीर के मक़बरे पर जो शब्द खुदे हुए हैं उनका अर्थ यह है :

हरी घास के सिवाय यहां कुछ न हो, क्योंकि यह एक नश्वर निरीह प्राणी की क़ब्र है और सदा क़ब्र ही रहेगी।

अक्तूबर, 1627 में जहांगीर जब कश्मीर से दिल्ली लौट रहा था, तो रास्ते में राजौरी नामक स्थान पर सहसा उसकी मृत्यु हो गई थी।

मुस्लिम शासन की लम्बी शताब्दियों में भी कभी किसी ने भारतीय महारानियों और राजकुमारियों के बारे में कोई ऐसा-वैसा क़िस्सा नहीं सुना होगा जिससे उनके चरित्र पर आक्षेप आता हो। शाही दरबारों में आने वाले विदेशी इतिहासकारों ने भी ऐसी कोई बात नहीं लिखी जिससे यह पता चलता हो कि उस ज़माने की रानियां या राजकुमारियां अपने दरबारियों वग़ैरा से किसी प्रकार का कोई अनैतिक सम्बन्ध रखती थीं। मुसलमान औरतें तो वैसे ही कड़े पर्दे में रहती थीं। मुग़लकाल के शाही हरमों की इन औरतों के बारे में पूरे इतिहास में कहीं एक शब्द भी ऐसा नहीं मिलता जो इन पर बेवफ़ाई की

तोहमत लगा सके। यह तो सच है कि जब कोई राजा या बादशाह किसी अमीर-उमरा की औरत के इश्क़ में फंस जाता था तो या तो ख़ुद उससे युद्ध करके उसे मार डालता था, या किसी भी तरह उसका क़त्ल करवा देता था। मगर कभी किसी महारानी या मलिका के बारे में ऐसा सुनने में नहीं आया कि उसने अपने पति के ज़िंदा रहते किसी ग़ैर मर्द के साथ अनैतिक सम्बन्ध रखे हों।

ताजमहल वाली मुमताज़

मुग़लकाल की अन्य मलिकाओं की तरह मलिका मुमताज़ महल की कहानी भी प्यार और वफ़ादारी की कहानी है। वह मुग़ल सम्राट शाहजहां की मलिका थी। शाहजहां की पत्नी के रूप में वह एक लम्बे अरसे तक जीवित रही। उसके गर्भ से चौदह बच्चे उत्पन्न हुए और अपने जीवन के अन्तिम क्षण तक अपने पति को प्यार करती रही और पति तो उसकी मृत्यु के बाद तक भी उसी के प्यार में खोया रहा। उसकी याद में उसने एक ऐसा आलीशान मक़बरा बनवाया जो संसार के आश्चर्यों में गिना जाता है। इसका नाम ताजमहल है। आगरा में यमुना के किनारे सफ़ेद संगमरमर का यह शानदार मक़बरा है। इसी के सामने यमुना के दूसरे किनारे शाहजहां अपना मक़बरा बनवाना चाहता था, मगर काले संगमरमर में। वह चाहता था कि मौत के बाद भी वह मुमताज़ महल के सामने रहे, लेकिन उसके लड़के औरंगज़ेब ने सत्ता हथियाकर अपने बाप को आगरा के क़िले में नज़रबन्द कर दिया था। इस प्रकार शाहजहां का दूसरा सपना साकार न हो सका। किले के जिस कमरे में शाहजहां को नज़रबन्द किया गया था वह कमरा ताजमहल के ठीक सामने पड़ता है, क्योंकि आगरे का लालकिला भी यमुना के दूसरे किनारे पर बना हुआ है। शाहजहां को इस बात का सकून था कि वह बराबर अपनी महबूबा के मकबरे को देख पाता था, हालांकि वह उसे देखते-देखते मायूसियों की गहरी खाइयों में खो जाता था, मगर लगातार देखता ही चला जाता। यमुना के दूसरे किनारे होने की वजह से शाहजहां की बूढ़ी आंखों में ताजमहल का चित्र धुंधलाने लगा, तो उसने अपने कमरे में कुछ आईने लगाकर उनमें पड़ने वाला अक्स देखना शुरू कर दिया था। इससे ताजमहल नज़दीक आता लगने लगा था। शायद ताजमहल को देखते-देखते ही शाहजहां अन्धा हो गया था, लेकिन अपने जीवन के आख़िरी

क्षण तक भी अपनी प्रिय पत्नी को भुला नहीं पाया। इसी मुमताज़ की याद उसके आख़िरी दिनों का सहारा थी।

जब शाहजहां तख़्त पर बैठा था, तो उसकी मलिका मुमताज़ महल को दरबार में जो सम्मान दिया गया था, वह बेमिसाल था। बादशाह हर मामले में उसकी राय लिया करता था। शाही मोहर भी मुमताज़ के पास ही रहती। सारे शाही फरमान अन्तिम रूप से लिखे जाने के बाद हरम में भेजे जाते और मुमताज़ महल अपने हाथों से उन फ़रमानों पर शाही मोहर लगाती। इससे जहां उसे सम्मान दिया जाता वहीं एक यह भी उद्देश्य था कि उसे सारे राजनीतिक मामलों की पूरी जानकारी मिलती रहे और वह वास्तव में राजकाज के हर काम में पूरी दिलचस्पी लिया करती थी।

शक्तिशाली रखैल

औरंगज़ेब जैसे सख़्त बादशाह की हुकूमत में भी औरतों का राजनीतिक मामलों में दख़ल ज़रूर रहा। हालांकि यह लगता है कि औरंगज़ेब जैसा आदमी हुकूमत के मामलों में हरम का दख़ल बर्दाश्त नहीं कर सकता होगा, मगर फिर भी यह सच है कि उसकी बहनें और बेटियां कभी-कभी दख़ल दिया करतीं और वह इसे स्वीकार भी लेता था। लाल कुंवर नाम की उसकी एक रखैल भी शाही मामलों में दख़ल दिया करती थी। हालांकि वह एक मामूली नाचने वाली औरत थी। लेकिन शहंशाह उस पर फिदा था, इसलिए उसने उसे ऐसे अधिकार दे रखे थे। उसकी शान में शाही अन्दाज़ के साथ ढोल-नगाड़े बजाए जाते। वह जहां कहीं भी जाती, पूरी-पूरी शाही शानो-शौकत के साथ जाती। उसकी बग्घी के पीछे पांच सौ प्यादे चला करते थे।

अब हम जिस प्रकार की औरतों का ज़िक्र करने जा रहे हैं वे न तो महारानियां हैं न राजकुमारियां, बल्कि निम्न वर्गों की ऐसी सुन्दरियां हैं, जो अपने सौन्दर्य और महत्वाकांक्षा के बल पर उभरकर ऊपर आईं और शासकों के मस्तिष्क पर शासन करने लगीं। उनमें से कुछ ऐसी भी आत्मकेन्द्रित और स्वार्थी तथा मक्कार थीं जो हर तरह के छल-कपट से महाराजाओं को बरबाद करने की पूरी-पूरी कोशिश किया करती थीं, परन्तु क्योंकि खुलकर यह सब कर नहीं पाती थीं इसलिए गुप्त रूप से गहरे वार किया करती थीं। सन् 1611 का ज़िक्र है कि एक बार औरंगज़ेब अपने दरबार में बैठे-बैठे ही इतनी अधिक शराब पी गया कि लगभग बेसुध हो गया। ऐसी ही कुछ सिर चढ़ी रखैलों ने दरबार में मौजूद गवैयों को शह देकर औरंगज़ेब को पिटवाया था।

अकबर के हरम में पांच हज़ार से अधिक औरतें थीं और औरंगज़ेब के ज़माने में इनकी संख्या और भी अधिक हो गई थी। हरम का इन्तज़ाम करने

वाली सबसे बड़ी महिला कर्मचारी का पद 'महलदार' कहलाता था। महलदार का काम सिर्फ़ हरम का इन्तज़ाम करना ही नहीं था, बल्कि बादशाह के जासूस का काम भी वही किया करती थी। हरम की छोटी-बड़ी ख़बर बादशाह तक पहुंचाना उसी का काम था।

हरम पर पहरे का भी बड़ा चौकस इन्तज़ाम था। बड़ी चुस्त-क़िस्म की औरतें हरम के अन्दर पहरा देने के लिए तैनात की जातीं। आमतौर पर तातारी औरतें इस काम के लिए चुनी जाती थीं। बादशाह के शयन-कक्ष के नज़दीक सबसे अधिक विश्वस्त औरतों का पहरा रहता। हरम के बाहरी भागों में थोड़े-थोड़े फ़ासले पर हीजड़े पहरा देते और मुख्यद्वार पर वफ़ादार राजपूतों को पहरे पर खड़ा किया जाता था। हरम में किसी को भी आने की इज़ाज़त नहीं थी। शाम को सूरज डूबते ही दरवाज़े बन्द कर दिए जाते और मशालें जला दी जाती थीं।

हरम के प्रबन्ध के बारे में एक मनोरंजक बात यह है कि जिस तरह के सरकारी पद उस ज़माने में प्रशासन के क्षेत्र में थे हू-बहू वैसे ही पदनाम महल के भीतर काम करने वाली औरतों को दिए जाते थे। हरम के बारे में सारी जानकारी लिखित रूप में बादशाह के पास पहुंचाई जाती और रात के नौ बजे महल की महिला कर्मचारी वे रिपोर्टें पढ़कर बादशाह को सुनातीं। उस समय बादशाह के आसपास सशस्त्र औरतों का पहरा रहा करता था।

झांसी की रानी

प्राचीन भारत के समाज में महिलाओं का बड़ा ही महत्वपूर्ण स्थान था, जीवन के हर क्षेत्र में वे आगे रहतीं। संकट के समय अपने पतियों को बुद्धिमत्तापूर्ण सम्मति देकर सहायता करतीं। अपने परिवार और देश के सम्मान की ख़ातिर अस्त्र-शस्त्र लेकर युद्ध-भूमि में भी कूद पड़तीं और अपने जीवन तक की बलि चढ़ाने में संकोच न करतीं। मध्ययुग में सम्राट हर्ष के काल में उसकी बहन राजश्री अपने पति की मृत्यु के बाद अपने भाई के साथ मिलकर शासन करती रही। राजपूत-काल में भी राजपूत परिवारों की लड़कियों को प्रशासनिक शिक्षा दी जाती थी।

सम्राट हर्ष के काल में महल में प्रवेश करने का सारा प्रबन्ध प्रतिहारियों के ज़िम्मे होता था। प्रतिहारी एक ऐसा पद था जिस पर औरतें ही नियुक्त की जाती थीं। शत्रुओं को विष देकर मारने के लिए सुन्दर कन्याएं रखी जातीं, जिन्हें विष-कन्याएं कहते थे।

झांसी की रानी लक्ष्मीबाई भी ऐसी ही महिला थी, जिसने भारत की प्राचीन परम्परा के अनुरूप भारतीय महिलाओं का आदर्श स्थापित किया। सामान्य महिलाओं की तरह उसने अपने जीवन में कभी भी भोग-विलास को स्थान नहीं दिया। लक्ष्मीबाई का जन्म मार्च, 1835 को बनारस में हुआ था। झांसी के मारिया राज्य के मुखिया सूबेदार जी. राव के साथ लक्ष्मीबाई की शादी हुई। सूबेदार की निःसंतान ही मृत्यु हो गई। विधवा लक्ष्मीबाई को भारत के गवर्नर जनरल ने किसी का बच्चा गोद लेने की इज़ाज़त नहीं दी।

जॉनलेग नामक एक वकील के माध्यम से लक्ष्मीबाई ने गवर्नर जनरल के फ़ैसले के विरुद्ध इंग्लैंड में ईस्ट इंडिया कम्पनी के डायरेक्टरों के सामने अपने मामले की पैरवी करवाई। जॉनलेग ने पैरवी के दौरान लक्ष्मीबाई का जो हुलिया

बयान किया था उसके अनुसार लक्ष्मीबाई मझौले क़द की तथा गठे हुए बदन और तीखे नयन नक्श वाली एक सुन्दर महिला थी। रानी झांसी की अपील खारिज कर दी गई, तो उसने प्रतिज्ञा की कि झांसी नहीं छोडूंगी। 5 जून, 1857 को झांसी में विद्रोह की चिनगारियां फूट उठीं। रानी ने सैनिक वर्दी पहन ली और क़िले की रक्षा के लिए तलवार निकालकर तन गई। अंग्रेज़ फ़ौज़ों के साथ युद्ध लड़ा और आख़िर 27 जुलाई, 1858 को वीरगति को प्राप्त हुई।

मैंने उन कई महारानियों का यहां उल्लेख नहीं किया, जिन्होंने अपने मान-सम्मान की रक्षार्थ सिंहासन तक का त्याग कर दिया था। उनमें मुसलमान बेगमें भी थीं और हिन्दू रानियां भी। प्राचीनकाल की रानियों में द्रौपदी, शकुन्तला, गान्धारी, कुन्ती, कौशल्या, सुमित्रा आदि के नाम गिनाए जा सकते हैं। अठारहवीं और उन्नीसवीं शताब्दियों में भी ऐसी महिलाएं हो चुकी हैं जिन्होंने हमारे देश की सभ्यता को गौरव प्रदान किया।

सेथु लक्ष्मीबाई रानी जो कि दक्षिणी भारत की एक रियासत की रानी थी, बड़ी ही उदार-हृदया महिला थी। सेथु लक्ष्मीबाई रानी ने आदेश जारी किया कि विवाह में दिया जाने वाला दहेज सात सौ रुपये से अधिक नहीं होना चाहिए। इस रानी ने यह अनुभव किया कि सामाजिक सुधार तब तक नहीं किया जा सकता जब तक कि जनता को मानसिक रूप से सुधारा नहीं जाता। मानसिक सुधारों की दिशा में सोचने वाली सेथु लक्ष्मीबाई रानी ट्रावनकोर रियासत की पहली ऐसी शासिका थी और शायद समस्त भारत के शासकों में भी सबसे पहली थी जिसने अपनी रियासत में शिक्षा-सम्बन्धी निश्चित योजनाएं क्रियान्वित करने पर अत्यधिक धन व्यय किया। इसी की शिक्षा-सम्बन्धी योजनाओं को ट्रावनकोर रियासत के बाद के शासकों ने भी अपनाया। यही कारण है कि ट्रावनकोर (वर्तमान केरल) शिक्षा के क्षेत्र में भारत-भर में सबसे आगे है।

नेपोलियन की बेवफ़ा प्रेमिका

भारतीय महारानियों पर लिख चुकने के बाद अब मैं यूरोप की कुछ ऐसी महारानियों के बारे में कहना चाहूंगा जो पिछली सदियों में हो चुकी हैं। उदाहरणार्थ, इंग्लैंड की महारानी एलिज़ाबेथ, सम्राज्ञी जोजफ़ीन, सम्राज्ञी मेरी लुसी इत्यादि। इनकी कहानियों के माध्यम से मैं यह प्रमाणित करना चाहूंगा कि किस प्रकार इन महारानियों के नैतिक चरित्र का कुप्रभाव उन सब देशों की महिलाओं के जीवन पर पड़ा जिन देशों से इन महारानियों के प्रत्यक्ष या परोक्ष सम्बन्ध थे।

सबसे पहले मैं सम्राज्ञी जोजफ़ीन की जीवन-कथा सुनाऊंगा। जोजफ़ीन का विवाह 9 मार्च, सन् 1796 को फ्रांस के सम्राट नेपोलियन बोनापार्ट के साथ हुआ था। जोजफ़ीन परम सुन्दरी थी। उसके रहने-सहने का स्तर इतना ऊंचा था कि पैरिस-भर की औरतें उससे रश्क करती थीं। जोजफ़ीन जनरल डी बोहारनाइस की विधवा थी। इतिहासकारों का कहना है कि नेपोलियन के साथ शादी करने से पहले जोजफ़ीन के अनगिनत प्रेमी थे। नेपोलियन प्रायः युद्ध-क्षेत्र से इसे पत्र लिखा करता था। ये पत्र बड़े ही महत्वपूर्ण होते थे। शायद ही किसी प्रेमी ने अपनी प्रेमिका को ऐसे पत्र लिखे हों। पत्र लिखकर वह अपने अंगरक्षक के हाथ पैरिस भिजवाया करता था। फ्रांस के लोग जोजफ़ीन को 'विजय की महिला' कहकर पुकारा करते थे, क्योंकि उनका विश्वास था कि नेपोलियन की हर विजय उसकी सम्राज्ञी के कारण होती थी। फ्रांस के सम्राट लुई पन्द्रहवें को फांसी दिए जाने के बाद बर्रास नामक जिस महान क्रान्तिकारी ने फ्रांस के शासन की बागडोर संभाली थी उस बर्रास की रखैल भी यही जोजफ़ीन थी। जोजफ़ीन के पतन का कारण बना उसका एक प्रेमी, जिसका नाम हाइपोर्टो चार्ल्स था। चार्ल्स इतना अधिक हंसोड़ प्रकृति का था कि

जोजफ़ीन हर समय उसे अपने पास देखना चाहती थी। फ्रांस के लोगों ने चार्ल्स का लेकर सम्राज्ञी जोजफ़ीन पर छींटे कसने शुरू कर दिए। युद्ध-क्षेत्र से जब नेपोलियन के पत्र जोजफ़ीन के नाम आते, तो जोजफ़ीन उन पत्रों को पढ़कर प्रशंसा करने के बजाय उलटे यह कहती कि यह नेपोलियन भी कैसा मसखरा आदमी है। इस प्रकार वह नेपोलियन की प्यार-भरी भावनाओं का मज़ाक़ उड़ाती, लेकिन बाद में चलकर उसे इन पत्रों का वास्तविक मूल्य पता चला। नेपोलियन को जोजफीन की बेवफ़ाई का कुछ एहसास हो गया था। इसीलिए उसने जोजफ़ीन को कहलवा भेजा कि वह इटली में युद्ध-क्षेत्र में आकर उसे मिले। असल में वह इस बहाने जोजफ़ीन को चार्ल्स के चंगुल से मुक्त कराना चाहता था। जोजफ़ीन ने पहले तो यह जवाब भिजवाया कि वह युद्ध-क्षेत्र में नहीं आ सकेगी, परन्तु बाद में उसने जाने का फ़ैसला कर ही लिया, मगर चार्ल्स को भी अपने साथ लेती गई–खुले तौर पर नहीं, बल्कि अपने सामान में छिपाकर। नेपोलियन ने जब जोजफ़ीन के कपड़ों वाले बड़े बक्से में चार्ल्स को छिपा हुआ पाया, तो उसे बड़ा सदमा पहुंचा। नेपोलियन ने हुक्म दिया कि चार्ल्स को फांसी दे दी जाए, मगर जोजफ़ीन ने बीच-बचाव करके उसे बचा लिया और फांसी देने के बजाय उसे पैरिस भिजवा दिया। उसने नेपोलियन को वचन दिया कि वह फिर कभी भी चार्ल्स से नहीं मिलेगी। उस दिन के बाद से जोजफ़ीन ने नेपोलियन के प्रति अधिक प्यार जताना शुरू कर दिया था। बाद में नेपोलियन को लड़ाई के सिलसिले में मिस्र जाना पड़ गया। उस दौरान जोजफ़ीन आज़ाद थी, जो चाहे कर सकती थी और उसने जैसा चाहा वैसा किया भी। कइयों से इश्क़ लड़ाया। नेपोलियन को दिए गए वचन के बावजूद वह आवारा चार्ल्स से भी मिलती रही और उसके साथ जी भरकर रंगरेलियां मनाती रही। नेपोलियन के भाई जोजेफ ने जोजफ़ीन की इन सारी हरकतों की सूचना नेपोलियन तक पहुंचाई और उसे राय दी कि वह जोजफ़ीन को तलाक़ दे दे।

नेपोलियन स्वयं को फ्रांस का सम्राट घोषित करने वाला था और उसकी इच्छा थी कि वह जोजफ़ीन को सम्राज्ञी के रूप में घोषित करे। ऐसा करने के लिए यह आवश्यक था कि पहले पोप की इज़ाज़त ली जाती। पोप से इज़ाज़त तभी मिल सकती थी जब जोजफ़ीन और नेपोलियन की शादी कैथोलिक चर्च

में होती। जोजफ़ीन इस बात के लिए तैयार नहीं थी और पोप तब तक स्वीकृति देने के लिए तैयार नहीं था, जब तक कि जोजफ़ीन कैथोलिक न हो जाए। आख़िरकार जोजफ़ीन को कैथोलिक धर्म की रीतियों के अनुसार नेपोलियन के साथ शादी करनी पड़ी। एक घंटे के अन्दर-अन्दर यह शादी हुई। इस प्रकार नेपोलियन फ्रांस का सम्राट बना और जोजफ़ीन सम्राज्ञी। जोजफ़ीन बड़ी ही अय्याश प्रकृति की औरत थी। वह साल-भर में 520 जूते और 600 मोजे तथा अन्य अनगिनत पोशाकें खरीदा करती थी।

जोजफ़ीन को गुलाबों का बड़ा शौक़ था। उसने अपने शानदार बाग में 355 प्रकार के गुलाब उगवा रखे थे। जोजफ़ीन का यह बाग़ 35 हेक्टेयर तक फैला हुआ था। जोजफ़ीन के हाथ से उगाए हुए गुलाब के पौधे आज तक उस बाग़ में मौजूद हैं। जोजफ़ीन का शयन-कक्ष नेपोलियन के शयन-कक्ष से तीन-चार कमरों के फासले पर था। उसने अपने पलंग को ऐसे कलात्मक ढंग से सजा रखा था जिसकी सज-धज देखते ही बनती थी। अन्त में इसी पलंग पर उसकी मृत्यु भी हुई थी। नेपोलियन की हार के बाद जब रूस के ज़ार ने उसे नज़रबन्द किया तब जोजफ़ीन ने ज़ार से प्रार्थना की थी कि वह नेपोलियन को फ्रांस आने की इज़ाज़त दे दे। जोजफ़ीन की सुन्दरता पर रीझकर ज़ार ने उसकी प्रार्थना पर ग़ौर करने का वचन देते हुए कह दिया था कि वह अपने मित्र देशों से सलाह करके फ़ैसला करेगा। ज़ार के साथ पार्क में घूमते समय जोजफ़ीन को ठंड लग गई थी, जिसके कारण उसे निमोनिया हो गया और वह इस भेंट के तीन दिन बाद ही 29 मई, 1819 को इस संसार से चल बसी।

नेपोलियन जब सबसे पहले जोजफ़ीन से मिला था तब जोजफ़ीन की उम्र 26 साल थी। वह एक सैनिक जनरल की बीवी थी। साल-भर पहले उस जनरल को फांसी दी जा चुकी थी। जोजफ़ीन को भी उन दिनों गिरफ़्तार कर लिया गया था, परन्तु बाद में बड़ी ही चमत्कारी स्थितियों में मुक्त भी कर दिया गया था। जोजफ़ीन के स्वर्गीय पति से एक पुत्र था, जिसका नाम यूजीन था। यूजीन की उम्र उस समय चौदह वर्ष थी। वह अपने पिता की तलवार लेकर नेपोलियन को देने के लिए आया था और तलवार रखते समय रो रहा था। नेपोलियन ने यह आदेश जारी किया हुआ था कि जिस-जिस घर में जो-जो भी हथियार हो, वह लाकर पेश किया जाए। इसी आदेश का पालन करने के लिए

यूजीन अपने बाप की तलवार लेकर आया था। नेपालियन ने जब यूजीन से उसके रोने का कारण पूछा तो यूजीन ने बतलाया कि उसे अपने पिता की तलवार से बिछुड़ते हुए दुख हो रहा है। उस लड़के का अपने पिता के प्रति इतना प्यार देखकर नेपोलियन बड़ा प्रभावित हुआ और उसने वह तलवार यूजीन को लौटा दी। इस घटना के अगले ही दिन यूजीन की मां यानी जोजफ़ीन नेपोलियन को धन्यवाद देने आई। जोजफ़ीन को देखते ही नेपोलियन के तन-बदन में एक सनसनी-सी दौड़ गई। ऐसी सनसनी उसने पहले कभी अनुभव नहीं की थी। जोजफ़ीन को भी नेपोलियन को देखते ही प्यार हो गया था। उन दिनों भी जोजफ़ीन के कई एक आशिक़ थे। बर्रास भी उनमें से एक था। बाद में बर्रास के उकसाने पर भी नेपोलियन ने जोजफ़ीन से शादी कर ली। शादी के समय जोजफ़ीन की उम्र 32 साल की थी और नेपोलियन केवल 26 साल का था। नेपोलियन जीवन-भर एक से एक बढ़कर सफलताएं प्राप्त करता चला गया, परन्तु जोजफ़ीन उसे सिंहासन के लिए उत्तराधिकारी उत्पन्न करके न दे सकी। तलाक़ के समय नेपोलियन ने कहा था, “जोज़फ़ीन के साथ बिताए पन्द्रह वर्षों की याद मेरे मन पर सदा अंकित रहेगी। मैंने अपने हाथों से उसके सिर पर सम्राज्ञी का ताज पहनाया था और मेरी इच्छा है कि मुझसे बिछुड़ने के बाद भी जोजफ़ीन सम्राज्ञी जोजफ़ीन ही रहे। मैं उसका यह पद छीनना नहीं चाहता। मेरे मन में उसे अपने लिए हमेशा एक प्यारे दोस्त का-सा भाव ही मिलेगा।” इस पर जोजफ़ीन ने उसका उत्तर यह दिया था, “तलाक हो जाने से मेरी मनोभावना में कोई अन्तर नहीं आएगा। सम्राट नेपोलियन के लिए मैं सदा ही एक अच्छी मित्र के रूप में प्रस्तुत रहूंगी।” तलाक के बाद नेपोलियन ने जोजफ़ीन को राजमहल से मालमेसन नामक स्थान तक पहुंचाने के लिए एक ख़ास बग्घी भेजी थी। उस बग्घी में चार सीटें थीं और आगे कोचवान के लिए एक विशेष प्रकार की बक्सेनुमा सीट बनी हुई थी और बग्घी के पीछे सेवकों के खड़े होने का स्थान बना हुआ था। महल से लेकर मालमेसन तक चालीस किलोमीटर का रास्ता था। जोजफ़ीन रास्ते-भर रोती रही थी। मालमेसन के अस्तबल में आज भी यही बग्घी खड़ी हुई देखी जा सकती है। इसी अस्तबल में एक और भी ऐतिहासिक बग्घी मौजूद है, जिस पर चढ़कर नेपोलियन वाटरलू में हुई अपनी करारी हार के बाद पैरिस लौटा था। इन दोनों

बग्घियों को देखकर कष्ट होता है, क्योंकि इनके साथ नेपोलियन और जोजफ़ीन के दुर्भाग्य का इतिहास जुड़ा हुआ है।

नेपोलियन बोनापार्ट मानव-इतिहास में सबसे बड़ा योद्धा माना जाता है। वह एक के बाद एक युद्ध लड़ता गया और जीतता गया था, परन्तु वह अपने प्यार में बुरी तरह हार गया था। जोजफ़ीन के अतिरिक्त नेपोलियन ने जिससे प्यार किया था, उस औरत का नाम था मैरी लुसी। इन दोनों औरतों ने नेपोलियन के साथ बेवफ़ाई की थी, क़दम-क़दम पर उसे धोखा दिया था। नेपोलियन के अलावा भी इन दोनों औरतों के कई-कई प्रेमी थे और वे खुलकर अपने प्रेमियों से मिला करती थीं। फ्रांस के लोग इन दोनों औरतों की बेवफ़ाई से परिचित थे। ऐसे में फ्रांस के सम्राट के दिल पर भला क्या बीतती होगी। उसका अनुमान सहज ही लगाया जा सकता है। नेपोलियन के साथ शादी करने से पहले जोजफ़ीन दो बच्चों की मां थी। बर्रास ने ही नेपोलियन को इसके चक्कर में फंसाया था। नेपोलियन के बारे में लाग्ज़ेयर कारनट ने कहा था, “बोनापार्ट बहुत बहादुर था, मगर था बहुत जवान।” इसी कारनट को बोनापार्ट ने इटली से लिखा था, “मेरी पत्नी यहां नहीं आ रही, क्योंकि पैरिस में उसके प्रेमी ने उसे रोक रखा है।”

फ्रांस की प्रथम परिषद के लिए जब आम चुनाव हुआ, तो नेपोलियन को 1562 के मुक़ाबले तीस लाख वोट मिले थे। एक बार नेपोलियन ने कहा था, “हुक्मनामे जारी करना आसान है, मगर उनको क्रियान्वित कराना उतना आसान नहीं।” यही था नेपोलियन की महानता का रहस्य।

सम्राज्ञी मेरी लुसी और उसका महान प्रेमी

मेरी लुसी अपने प्रेमी सम्राट नेपोलियन के प्रति केवल प्रेम-प्यार के मामले में ही बेवफ़ा नहीं थी। उसने तो अपने पिता आस्ट्रिया के सम्राट फ्रांसिस के साथ साजिश करके बाटरलू के युद्ध-क्षेत्र में नेपोलियन को परास्त कराया था। नेपोलियन ने आस्ट्रिया को युद्ध में हराया था। आस्ट्रिया के सम्राट को वियना छोड़कर भागना पड़ा था और फिर अपने देश के कई महत्वपूर्ण इलाक़े फ्रांस को देने पर मजबूर होना पड़ा था।

नेपोलियन रूस के ज़ार एलेग्जेंडर की सबसे छोटी बहन से शादी करना चाहता था। उसने ज़ार को पैग़ाम भी भेजा था। मगर ज़ार जवाब देने में टाल-मटोल कर रहा था। नेपोलियन इस बात को लेकर आग-बबूला हो रहा था, मगर उन्हीं दिनों आस्ट्रिया के चांसलर मिटर्निच ने आस्ट्रिया के सम्राट को सलाह दी कि वह अपनी बड़ी पुत्री मेरी लुसी की शादी नेपोलियन से कर दे। असल में यह मिटर्निच की चाल थी। सम्राट ने नेपोलियन के पास शादी का पैग़ाम भेजा। नेपोलियन ने ख़ुशी-ख़ुशी पैग़ाम स्वीकार कर लिया। शादी हुई, मगर अपनी इस शादी में नेपोलियन स्वयं शरीक न हो सका। उसका चाचा कार्डिनल फीच ही नेपोलियन के स्थान पर शादी की रस्म अदा करने गया था। मेरी लुसी और नेपोलियन की शादी प्राक्सी द्वारा हुई शादी थी। मिटर्निच की इस चाल से आस्ट्रिया के तो फ्रांस के साथ रानजीतिक सम्बन्ध सुधरे, परन्तु फ्रांस और रूस की दोस्ती ख़त्म हो गई।

नेपोलियन क्योंकि अपनी शादी में शरीक होने के लिए वियना न जा सका था, इसलिए बाद में अपनी पत्नी को लिवाने के लिए वियना गया। मेरी लुसी को वियना से पैरिस लाते समय नेपोलियन ने इस बात का ख़ास ध्यान रखा कि मेरी लुसी की कोई बहन उसके साथ फ्रांस न आ जाए। फ्रांस की सीमा

शुरू होने से पहले ही उसने बहनों को लौटा दिया था। नेपोलियन नहीं चाहता था कि मेरी लुसी पर कोई भी अन्य आस्ट्रियन किसी प्रकार का कोई प्रभाव डाल सके। उसने तो यहां तक एहतियात बरती कि मेरी लुसी के पालतू कुत्ते तक को वियना वापस भिजवा दिया था। यद्यपि मेरी लुसी को इस बात से बड़ा कष्ट पहुंचा था।

मेरी लुसी फ्रांस की सम्राज्ञी बनने के बाद एडम अलब्रेच नामक एक काउंट पर रीझ गई थी। सन् 1793 में यही एडम एक आस्ट्रियन सैनिक अधिकारी के रूप में बेल्जियम के युद्ध में नेपोलियन के साथ लड़ा था और उस लड़ाई में इसकी दाईं आंख जाती रही थी। इसके मन में नेपोलियन के प्रति घृणा थी और वह फ्रांस का दुश्मन था।

परन्तु एडम में कुछ ऐसी बात थी कि औरतें उस पर लट्टू हो जाया करती थीं। तत्कालीन समाज में वह 'महान प्रेमी' के रूप में जाना जाता था। पैरिस-स्थित आस्ट्रियन दूतावास में वह उच्चाधिकारी के रूप में नियुक्त होकर आया था।

नेपोलियन के पतन के बाद जिन दिनों वह एलबा में निष्कासित जीवन जी रहा था उन दिनों मेरी लुसी ने वियना जाकर मेप्पर्ग नामक एक व्यक्ति से शादी कर ली। इस शादी के परिणामस्वरूप लुसी के गर्भ से तीन बच्चे उत्पन्न हुए।

लुसी एकदम हृदयहीन नारी थी और उसने अपने पूर्व पति नेपोलियन के साथ सदा ही बेवफ़ाई की थी, मगर नेपोलियन हमेशा उसे, प्यार ही करता रहा। अपने वसीयतनामा में भी उसने बड़े प्यार के साथ लुसी का नाम लिखा और मरने से थोड़ी देर पहले अपने डॉक्टर से कहा था, "मेरी मौत के बाद मेरा दिल निकालकर शराब में डाल देना और फिर उसे मेरी प्यारी लुसी तक पहुंचा देना। उससे यह कहना कि मैं उसे बेहद प्यार करता था और जीवन के अन्तिम क्षण तक करता रहा।"

ऐनी बोलीन

ऐनी बोलीन इंग्लैंड के सम्राट हैनरी अष्टम की दूसरी महारानी थी। वह सर थोमस बोलीन की पुत्री थी। इंग्लैंड के दरबार में आती-जाती रहती इस नाते उसे सम्राट हैनरी अष्टम से मिलने का अवसर प्राप्त होता रहता था। इन्हीं मुलाक़ातों के दौरान सम्राट उस पर रीझ गया। उसने ऐनी को प्रेम-पत्र लिखने शुरू कर दिए। धीरे-धीरे सम्राट की स्थिति यह हो गई कि वह ऐनी के लिए बेचैन रहने लगा। परन्तु, क्योंकि उसका विवाह एरागॉन की कैथरीन से हो चुका था इसलिए ऐनी से शादी करने के पूर्व यह अनिवार्य था कि वह कैथरीन को तलाक़ दे। सम्राट स्वयं भी कैथरीन को तलाक़ देना चाहता था। इसके दो कारण थे–एक तो यह कि कैथरीन के गर्भ से कोई पुत्र उत्पन्न नहीं हुआ था और दूसरा यह कि कैथरीन अधेड़ हो चली थी तथा प्रायः बीमार रहने लगी थी, परन्तु इन सारे कारणों से बड़ा कारण तो यही था कि वह ऐनी के लिए पागल हो चला था। आख़िर जुलाई, 1531 को सम्राट ने कैथरीन को तलाक़ दे दिया। तलाक़ के बाद हैनरी अष्टम ने ऐनी के साथ गुप्त रूप से विवाह कर लिया और फिर कई दिन बाद इस विवाह की घोषणा की। घोषणा के बाद ऐनी को महारानी का ताज पहनाया गया। इसी ऐनी के गर्भ से जो पुत्री उत्पन्न हुई वही आगे चलकर इंग्लैंड की सम्राज्ञी एलिज़ाबेथ बनी। परन्तु ऐनी के गर्भ से पुत्री उत्पन्न होने के कारण हैनरी बड़ा मायूस हुआ था। तब से उसका मन धीरे-धीरे ऐनी से ऊबने लगा था।

बाद में ऐनी पर दुश्चरित्रता का आरोप लगाया गया, उस पर इस आरोप में मुक़दमा चला तथा वह दोषी सिद्ध भी हुई। जिन व्यक्तियों के साथ ऐनी के अवैध यौन-सम्बन्ध थे उनमें से एक स्वयं उसी का भाई लार्ड कोचफोर्ड था। इसके अलावा ऐनी के प्रेमियों की सूची में सर फ्रांसिस वेस्टर्न, हैनरी मोरिस,

विलियम ब्रेरेटन तथा मार्क सेमेंटन के नाम भी थे। इन सब पर भी मुक़दमा चला और वे दोषी सिद्ध हुए।

ऐनी के मुज़रिम प्रेमियों को फांसी पर चढ़ा दिया गया और ऐनी को पहले तो तलाक़ दिया गया उसके बाद फांसी, क्योंकि महारानी रहते उसे फांसी नहीं दी जा सकती थी। फांसी के समय ऐनी ने बड़े साहस का परिचय दिया और उसने मुस्कराते हुए मौत को गले लगा लिया। ऐनी भले ही देखने में इतनी सुन्दर नहीं थी, परन्तु हैनरी उसकी मोटी-मोटी काली आंखों पर रीझ गया था। ऐनी का क़द भी मझला था और शरीर भी अधिक आकर्षक नहीं था, परन्तु हैनरी पर वह हावी थी। यहां तक कि कभी-कभी वह गुस्से में आकर उसे कुछ कह-सुन भी देती थी। और हैनरी उसे सह लेता था।

दूसरी ओर हैनरी अष्टम बड़ा ही सुसंस्कृत सम्राट था। सांस्कृतिक पुनरुत्थान के प्रभाव में शिक्षा प्राप्त करने वाला यह पहला सम्राट था। उसके शिक्षकों में जॉन स्केटेलस सरीखे प्रसिद्ध कवि भी थे। हैनरी स्वयं एक बहुत बड़ा विद्वान, भाषाविद, संगीतज्ञ तथा खिलाड़ी था।

हैनरी को अपने बड़े भाई आर्थर की मृत्यु के कारण सन् 1503 में उत्तराधिकार प्राप्त हुआ था। आर्थर की विधवा का नाम था एरागॉन ऑफ कैथरीन। इसी कैथरीन के साथ हैनरी की सगाई हुई थी, परन्तु हैनरी का पिता सम्राट हैनरी सप्तम इस सगाई को विवाह में परिणित करने को टाले जा रहा था। यहां तक कि वह इसके विरुद्ध भी था, क्योंकि तत्कालीन क़ानून के अनुसार इस प्रकार के विवाह की वैधता के प्रति कुछ सन्देह भी व्यक्त किए गए थे। फिर भी हैनरी अष्टम ने 22 अप्रैल, 1509 को सम्राट बनने के बाद कैथरीन से शादी कर ली। बाद में जब हैनरी अष्टम और ऐनी की शादी का मामला उठा तब इस बात को लेकर चर्च में ख़ासा हंगामा मचा था, क्योंकि पोप इस पक्ष में नहीं था कि कैथरीन को तलाक़ देकर ऐनी से शादी की जाए। परिणामस्वरूप हैनरी अष्टम ने पार्लियामेंट में कई-एक क़ानून पास करवाकर इस सम्बन्ध में पोप द्वारा हस्तक्षेप का अधिकार ही समाप्त करवा दिया था। इन क़ानूनों के अनुसार चर्च ऑफ इंग्लैंड की सर्वोच्च सत्ता भी सम्राट के हाथ में आ गई थी।

इस प्रकार हैनरी ने पोप की सत्ता को नकार कर अपने रास्ते से वे सारे कंकड़ साफ़ कर दिए जो उसे कैथरीन को तलाक़ देने तथा ऐनी से विवाह करने में बाधक थे।

ऐनी को फांसी दिए जाने के बाद हैनरी ने जेन सैमोर से शादी की, क्योंकि वह किसी भी तरह पुत्र उत्पन्न करना चाहता था, ताकि उसके मरने के बाद उसके वंश की बेल चलती रहे।

ऐनी बोलीन यूरोप की कई अन्य महारानियों कि तरह ही एक कामुक स्त्री थी। फांसी से पहले उसने स्वयं हैनरी के समक्ष अपने सारे काम-सम्बन्धों को खुलकर स्वीकार लिया था। उसने यहां तक कहा कि उसके काम-सम्बन्ध सिर्फ़ बड़े-बड़े लोगों के साथ ही नहीं थे, बल्कि अपने महल के पहरेदारों के साथ भी वह सो चुकी थी।

बावजूद इसके कि सम्राट ने अपनी महारानी को पूरा-पूरा प्यार दिया था, ऐनी अपनी कामवासना से मजबूर होकर ग़ैर मर्दों के साथ सम्बन्ध बनाए रही। उसने अपनी उस दुश्चरित्रता का दंड न केवल स्वयं भोगा, बल्कि उन बेचारों को भी इसके साथ फांसी पर चढ़ना पड़ा था, जिन्हें उसने अपनी वासना का शिकार बनाया था। इस दृष्टि से उन दिनों इंग्लैंड का क़ानून इतना सख़्त था कि ऐसे जुर्म की सज़ा सिर्फ़ मौत ही थी।

ऐनी तथा ऐनी जैसी अन्य यूरोपियन महारानियों के क़िस्से क्योंकि दुनिया-भर में मशहूर हो चुके थे इसलिए इन क़िस्सों ने भारतीय महारानियों पर भी प्रभाव डालना शुरू किया। परिणामस्वरूप वे भी उसी राह पर चलना शुरू कर दिया।

इंग्लैंड, फ्रांस तथा रूस आदि देशों के इतिहास से पता चलता है कि वहां की महारानियां किस सीमा तक दुश्चरित्र थीं। उनके दुश्चरित्र का कुप्रभाव भारत जैसे देश की रानियों पर भी पड़ा, जब कि हमारे यहां की औरतें अपने पतियों के प्रति अत्यधिक निष्ठावान हुआ करती थीं और कभी किसी ग़ैर मर्द के साथ काम-सम्बन्ध स्थापित करने की बात सोच भी नहीं सकती थीं।

सती तथा जौहर

सती तथा जौहर की प्रथाएं भारत में बड़े प्राचीनकाल से चली आ रही हैं। पश्चिमी देशों के लोग यह सोचते हैं कि हिन्दुओं में प्रचलित ये प्रथाएं बड़ी बर्बर थीं और यह कि इनके कारण महिलाओं की ज़बरदस्ती हत्या की जाती थी, परन्तु इन प्रथाओं की जड़ में जाकर सोचने की कोशिश कोई नहीं करता कि आख़िर क्या कारण था जो भारत की महिलाएं सती हुआ करती थीं या जौहर दिखाकर शरीर त्याग दिया करती थीं। उन नारियों की यह कुर्बानी देखकर आश्चर्य होता है। सती और जौहर किन परिस्थितियों में हुआ करता था, यदि उन्हें समझने की कोशिश की जाए, तो यह बात स्पष्ट हो जाती है कि स्त्रियों को ऐसा करने के लिए पुरुष मजबूर नहीं करता था, बल्कि वे स्वयं अपनी इच्छा से, अपनी ऊंची भावनाओं से विवश होकर तथा अपने उच्च नैतिक विश्वासों के कारण स्वयं ऐसा किया करती थीं। पति की मृत्यु के बाद पति की चिता पर जल जाना या फिर शत्रुओं से घिर जाने के बाद आत्महत्या करना इस बात को प्रमाणित करता है कि उस ज़माने की भारतीय नारी को इस आदर्श में अटूट आस्था थी कि उसके जीते जी उसके पति के सिवा कोई भी पुरुष उसके शरीर का उपभोग नहीं कर सकता।

सती और जौहर की प्रथाओं के साथ बड़ी-बड़ी हृदय-विदारक कहानियां जुड़ी हुई हैं।

महाराजा जसवन्तसिंह राठौर अपने तीस हज़ार राजपूत वीरों को लेकर फ्रांसीसी सेनाओं के साथ युद्ध करने के लिए गया था। यद्यपि राजपूतों ने पूरी-पूरी बहादुरी दिखाई और जहां तक उनका वश चला, वे लड़े भी परन्तु आख़िर में हुआ यह कि शत्रु-सेनाओं ने हर ओर से घेरा डाल लिया। इस घेराव से बचने के लिए महाराजा जसवन्तसिंह राठौर अपने बचे हुए बीस हज़ार

राजपूतों को लेकर सूर्य निकलने से पहले ही अपनी राजधानी वापस पहुंच गया। महाराजा की पत्नी उदयपुर के महाराजा राणा की पुत्री थी। जब उसने देखा कि महाराजा युद्ध-क्षेत्र से पीठ दिखाकर लौटा है, तो उसने आदेश दे दिया कि महल के द्वार बन्द कर लिए जाएं।

उन्हीं दिनों बर्नियर नामक फ्रांसीसी यात्री-लेखक भी वहां मौजूद था। बर्नियर के कथनानुसार महारानी ने महल के द्वार बन्द करने का आदेश जिस क्रोध में भरकर दिया था, उसका वर्णन करना कठिन है। महारानी के चेहरे पर जो भाव उस समय व्यक्त हो रहे थे उसे देखकर बर्नियर को निश्चित रूप से यही लगा होगा जो उसने लिखा : 'महाराजा राणा की पुत्री अपने पति महाराजा जसवन्तसिंह को युद्ध हारकर लौटते देखना भी नहीं चाहती थी, क्योंकि वह समझती थी कि ऐसा व्यक्ति न तो उसका पति होने के योग्य है और न राणा का दामाद होने के।' महारानी ने बन्द द्वार के उस पार खड़े अपने पति को यह सन्देश भिजवाया कि या तो जीतकर आए अथवा वीरगति को प्राप्त हो जाए। यह सन्देश पाते ही महाराजा फिर से युद्ध-क्षेत्र की ओर चला गया और वहीं लड़ता-लड़ता वीरगति को प्राप्त हो गया। बाद में महारानी ने खुशी-खुशी अपने लिए चिता जलवाई और उसमें कूद गई। बर्नियर ने यह स्वीकार किया कि ऐसी हिम्मत इसी देश की महिलाओं में देखी है।

राणाप्रताप, राणा सांगा तथा रानी पद्मनी के नाम वीरता और बलिदान के कारण भारत के स्वर्णिम इतिहास में कभी भुलाए नहीं जा सकते।

गन्नौर की रानी

गन्नौर के पतन के बाद जब विजेता ख़ान विजित राजा की रानी को भी जीतने के ख़्वाब देखने लगा, तो रानी ने पल-भर में सारी स्थिति का जायज़ा लिया और ख़ान के पास सन्देश भिजवा दिया कि वह दो घंटे में तैयार होकर उसके पास आ जाएगी। ख़ान महल के बाहर उसका इन्तज़ार कर रहा था। रानी ने पूरा साज-सिंगार किया और फिर दो घंटे बाद जब ख़ान महल में दाख़िल हुआ तो वह देखकर हैरान हो गया कि रानी मरी पड़ी है। मृतक रानी ने उस समय जो कपड़े पहन रखे थे, वे ख़ासतौर पर ऐसे ही अवसर के लिए बनाए जाते थे और ऐसे ही अवसरों पर प्रयोग करने के लिए विशेष प्रकार के विष तैयार कराके गुप्त स्थानों पर रखे जाते थे। विष रखने के गुप्त स्थान भी इन्हीं विशिष्ट कपड़ों में बने रहते थे और ये विष इतने अधिक घातक होते थे, जिन्हें चखते ही तत्काल मृत्यु हो जाती थी।

भारतीय इतिहास के पन्ने-पन्ने पर भारतीय स्त्रियों के प्रभाव की स्पष्ट छाप दिखाई पड़ती है। सीता-हरण के कारण ही राम को युद्ध लड़ना पड़ा। द्रोपदी के अपमान का बदला लेने के लिए पांडवों ने कौरवों के साथ युद्ध लड़ा। दमयन्ती के प्यार के कारण ही नल ने राज-पाट छोड़ा।

चित्तौड़ में जौहर

चित्तौड़ के पतन के बाद जिस समय शहंशाह अकबर ने चित्तौड़ में प्रवेश किया, तो वहां जो कुछ देखा वह देखकर आश्चर्यचकित रह गया। हुआ यह था कि गढ़ के द्वार खोलने से पहले चित्तौड़गढ़ के आठ हज़ार वीर राजपूतों ने पान का अन्तिम बीड़ा मुंह में डाला और जोगिया-वस्त्र पहनकर गढ़ के द्वार खुलवा दिए। पराजय हो चुकी थी और उनकी मृत्यु भी निश्चित थी, परन्तु फिर भी ये जूझ गए, क्योंकि झुकने से मर जाना बेहतर समझते थे।

विजय की इसी अनबुझ प्यास के कारण चित्तौड़ के तीस हज़ार वीर वीरगति को प्राप्त हो चुके थे। इनके सारे मुखिया, सभी राजकुमार और उनकी रानियां तथा यहां तक कि दुधमुंहे बच्चे भी शहीद हो चुके थे। जौहर दिखाने वाले इन राजपूतों की लाशों पर से जो जनेऊ उतरवा कर अकबर ने तुलवाये थे, उनका वज़न साढ़े चोहत्तर मन निकला था। यज्ञोपवीत के सूत्रों के इस वज़न से ही उन वीर राजपूतों की उन भावनाओं का वज़न आंका जा सकता है जिसमें बहकर वे हंसते-हंसते मृत्यु को गले लगा लिया करते थे।

लोनी का ऐतिहासिक जौहर

इतिहास के सबसे बड़े जौहरों में से एक का घटना-स्थल है लोनी नामक स्थान जो आज भी उत्तर प्रदेश की तहसील गाज़ियाबाद में स्थित है। इस छोटे से क़स्बे तक आजकल गाज़ियाबाद और शाहदरा से पक्की सड़कें जाती हैं। लोनी में जो क़िला बना हुआ है, वह पृथ्वीराज के ज़माने का है। बारहवीं सदी के अन्त में पृथ्वीराज दिल्ली का राजा था। कौरवों के राजा दुर्योधन ने पांडवों के राजा युधिश्ठर को जो पांच गांव दिए थे उनमें से एक लोनी भी था। अन्य चार गांवों के नाम थे–तलपत, सोनीपत, भगेत तथा इन्द्रप्रस्थ। आजकल लोनी एक क़स्बा है और इसकी आबादी लगभग पांच हजार है। सन् 1738 की बाह है, तैमूर ने मेरठ पर हमला किया और इसे जीत लिया। फिर कैथल से होता हुआ तैमूर पानीपत जा पहुंचा और वहां से यमुना की ओर बढ़ आया। यमुना नदी के किनारे खड़े होकर तैमूर ने दूसरे किनारे दिखने वाला लोनी का क़िला देखा। उन दिनों लोनी का यह क़िला मैमम के अधिकार में था, जो सुल्तान महमूद की ओर से इस क़िले का प्रबन्ध कर रहा था। तैमूर ने क़िले पर चढ़ाई कर दी। क़िले के शेख ने बाहर आकर तैमूर से कहा कि लोनी के लोग हार मानना नहीं चाहते, क्योंकि वे अधिकांश राजपूत हैं। तैमूर ने पूरी ताक़त के साथ हल्ला बोल दिया। लोनी के राजपूतों ने जब यह देखा कि अब बचने की कोई सूरत नहीं रही, तो उन्होनें स्वयं अपनी पत्नियों और बच्चों को घरों में बन्द करके मकान जला दिए और स्वयं जाकर तैमूर की सेना से भिड़ गए तथा वीरगति को प्राप्त हो गए। लोनी का क़िला फ़तह करने के बाद तैमूर ने हुक्म दिया कि लोनी के एक-एक हिन्दू को चुन-चुनकर क़त्ल कर दिया जाए।

गीशा जापान की

गीशा जापान की किसी रानी का नाम नहीं है बल्कि जापान के बाज़ारे-हुस्न की सबसे महंगी औरतों को 'गीशा गर्ल्स' कहते हैं।

मैं कई दफ़ा जापान गया हूं, लेकिन सबसे पहली जापान-यात्रा मुझे हमेशा याद आती है। चालीस साल पहले की बात है। जापान के सम्राट हीरोहितो से मिलने के लिए कपूरथला के महाराजा जगतजीतसिंह और मैं गए थे। जापान-स्थित ब्रिटिश राजदूत सर जॉन टिल्ले ने सम्राट से हमारा परिचय कराया था। उसके बाद शाम को सम्राट ने गार्डन पार्टी का प्रबन्ध किया, जिसमें हम लोग भी निमन्त्रित थे।

जापान के लोग जब एक-दूसरे को मिलते हैं, तो झुक-झुककर एक-दूसरे का अभिवादन करते हैं। झुकते रहने का यह क्रम उस समय तक जारी रहता है जब तक कि दोनों में से बड़ी उम्र वाला व्यक्ति झुकना बन्द नहीं कर देता। शिष्टाचार में जापान दुनिया-भर में सबसे आगे है।

जापान में औरत का दर्जा मर्द की अपेक्षा बहुत नीचा था। पति जब दफ़्तर से लौटकर घर आता, तो पत्नी झुक-झुककर उसका स्वागत करती। रास्ते चलते समय पत्नी हमेशा पति के पीछे-पीछे चलती।

जापान की 'गीशा गर्ल्स' अपने ग्राहकों को मेहमानों की तरह मान-सम्मान देती हैं और उनकी ख़ातिरदारी पर दिल खोलकर ख़र्च करती हैं। यह अलग बात है कि इनकी फ़ीस इतनी अधिक होती है कि केवल बड़े-बड़े अमीर आदमी ही उनके पास जा सकते हैं। इनके पास एक घंटा बिताने की कीमत लगभग पांच सौ रुपया नक़द तथा अन्य उपहार होती है। दुनिया के कोने-कोने से लखपति लोग चन्द दिन मौज़ मनाने के लिए जापान आते हैं, तो इन्हीं गीशा गर्ल्स के कारण। इनके महंगेपन का आतंक जापान की घरेलू औरतों पर तो

इस हद तक है कि अगर उन्हें पता चले कि उनका पति एक-आध घंटा किसी गीशा के साथ रहकर तथा पैसे देकर और बिना कुछ किए ही घर लौट आया है, तो वह स्वयं अपने पति को मनाकर उसी गीशा के पास भिजवा देंगी ताकि ख़र्च किया हुआ रुपया बेकार न चला जाए।

आजकल, अलबत्ता, गीशा की प्रतिद्वन्द्विता में बारगर्ल्स और कैबरे-नृत्य करने वाली आधुनिक महिलाएं आ गई हैं। टेलीविज़न तथा सिनेमा के प्रभाव के कारण भी जापान की आधुनिक पत्नियां अब पहले जैसी हलीम नहीं रह गई हैं। शहरों में संयुक्त परिवार की प्रणाली भी टूट रही है। फलस्वरूप प्रेम-विवाह होने लगे हैं।

पहले ज़माने के समृद्ध जापानी पुरुष के लिए यह एक आम बात थी कि पत्नी के अलावा उसने कोई-न-कोई गीशा रखी ही होती थी और ऐसा करना उस समय के समाज में प्रतिष्ठा का चिह्न भी माना जाता था। वह गीशा अपने सारे ख़र्चों के बिल साधिकार रूप से अपने प्रेमी की पत्नी के पास भिजवाया करती थी और पत्नी निःसंकोच होकर उन बिलों का भुगतान किया करती थी।

गीशा रखने की यह प्रथा किसी हद तक आज भी मौजूद है, लेकिन आमतौर पर पुरानी पीढ़ी के अमीर लोग ही ऐसा करते हैं और सो भी उतना अधिक खुलकर नहीं करते, जितना पहले किया करते थे। यों कुल मिलाकर आज भी जापान की स्थिति यह है कि समाज में पति की प्रतिष्ठा जितनी वहां है उतनी विश्व के किसी और देश में नहीं।

इन दिनों सबसे अधिक गीशाएं तथा 'गिंजा गर्ल्स' अकासाका में हैं। ग्राहक का स्वागत करने के लिए गीशा-गृह में एकदम नग्न लड़कियां खड़ी होती हैं।

टोकियो में इन दिनों कुल मिलाकर दर्जनों 'गिंजा गृह' हैं। इसके अलावा पैंतीस हज़ार मदिरालय हैं जिनमें चार लाख से अधिक जवान और ख़ूबसूरत लड़कियां 'साक़ी' का काम करती हैं। वास्तव में ये लड़कियां गीशा गर्ल्स का ही आधुनिक रूप हैं। जापान के शराबख़ाने भी दूसरे देशों की तरह के नहीं होते। थोड़े-बहुत अन्तर के साथ गीशा-गृहों जैसा वातावरण ही इन शराबख़ानों में पैदा किया जाता है, ताकि ग्राहक के साथ एकान्त में बैठकर लड़कियां ढंग से बात कर सकें।

जापान के साठ प्रतिशत पुरुष अपनी पत्नियों के अतिरिक्त अन्य स्त्रियों के साथ काम-सम्बन्ध स्थापित किए रहते हैं। जापान की पत्नी अपने पति को तलाक़ देने के मामले में इतनी संकोचशील है जितनी कि शायद हमारे यहां भी नहीं। मगर जापान का पति आज भी लगभग उसी मनःस्थिति का है। वह समझता है कि बच्चों की मां हो जाने के बाद पत्नी, पत्नी नहीं रह जाती। इन सब बातों के बावजूद जापान में घर की शान्ति को सबसे अधिक महत्व दिया जाता है। यही कारण है कि नारी-मुक्ति-आन्दोलन के बावजूद जापान आज भी पति-पत्नी के सम्बन्धों के मामले में एक आदर्श देश माना जाता है। आमतौर पर जापानी पति-पत्नी के सम्बन्ध बड़े ही मधुर होते हैं और पति-पत्नी के सम्बन्धों की मधुरता पर ही, क्योंकि घर की खुशी निर्भर करती है इसीलिए सामान्य जापानी घरों में खुशी दिखाई पड़ती है।

स्वीडन : सेक्स के बदलते हुए परिवेश में

स्वीडन में नाजायज़ बच्चों को उत्तराधिकार ठीक उसी प्रकार से प्राप्त है जैसे कि वैध सन्तान को। अन्तर केवल इतना है कि वे अपनी मां की सम्पत्ति के अधिकारी होते हैं। मां की सम्पत्ति में मां तथा मां के रिश्तेदारों की सम्पत्ति भी शामिल है। इसी प्रकार मां के रिश्तेदार उसकी सम्पत्ति के अधिकारी हैं। अवैध सन्तान तथा पिता की सम्पत्ति के बीच परस्पर उत्तराधिकार केवल विशिष्ट परिस्थितियों में ही प्राप्त हो सकता है।

समाज समय के अनुरूप करवट बदलता रहता है। इसी प्रकार सामाजिक मूल्य भी समय-समय पर बदलते रहते हैं। ये बदलते हुए सामाजिक मूल्य अन्य जीवन-मूल्यों द्वारा प्रभावित होते रहते हैं। जैसे-जैसे किसी विशिष्ट समाज की आवश्यकताएं बदलती रहती है, वैसे-वैसे समाज अपने आप को इन आवश्यकताओं के ढांचे में ढालता चला जाता है। आधुनिक यूरोप में स्वीडन की सामाजिक स्थितियों का अध्ययन बड़ा ही मनोरंजक है। इस शताब्दी के शुरू में अन्य देशों की तरह स्वीडन के पुरुष और नारी भी परस्पर निष्ठावान हुआ करते थे। पुरुष की महता अधिक थी तथा नारी उसकी तुलना में निकृष्ट मानी जाती थी, परन्तु अब वह स्थिति नहीं रह गई। नारी-मुक्ति आन्दोलन, औद्योगिक क्रान्ति, आधुनिक आर्थिक स्थितियां, इन सबने मिलकर नारी में एक बराबरी की भावना उत्पन्न कर दी है। आज की स्वीडिश नारी का व्यवहार एकदम बदल चुका है। उसके सोचने का आधार इतना अधिक बदल चुका है कि यूरोप के अन्य देशों में ऐसा बदलाव कम ही दिखाई पड़ता है। इस प्रकार के नए-नए प्रयोग तथा मानवीय सम्पर्कों के नए-नए स्वरूप जितने यहां देखने में आ रहे हैं उतने अन्यत्र दुर्लभ हैं। स्त्री-पुरुष का एकदम उन्मुक्त होकर मिलना आम बात है। यहां सिद्धान्त के रूप में प्यार और विवाह के प्रयोगात्मक रूप दिखाई

देने लगे हैं। प्रयोग के तौर पर प्यार और प्रयोग के तौर पर विवाह या सहवास करने की प्रथाएं चल निकली हैं। इन सारे सामाजिक रुझानों से कुल मिलाकर यह पता चलता है कि स्वीडन में सामाजिक मूल्य बड़ी तेज़ी के साथ बदले हैं और एक नए प्रकार की नैतिकता जन्म ले रही है। नए नैतिक मूल्यों पर खुलकर बहसें होती हैं और उन बहसों में हर वर्ग के विवाहित और अविवाहित स्त्री-पुरुष भाग लेते हैं। विवाह की उपयोगिता पर प्रश्नचिह्न लग गया है। आज के स्वीडनवासी यह सोचने लगे हैं कि मनुष्य की प्रसन्नता के लिए विवाह नामक संस्था अनिवार्य नहीं है। बच्चों के पालन-पोषण के लिए भी विवाह आवश्यक नहीं। स्वीडन में कोई भी स्त्री-पुरुष अविवाहित रहते हुए भी एक-दूसरे के साथ एक छत-तले रह सकते हैं, बच्चे पैदा कर सकते हैं और खुलकर उन बच्चों का पालन-पोषण कर सकते हैं। विवाह की संस्था द्वारा स्त्री-पुरुष के सहवास को क़ानूनी रूप देना यहां आवश्यक नहीं रह गया। वास्तव में विवाह की संस्था और इसके क़ानूनी रूप के पीछे आधारभूत विचार तो यही था कि स्त्री-पुरुष के सहवास को सामाजिक स्वीकृति दी जा सके, परन्तु जब किसी प्रकार की क़ानूनी मदद के बिना ही सामाजिक स्वीकृति प्राप्त हो जाए या दे दी जाए तो फिर इन कानूनी कार्रवाइयों की कोई आवश्यकता नहीं रह जाती।

कुछ दशक पूर्व स्वीडन में 'ट्रायल मैरिजेज' (आज़मायशी शादियां) शुरू हुई थीं। इन आज़मायशी शादियों के फलस्वरूप युवा वर्ग को यह आज़माने का अवसर मिलने लगा था कि वे भावनात्मक स्तर पर परस्पर मिलकर रह सकते हैं या नहीं। आजकल स्वीडन में स्थिति यह है कि कोई भी पुरुष और नारी चाहे जिस रूप में रह रहे हों, कोई किसी पर उंगली नहीं उठाता। सहवास के प्रत्येक स्वरूप को सामाजिक स्वीकृति प्राप्त हो चुकी है।

बच्चे पैदा करने और बच्चों का पालन-पोषण करने से सम्बन्धित नैतिक धारणाओं में भी आधारभूत परिवर्तन हुए हैं। स्वीडन की नारी की दृष्टि में अब केवल बच्चे पैदा करना ही उसका काम नहीं रह गया है, न ही वहां सहवास अथवा विवाह का बच्चों से कोई सम्बन्ध है। सन्तानोत्पत्ति के लिए विवाह की धारणा तो अब अन्य देशों में भी परिवर्तित होती चली जा रही है। संसार की जनसंख्या जितनी तेज़ी के साथ बढ़ने लगी है, हर ओर हर क्षेत्र में जैसी

प्रतिस्पर्धा उभर रही है, रोज़गार के अवसर जिस मात्रा में कम होते जा रहे हैं, इन सबको देखते हुए अब बच्चे पैदा करना मनुष्य का कोई पवित्र कर्तव्य रह भी नहीं गया है। अब कोई भी औरत चाहे तो अकेली रह सकती है या फिर जीवन-भर निसंतान रह सकती है, समाज अब कहीं आड़े नहीं आता बल्कि उलटे अब तो स्थिति यह है कि समाज की दृष्टि में अब वह औरत ज़्यादा समझदार मानी जाती है जो बच्चे पैदा न करे या केवल एक ही शिशु को जन्म दे।

मारगरेट मीड ने इन सामाजिक रुझानों का सार-संक्षेप समझाते हुए यह बताया है कि सन् 2000 तक स्थिति यह हो जाएगी कि परिवार का स्वरूप बहुत ही सीमित रह जाएगा और उस समय जिस नए ढर्रे का परिवार दिखाई देगा वह उसी परिवार का विकसित स्वरूप होगा, जिसे आज हम 'आधुनिक पारिवारिक स्वरूप' कहकर पुकारते हैं। इस प्रकार व्यक्ति को व्यक्ति के रूप में मुक्त होकर जीवन जीने का पहली बार अवसर प्राप्त होगा। पूरे मानव-इतिहास में व्यक्ति को व्यक्ति के रूप में उन्मुक्त होकर जीने का अवसर आज तक प्राप्त नहीं हुआ। सन् 2000 के आसपास सामाजिक स्थितियां कुछ इस प्रकार की होंगी कि बच्चे एक स्वतन्त्र वातावरण में पल रहे होंगे, उनमें एक भावनात्मक टिकाव होगा। हर किसी के लिए शिक्षा-सम्बन्धी पर्याप्त सुविधाएं उपलब्ध होंगी तथा आर्थिक रूप से हर कोई सुरक्षित होगा। तब इस बात पर कोई ध्यान नहीं दिया करेगा कि अमुक बच्चा अपने माता-पिता की अवैध सन्तान है या वैध।

स्वीडन में आज नर-नारियों के जोड़े उस आदर्श स्थिति का एहसास करने योग्य हो गए हैं जिस स्थिति में कोई भी दो उन्मुक्त व्यक्ति परस्पर मिलकर एक-दूसरे की आवश्यकताओं और वांछाओं को सम्मान दे सकें। बच्चों के अभिभावक़्तव के प्रति भी स्त्री-पुरुष की बराबर-बराबर ज़िम्मेदारी है। विवाहित स्त्री-पुरुष यदि परस्पर सम्बन्ध-विच्छेद करना चाहें या तलाक़ दे लेना चाहे, तो इस बात की भी आवश्यकता नहीं है कि एक-दूसरे पर कोई आरोप लगाकर उसे दोषी ठहराया ही जाए। तलाक़ के लिए दोनों आपस में सहमत हों, यही काफ़ी है।

परम्परागत परिवार प्रणाली को नकारने का काम केवल कुछ युवक-युवतियां ही नहीं कर रहीं, बल्कि स्वीडन के व्यावहारिक जीवन में बौद्धिक धरातल पर सब कहीं परम्पराओं पर प्रश्नचिह्न लगाए जाने लगे हैं।

नए प्रकार के मानवीय सम्पर्कों की एक बड़ी ठोस मिसाल स्वीडन की संसद-सदस्या बिरगिट्टा डाह ने प्रस्तुत की। वह जिस पुरुष के साथ रह रही है उससे जान-बूझकर तलाक़ लिया और उसी से गर्भ भी धारण किया। बिरगिट्टा ने एक समाचार-पत्र में प्रकाशित अपनी भेंट में ऐसा करने का कारण बताते हुए कहा कि उसकी दृष्टि में परम्परागत विवाह अर्थहीन हो चुका है और अब वह कभी विवाह नहीं करेगी। वह आज भी अपने पूर्व पति के साथ रह रही हे, उसके एक बच्चा भी है। वे दोनों पति-पत्नी नहीं हैं, मगर खुलकर अपने बच्चे का पालन-पोषण कर रहे हैं।

22 वर्षीया एक महिला पत्रकार का विचार है कि आधुनिक महिला के लिए चुनाव की स्वतन्त्रता सबसे अधिक महत्वपूर्ण है, परन्तु पुरुष नारी की स्वतन्त्रता को स्वीकार नहीं कर पा रहा। अब वह महिला पत्रकार जिस पुरुष के साथ रह रही है उसे वह प्यार करती है। दोनों परस्पर सन्तुष्ट हैं, शारीरिक तथा मानसिक तौर पर।

अपेक्षाकृत अधेड़ उम्र के लोगों के लिए भी यह सुविधाजनक है कि बिना शादी किए इकट्ठे रह सकें। एक विधवा स्त्री और एक अकेला अधेड़ पुरुष भी परस्पर पूरी-पूरी गरिमा के साथ मिलकर रह सकते हैं और यह कोई आवश्यक नहीं कि वे वैवाहिक रूप से या परिवार बनाकर रहने का झमेला मोल ही लें। दोनों अपने-अपने ढंग से अपना-अपना जीवन जीते हैं, अलग-अलग धन्धे करते हैं, कोई मास्टरनी है, कोई व्यापारी है। लगातार साथ रहना भी कोई ज़रूरी नहीं, सप्ताह में एक बार मिल लेना ही काफ़ी है। कभी-कभार एक-साथ कहीं घूमने चले जाते हैं और कुछ दिन बिता आते हैं। इस प्रकार वे अपनी आज़ादी की रक्षा भी कर लेते हैं, संग-साथ भी निभा लेते हैं और अपने-अपने काम-धन्धों में भी तरक्की करते रहते हैं।

जहां तक आज़मायशी शादियों की प्रवृत्ति का सवाल है, इससे एक बहुत बड़ा लाभ यह हो रहा है कि दोनों जने एक-दूसरे के प्रति आश्वस्त हो जाते हैं कि नियमित शादी करने के बाद वे यौन-सम्पर्कों में परस्पर संतोष अनुभव कर

पाएंगे या नहीं या फिर यह एक-दूसरे के मानसिक स्तर के अनुरूप अपने आपको ढाल सकेंगे कि नहीं।

युवा पीढ़ी में कुछ लोग ऐसे भी हैं जो बिना अधिक सोचे-समझे यूं ही परस्पर रहना शुरू कर देते हैं। इस तरह साथ-साथ रहते-रहते उन्हें अगर लगे कि वे परस्पर निबाह सकते हैं और हर दृष्टि से एक-दूसरे के साथ सन्तोष अनुभव कर सकते हैं, तो फिर वे शादी कर लेते हैं।

स्वीडन की सरकार ने भी सन् 1969 में एक बड़ा सचेत कदम उठाया था। सरकार की ओर से एक नया आयोग नियुक्त किया गया था और उस आयोग का काम इस बात की जांच करना था कि पुरुष और स्त्री के बीच जो बराबरी की नई भावनाएं समाज में उभर रही हैं उनके अनुरूप विवाह और परिवार-सम्बन्धी क़ानूनों में संशोधन करने का सुझाव दे।

यूरोप के सेक्स पार्क

कोपनहेगन में 'ट्रिवोली' नामक एक पार्क है। ट्रिवोली में स्त्री-पुरुषों के प्रेम-रत जोड़े खुलेआम दिखाई पड़ते हैं। पार्क के जिस कोने पर निगाह डालिए कोई-न-कोई जोड़ा किसी न किसी ऐसी मुद्रा में लेटा हुआ दिखाई देगा जिसमें सामान्यता कोई भी स्त्री-पुरुष सामाजिक रूप से दिखना पसन्द नहीं करते। उन्हें इस बात की भी चिन्ता नहीं होती कि कोई उन्हें देख रहा है। देखने वाले देखते रहते हैं और वे अपना काम किए चले जाते हैं। देखने वालों को भी ऐसा कुछ नहीं लगता कि वे कोई नई या अनहोनी चीज़ देख रहे हैं। वे तो सिर्फ़ देखने के लिए देखते हैं और देखके चल देते हैं, क्योंकि यहां तो यह सब हर समय चलता ही रहता है। इस पार्क में यह भी ज़रूरी नहीं कि कोई मर्द या औरत पहले से ही यहां मिलना तय करके आएं, मिलें और जो कुछ यहां होता है वह करें। कई स्त्रियां और पुरुष तो अकेले-अकेले ही घर से चलते हैं और यहां पहुंचकर अचानक परस्पर टकरा जाते हैं और फिर यहीं खुल-खेलने लगते हैं।

पैरिस के निकट 'बॉये डी बाउलोन' में भी एक ऐसा ही पार्क है। इस पार्क में भी हू-ब-हू ऐसी ही हरकतें होती हैं और इसी तरह खुलेआम होती हैं। शाम के समय पार्क के बाहर दर्जनों कारें खड़ी रहती हैं। कारों में से उतरकर तरह-तरह के जोड़े इस पार्क की हरी घास पर इस प्रकार बिछ जाते हैं गोया अपने बिस्तरों पर लेट रहे हों।

होनोलुलु में विकिकी नामक समुद्र-तट पर सैकड़ों जोड़े परस्पर गुंथे हुए दिखाई पड़ते हैं। अधिकांश नग्न-प्राय और कोई-कोई नितान्त नग्न। समुद्र-तट की धूप तापते हुए तपते जवान तन हर चीज़ से बेख़बर होकर एक-दूसरे की आग़ोश में सिमटे नज़र आते हैं। यहां यह भी कोई ज़रूरी नहीं कि वे लोग

वास्तव में यौन-क्रीड़ा ही कर रहे हों, परन्तु दूर से देखने पर इन जोड़ों की मुद्राएं कुछ ऐसा ही आभास देती हैं। वेव्ज़ नामक समुद्र-तट पर भी ऐसे ही दृश्य दिखाई पड़ते हैं। रंगरेलियां मनाने के लिए यहां आए हुए जवान लड़कियां और जवान लड़के नावों में बैठकर समुद्र की सैर करते हैं और फिर घंटों घने वृक्षों की छाया-तले लेटकर ये लोग अपने तन की तपन बुझाते हैं।

लन्दन का 'हाइड पार्क' तो सदा से ही सेक्स के भूखों के लिए आकर्षण का केन्द्र रहा है। यहां भी किसी प्रकार की कोई रोक-टोक नहीं है। यौन आकांक्षी जोड़े अपने नग्न शरीरों को केवल एक छाते की आड़ दे देते हैं। हाइड पार्क में इस तरह खुले छातों की आड़ में लेटे हुए सैकड़ों जोड़े आसपास पड़े दिखाई देते हैं।

यूरोप की मुख्य राजधानियों में यह एक आम रिवाज़ है कि पुरुष अपनी पत्नी के अतिरिक्त कोई-न-कोई रखैल भी रखता है। मैं इन नगरों की कई सरकारी दावतों में भी शामिल हुआ हूं। उन दावतों में वहां की सरकार के मन्त्री भी मौजूद थे। पैरिस की एक दावत में सेहत का जाम उठाते हुए एक मन्त्री को अपनी पत्नी के बजाय रखैल की सेहत का जाम पीते हुए देखकर मैंने अपने पास बैठे एक अन्य फ्रांसीसी से पूछा कि क्या यह इसकी पत्नी है? उसने मेरे कान में फुसफुसाकर कहा कि यह पत्नी नहीं, रखैल है। यहां मैं यह बात भी बता देना चाहता हूं कि ऐसे लोगों की पत्नियां यह सब कुछ जानती होती हैं और जानबूझकर यह सब होने देती हैं, और यह सब इसलिए चलता रहता है क्योंकि आमतौर पर इस प्रकार की रखैलें भी समाज के ऊंचे वर्गों से सम्बन्धित होती हैं इसलिए किसी को इन पर उंगली उठाने की जुर्रत नहीं होती। कौन किससे फंसा हुआ है, यह बात आपस में सब लोग जानते होते हैं।

मैंने अपने एक स्वीडनवासी मित्र से स्वीडन में चल रहे उन्मुक्त यौन-व्यवहार के बारे में भी पूछा था। उसने एक घंटे तक मुझे वहां की सारी स्थितियां समझाईं। उसने कहा कि यूरोपीय देशों के लोग सभ्यता और संस्कृति के ऊंचे बिन्दु पर आ पहुंचे हैं और उन्हें उस प्रकार की जीवन प्रणाली को अपनाना अधिक नैसर्गिक लग रहा है, जिस प्रकार की जीवन प्रणाली उनके आदिम पुरखों की थी। परन्तु उन आदिम पुरखों और इनमें एक अन्तर स्पष्ट है कि वे लोग नहीं जानते थे कि वे क्या कर रहे हैं जबकि ये लोग शिक्षित होने के

कारण पूरे तौर पर जानते हैं कि ये क्या कर रहे हैं और क्यों कर रहे हैं। क्योंकि आज का सचेत सुविज्ञ व्यक्ति प्रकृति के साथ वास्तविक तादात्म्य स्थापित करना चाहता है और हर प्रकार के मुखौटे उतार फेंकने के लिए प्रयत्नशील है इसीलिए यह सब कर रहा है।

यूरोपीय देशों की आधुनिक जीवन प्रणाली तथा उनके नैतिक मूल्यों की बात करते समय मेरे मस्तिष्क में केवल वहां के समाज के उच्च वर्ग तथा उच्च-मध्यम वर्ग ही हैं क्योंकि किसी भी देश के सांस्कृतिक विकास में यही वर्ग योगदान करते हैं, और इन्हीं वर्गों द्वारा निर्धारित नैतिक नियम तत्कालीन समाज को मर्यादित करते हैं। इसलिए मैंने निम्न-मध्य-वर्ग तथा निम्न-वर्ग के लोगों का उल्लेख नहीं किया। मैं संसार के जितने भी देशों में गया हूं और वहां मैंने अनैतिकता का जो भी स्वरूप देखा है वह इन ऊंचे वर्गों के लोगों में ही देखा है न कि निम्न-वर्ग के लोगों में। भारत में भी यही स्थिति है।

नीदरलैंड के कामुक दृश्य

नीदरलैंड्स-स्थित एम्सटर्डम तथा डेनमार्क-स्थित कोपनहेगन के थियेटरों में काम-क्रीड़ाओं के ज़िंदा नज़ारे दिखाए जाते हैं। इन्हें 'लिव शोज' कहते हैं। समूह विवाह तो यहां आम बात है ही, पर यहां यह भी होता है कि विवाहित जोड़े अख़बारों में इश्तिहार छपवाते हैं कि हम परस्पर पत्नियां बदलना चाहते हैं। ऐसे इश्तिहार यहां आए दिन अख़बारों में दिखाई पड़ते हैं और इन इश्तिहारों के उत्तर भी तत्काल प्राप्त हो जाते हैं। यहां बड़े-बड़े रेस्तराओं में जहां-जहां भी लाल रोशनी जल रही होती है वह इस बात का संकेत देती हैं कि इस रेस्तरां में काम-तृप्ति के लिए लड़कियां उपलब्ध हैं। रेस्तरां के अन्दर एक-एक मेज़ पर सिर्फ़ दो-दो कुर्सियां लगी रहती हैं। ग्राहक आकर किसी भी ख़ाली मेज़ पर बैठ जाता है। उसके बैठते ही सामने से लड़कियां गुज़रने लगती हैं और वह किसी को भी पसन्द करके अपने साथ बैठा सकता है।

यहां की पत्र-पत्रिकाओं में अश्लीलतम सामग्री छापी जाती है। ऐसी सामग्री किसी भी अन्य देश के पत्र-पत्रिकाओं में छपे, तो उन पर तुरन्त प्रतिबन्ध लगा दिया जाए। ऐसी कुछ अश्लील पत्र-पत्रिकाओं के नाम ये हैं–

सेंट पोली नोच्रिचटन, सेंट पोली अनज़िगार, सक, शो बाय, प्ले ब्याय, प्ले गर्ल, 69, एम, जेस्मिन और एस.आई.ई।

इन पत्र-पत्रिकाओं के नाम से ही स्पष्ट है कि यहां सेक्स-सम्बन्धी कुंठाएं किस सीमा तक पहुंची हुई हैं। ऐसी पत्र-पत्रिकाएं यहां हाथो-हाथ बिकती हैं और धड़ल्ले से बिकती हैं। कोपनहेगन में एक फिल्मी मेला लगा। इस मेले में जो फ़िल्में दिखाई गईं उनमें खुलेआम यौनाचार का प्रदर्शन था और ऐसी फ़िल्में यहां उसी ढंग से दिखाई जाती हैं जैसे कोई भी साधारण फ़िल्म और मज़े की

बात यह कि यह अन्तर्राष्ट्रीय फ़िल्मी मेला था और इस फ़िल्मी मेले के नाम पर दुनिया-भर के पर्यटकों को आकर्षित किया गया था।

पर्यटकों को आकर्षित करने के लिए यहां एक और मेला लगा। इस मेले का नाम था–'भीगा सपना'। इस 'भीगे सपने' में रंग-मंच पर हर प्रकार की काम-क्रीड़ाएं प्रदर्शित की गई थीं। ज़ाहिर है कि इस प्रकार के मेले पर्यटकों को आकर्षित करते हैं और मज़े की बात यह कि यहां इस प्रकार के मेले सरकारी तौर पर लगाए जाते हैं और दुनिया-भर में सनसनी फैलाई जाती है।

पहली जुलाई, सन् 1970 को अमरीका के न्यूयार्क राज्य में एक क़ानून पास करके गर्भ गिराना क़ानूनी घोषित कर दिया गया। तब से अब तक न्यूयार्क में लाखों गर्भ गिराए जा चुके हैं। अमेरिका के वाशिंगटन, अलास्का तथा हवाई नामक राज्यों में भी यही स्थिति है। गर्भ गिराने के लिए विदेशों से आई हुई अनगिनत स्त्रियां इन राज्यों में आकर कुछ दिन ठहरती हैं और गर्भ गिरवाकर लौट जाती हैं।

मियामी समुद्र-तट पर बड़े दिनों की छुट्टियों में एक हवाई जहाज़ द्वारा इश्तिहार फेंककर उन स्थानों के पते और टेलीफ़ोन नम्बर प्रचारित किए गए थे, जहां गर्भ गिराए जाते हैं।

मैं हाल ही में यूरोप गया और वहां मैंने अपनी आंखों से देखा कि यूरोपियन लोगों की जीवन-पद्धति बड़ी तेज़ी के साथ बदल रही है। हालांकि मैं अक्सर यूरोप जाता रहता हूं और शायद चालीस बार पूरा यूरोप घूम आया हूं। हर बार मैंने वहां धीरे-धीरे परिवर्तित होती हुई सामाजिक स्थितियों को देखा है। इसलिए मैं वहां के आंखों देखे हालात लिख रहा हूं न कि सुनी-सुनाई बातें।

पैरिस के मैट्रो में हर कहीं आलिंगनबद्ध जोड़े दिखाई पड़ते हैं और ऐसे दृश्य वहां के सामाजिक जीवन के अंग मान लिए गए हैं। मैंने अपने फ्रांसीसी दोस्तों से पूछा कि इस सबकी इज़ाज़त क्यों दी जाती है। उन्होंने कहा कि इस सब में कुछ भी तो अनैतिक नहीं है। चुम्बन और आलिंगन में उन्हें कोई अनैतिकता दिखाई नहीं पड़ती। मैंने पैरिस यूनिवर्सिटी के बग़ीचे में भी दर्जनों जवान जोड़ों को ऐसी ही मुद्राओं में देखा, तो मैं एक विद्यार्थी के साथ उसके प्रोफ़ेसर से मिलने गया। वहां मेरी दो प्रोफ़ेसरों से मुलाक़ात हुई। उन्हीं की ज़बानी मुझे पता चला कि उन्हें इस बात में कोई आपत्ति नहीं कि कोई भी दो

ज़वान जिस्म आपस में मिलें और मौज़ मनाएं। यद्यपि उसने यह कहा कि ये लड़के-लड़कियां पार्कों में सम्भोग नहीं कर सकते, यदि ऐसा करना चाहें तो किसी भी मकान में जाकर कर सकते हैं।

फ्रांस के समाज में जो भी गड़बड़ी हुई वह सन् 1946 के बाद ही अधिक हुई, क्योंकि सन् 1946 में एक क़ानून द्वारा फ्रांस में वेश्यावृत्ति बन्द कर दी गई। तब से फ्रांस में वेश्यावृत्ति का स्वरूप बदल गया है। वेश्याएं अब वेश्याएं नहीं रहीं, 'काल गर्ल्स' हो गई हैं। चाहे जब जिस लड़की को साथ लेकर किसी मैट्रो या बार में चले जाइए, कोई नहीं रोकेगा।

हाल ही में मुझे पता चला कि कुछ 'न्यूडिस्ट क्लबों' ने यह घोषित कर दिया है कि वे अब नंगेपन का प्रचार गुप्त रूप से नहीं करेंगे। ऐसे क्लब पहले भी थे, जहां पहुंचकर सारे सदस्य (स्त्री या पुरुष) एकदम निर्वस्त्र हो जाया करते थे, परन्तु पहले ये क्लब गुप्त रूप से चला करते थे, परन्तु अब खुलेआम हर कोई हर किसी के सामने सैद्धान्तिक आधार पर नंगा होकर घूमने लगा है। उनके अनुसार निर्वस्त्र होकर घूमना किसी भी सामाजिक मर्यादा का उल्लंघन नहीं है। कुछ समाचार-पत्रों में मैंने यह ख़बर भी पढ़ी कि इंग्लैंड की महारानी ने इन क्लबों को ऐसा क़दम उठाने के लिए बधाई भी दी है।

हाल ही में नई दिल्ली में जैक्वी डी मानी नामक एक डच नागरिक को सरेआम नंगा घूमने के अपराध में दस दिन की क़ैद की सज़ा दी गई थी। दस दिन के बाद उसे रिहा कर दिया गया, तो उसने फिर कनाट प्लेस में नंगा घूमना शुरू कर दिया। इस अपराध में उसे फिर गिरफ़्तार कर लिया गया तो उसने चिल्लाना शुरू किया, "मैं इस संसार में नंगा आया था और मुझे नंगा घूमने के लिए कोई मना नहीं कर सकता।" उसे फिर से गिरफ़्तार करके बीस दिन की जेल दे दी गई। जब वह जेल-जीवन की कठिनाइयों को झेल न सका और जेल के नियमानुसार नंगा न रह पाया, तो उसने एक रूमाल से अपना गला घोटकर आत्महत्या कर ली। मैंने इस घटना का ज़िक्र अपने कई अमरीकी और यूरोपियन दोस्तों से किया, तो उनकी राय यह थी कि भारतीय जज ने उस व्यक्ति को जेल भिजवाकर अन्याय किया। तो यह है अमरीका और यूरोप के सामान्य लोगों के विचार। सिर्फ़ इस एक घटना से ही अन्दाज़ा लगाया जा सकता है कि हवा का रुख़ किधर है और पश्चिम का समाज कहां जा रहा है!

आज की फ्रांसीसी नारी

आज के फ्रांस में वहां की नारियां किस प्रकार का जीवन जीती हैं, यह जानना भी काफ़ी मनोरंजक है। अमेरिका और अन्य यूरोपीय देशों के समाजों की तुलना में फ्रांसीसी समाज में सेक्स-सम्बम्धी स्वतन्त्रता अपेक्षाकृत कम है। शायद फ्रांस में कैथोलिक धर्म की प्रधानता के कारण। वहां के लड़के और लड़कियों पर यूरोप के अन्य देशों के प्रभाव के कारण ये नैतिक प्रतिबन्ध धीरे-धीरे हटते जा रहे हैं। अन्य देशों की तरह फ्रांस के लोग अपने निजी ज़ीवन में जवानी की सरगर्मियों के मामले में उतने स्वतन्त्र नहीं हैं। वहां पर परिवारबद्ध जीवन जीने की ओर अधिक रुझान है। यह प्रवृत्ति वहां सदा से ही रही है। मगर परिवार का प्रभाव अब धीरे-धीरे कम होता दिखाई पड़ रहा है।

परिवार के लोगों द्वारा तय कि हुई शादियों की प्रथा अब फ्रांस में लगभग समाप्त हो चुकी है। इसके कारण व्यक्तिगत स्वतन्त्रता बहुत अधिक मात्रा में दिखाई देने लगी है। फ्रांस के ऊंचे घरानों के युवक और युवतियां अब खुलेआम अपनी पारिवारिक परम्पराओं के विरुद्ध विद्रोह कर सकते हैं और उनके इस विद्रोह को बिल्कुल भी अन्यथा नहीं लिया जाता। उच्च मध्यम वर्ग और निम्न मध्यम वर्ग के बीच अन्तराल इतनी तेज़ी से पट रहा है कि कुछ ही समय बाद इन दोनों वर्गों के बीच कोई अन्तर दिखाई नहीं देगा।

फ्रांस में पहले यह रिवाज़ था कि किसी भी परिवार के जवान जोड़े छुट्टियां मनाने के लिए जब कहीं बाहर जाते, तो अपने माता-पिता के साथ ही जाया करते थे, मगर अब यह रिवाज़ ख़त्म हो गया है। सप्ताहान्त मनाने के लिए युवा दम्पति अब मां-बाप के साथ नहीं जाते।

युवक और युवतियां अपनी इच्छा से शादियां करती हैं। तलाक़-सम्बन्धी क़ानून भी वहां बहुत ढीले हो गए हैं। बड़ी आसानी से तलाक़ लिया जा सकता

है। यही कारण है कि हर दस शादियों के पीछे एक शादी टूट जाती है। फ्रांस के अन्य प्रान्तों की अपेक्षा पैरिस में तलाक़ बहुत अधिक लिए जाते हैं। फ्रांस की औरतें चाहे नौकरियां करती हों, चाहे राजनीति में हो, बहुत अधिक आकर्षक और कामोत्तेजक दिखाई पड़ती हैं, क्योंकि वे अपने शरीर और सौन्दर्य की देखभाल करने में बहुत अधिक सतर्क रहती हैं। इंग्लैंड और अमेरिका में तो स्थिति यह है कि जो औरत किसी ऊंचे ओहदे पर पहुंच जाती है वह सामान्य औरतों की तरह दिखने के बजाय पुरुषवत दिखना पसन्द करती है। फलस्वरूप वह अपनी वेशभूषा और रूप सज्जा पर विशेष ध्यान नहीं देती। फ्रांस के संविधान के अनुसार नारी पर ऐसा कोई प्रतिबन्ध नहीं कि वह किसी ऊंचे-से-ऊंचे पद पर न पहुंच पाए, परन्तु वहां की नारियों में आम प्रवृत्ति यह है कि वे राजनीतिक चुनावों में भाग लेने तथा उच्च पदों पर पहुंचने के लिए बहुत कम लालायित होती हैं। इसका प्रमाण यह है कि वहां की राष्ट्रीय असेम्बली में सन् 1945 में केवल तीस महिलाएं थीं और सन् 1967 में यह संख्या घटकर केवल ग्यारह रह गई। सामाजिक जीवन में प्रवेश करने की अपेक्षा फ्रांस की नारी आज भी अपने पति को ऊपर उठाने तथा अपने पति पर ही प्रभाव डालने का प्रयास करती है। कोई क़ानूनी अधिकार प्राप्त किए बिना ही वह काम चला लेती है। मुक़दमेबाज़ी के लिए औरतें कचहरी में नहीं जातीं। सन् 1964 से पहले तो फ्रांस की नारी की क़ानूनी स्थिति यह थी कि वह बैंक में खाता तक नहीं खोल सकती थी, विदेश-यात्रा के लिए पासपोर्ट नहीं ले सकती थी, कोई दुकान नहीं चला सकती थी।

पुरुषवत व्यवहार करने वाली नारियों को फ्रांस के पुरुष हिक़ारत की निगाह से देखते हैं। स्त्रैणता को वे पसन्द करते हैं और इसीलिए फ्रांस की स्त्रियां हर दृष्टि से भरी-पूरी औरत ही दिखाई देना चाहती हैं। यूरोप और अमरीका में चल रहे नारी-मुक्ति-आन्दोलन के बावजूद फ्रांस की नारी आज भी अपना घर नहीं छोड़ना चाहती। यद्यपि वहां की अधिकांश युवतियां आज उन्मुक्त प्यार करने और रंगीन जीवन जीने लगी हैं। फ्रांस की नारियां स्वभाव से ही रोमांटिक होती हैं। यही कारण है कि विवाह से पहले शायद ही कोई अपना कौमार्य बचाकर रख पाती हो। बीसवीं शताब्दी के प्रारम्भिक वर्षों में स्थिति यह थी कि परिवार की जवान लड़कियां कई-कई लड़कों से रोमांस

करती थीं, मगर इस सीमा तक छिप-छिपकर कि अपने प्यार का रहस्य वे अपनी मांओं तक को नहीं बताती थीं। मगर अब हालत यह है कि लड़कियां खुलेआम रोमांस करती हैं और पूरे परिवार को पता होता है। विवाहित स्त्रियां भी अपने पतियों के अतिरिक्त कई पुरुषों से मिली रहती हैं और उनके पतियों को पता होता है मगर वे कुछ नहीं कहते, क्योंकि उनकी भी क़ई-कई रखैलें होती हैं। आज के फ्रांस की जवान लड़कियां अपना कौमार्य भंग कराने के लिए उत्सुक रहती हैं। अविवाहित माताओं को वहां 'मामा सैलीबत्तेर' कहा जाता है और ऐसा होना वहां के समाज में न तो कोई बुराई मानी जाती है, न जुर्म। क्योंकि कैथोलिक धर्म के आदर्श वहां के लोगों के मस्तिष्क से धुल चुके हैं इसलिए यौन-शुद्धता की भावना भी एकदम समाप्त हो गई है। यौन-सम्बन्धी व्यवहार को लेकर फ्रांस के लोग किसी प्रकार का क़ोई कांड खड़ा नहीं करते जबकि इंग्लैंड तथा अन्य यूरोपीय देशों में आज भी यह स्थिति है कि ब्रिटिश कैबिनेट मन्त्री जोन प्रोफीमों को एक अनैतिक औरत के साथ सम्बद्ध होने के कारण मन्त्री पद से इस्तीफ़ा दे देना पड़ा और इस कांड को लेकर इंग्लैंड में राष्ट्रीय संकट की स्थिति उत्पन्न हो गई। फ्रांस तथा यूरोप के कुछ देशों की युवतियों के साथ मेरी व्यक्तिगत रूप से भी बातचीत हुई, परन्तु मुझे ऐसा लगा कि अब ये युवतियां इस बात को सहन ही नहीं कर सकतीं कि अपने प्रेम-सम्पर्कों को रहस्यमय बनाकर रख सकें या कि अपने प्रेमियों के बिना रातें बिताएं। कारण यह कि अपने प्रेम को गुप्त रखने या अपने प्रेमी के बिना रात बिताने में जो मानसिक तनाव बना रहता था उस तनाव के परिणामस्वरूप ये मानसिक तौर पर अत्यधिक कष्ट पाती रही हैं और इसी कष्ट की प्रतिक्रिया अब यह हो रही है कि ये लोग आचरण-सम्बन्धी सारे नियम और समाज की सारी ज़ंजीरें तोड़ देना चाह उठी हैं।

एक अंग्रेज़ और एक फ्रांसीसी औरत के व्यवहार में बहुत बड़ा अन्तर है। उदाहरणार्थ अगर आप किसी अंग्रेज़ औरत को लेकर रात को खाना खाने जाएं और खाने के बाद वह आपको अपने फ्लैट में निमन्त्रित करे, तो इसका स्पष्ट अर्थ यह है कि वह आपके साथ यौन-सम्पर्क बनाना चाहती है। जब कि फ्रांस में अगर आप किसी लड़की के साथ रात का खाना खाने के बाद कहीं घूमकर लौटते हैं और वह आपको अपने कमरे में बुलवाकर कॉफ़ी या शराब पीने की दावत देती है, तो

इसका क़तई यह अर्थ नहीं कि वह आपके साथ सोना चाहती है। यह अलग बात है कि अन्यथा ही आपने उसके साथ या उसने आपके साथ इस प्रकार के सम्बन्ध रखने का फ़ैसला कर लिया हो। हर प्रकार की गर्भ-निरोधक औषधियों और उपायों के बावजूद फ्रांस में हर साल दस लाख गर्भ गिराए जाते हैं। इतनी अधिक संख्या में वहां हर साल बच्चे पैदा नहीं होते। फ्रांस तथा अन्य यूरोपीय देशों में काम-वासना की तृप्ति की ओर रुझान बहुत अधिक है। यहां के लोग छुट्टियां मनाने के लिए आमतौर पर बाहर जाते हैं और बाहर जाकर एकदम से आदिम जीवन जीना अच्छा समझते हैं। स्त्री और पुरुष परस्पर खुल-खेलते हैं। आसपास के छोटे-छोटे टापुओं में इन्हीं कामों के लिए नए-नए क्रीड़ास्थल बनाए गए हैं। ये क्रीड़ास्थल देखने में आदिम युग के गांवों जैसे लगते हैं। सिसली में भी ऐसे ही आदिम गांव बनाए गए हैं। इन गांवों का निर्माण विशेष रूप से यह बात दृष्टि में रखकर किया जाता है कि यहां जाकर छुट्टियां मनाने वाले लोग ऐसा वातावरण पा सकें कि स्वयं को आदिम काल के मानव की तरह महसूस कर सकें। प्रकृति की ओर लौटने की यह प्रवृत्ति अनेक समुद्रतटीय स्थलों पर दिखाई पड़ती है जहां पुरुष और स्त्रियां एकदम दिगम्बरावस्था में घूमती हैं–सड़कों पर भी, अपने घरों में भी।

'दिगम्बर' लोगों के स्वर्ग कहलाने वाले दो समुद्रतटीय स्थलों के नाम हैं– 'द प्लेस डैक्स डोमडलीन' तथा 'ली डे लेवान्त'। इन्हें दिगम्बरों की बस्तियां भी कहते हैं। यहां समुद्र में नहाते हुए या समुद्रतट पर बैठकर धूप तापते हुए ही नंगे लोग दिखाई नहीं पड़ते, बल्कि सड़कों और दुकानों में बैठे हुए दुकानदार भी नग्नावस्था में ही रहते हैं। इन बस्तियों में तो कपड़े पहनना ही वर्जित है। यहां का जलवायु भी कुछ ऐसा है कि कपड़े न पहनने पर भी शरीर पर कोई कुप्रभाव नहीं पड़ता।

फ्रांस में कुछ ऐसे नाइट-क्लब और रेस्तरां भी हैं जहां केवल युवक और युवतियां ही प्रवेश कर सकते हैं। 25 वर्ष से अधिक उम्र वाले व्यक्तियों के लिए यहां प्रवेश निषिद्ध है। फ्रांस की कई जवान और वृद्ध नारियों के साथ मेरी जो व्यक्तिगत बातचीत हुई उससे मैं यह समझता हूं कि अगर वहां के स्कूलों की शिक्षा-पद्धति बदल दी जाए, तो वहां के युवक-युवतियों में फैलने वाली अनैतिकता तथा उनके व्यवहार की यह विचित्रता समाप्त हो सकती है।

मौज़-मस्ती वाले द्वीप

भूमध्यसागर के तटवर्ती पूरे रिवीरा क्षेत्र में ऐसे गांवों की शृंखला फैली हुई है जो व्यावसायिक संस्थानों द्वारा ख़ास-तौर पर मौज़-मस्ती के लिए बनवाए गए हैं। इसके निर्माण में व्यक्ति की आदिम इच्छाओं को ध्यान में रखा गया है। इसीलिए यहां पर आदिम वातावरण का आभास पैदा किया गया है। फ्रांसीसी लोग नगरों और महानगरों के तनावपूर्ण वातावरण से कुछ समय के लिए मुक्त होने के इरादे से इन गांवों में चले आते हैं। भूमध्यसागर के इन द्वीपों में बसाए गए इन गांवों में पहुंचकर लोगबाग आदिम मनुष्य की वेशभूषा धारण कर लेते हैं। खुले में बैठकर खाते-पीते हैं, नाच-तमाशे, खेल-कूद जो भी होता है, खुले में होता है। पानी की तरह शराब बहती है।

सेंट ट्रोपेज नामक तफ़रीहगाह में तो अमरीका और यूरोप-भर के पर्यटक दौड़-दौड़कर आते हैं। यहां के समुद्र-तट पर बने हुए शराबख़ानों में हर कोई मौज़-मस्ती की मुद्रा में दिखाई पड़ता है। मई के महीने से ही यहां का सीज़न शुरू हो जाता है। बड़ी-बड़ी फ़िल्म अभिनेत्रियां, प्रसिद्ध नर्तकियां तथा अन्य सुन्दर स्त्रियां यहां आकर पारदर्शक वस्त्रों में घूमती दिखाई पड़ती हैं। कोई-कोई तो नहाने वाले लिबास पहने होती हैं। कोई मिनी स्कर्ट और कोई कोट-पेंट्स। यहां पर हर कहीं सुन्दर रूप-आकार वाली स्त्रियां नग्नप्राय देखी जा सकती हैं। नए आए पर्यटक को पहले दो दिन तक यहां की नग्नता देखकर आश्चर्य होता है, लेकिन बाद में वह यह सब देखने का आदी हो जाता है। यहां पर आकर औरतें आमतौर पर ब्लाउज़ और ब्रेज़रियां उतार फेंकती हैं और इसी अवस्था में रेस्तराओं में खाती-पीती और नाचती-गाती हैं। पर्यटकों के लिए सेंट ट्रोपेज में मौज़-मस्ती का हर सामान उपलब्ध रहता है। घुड़सवारी, टेनिस, वालीबाल, नौका-विहार, हर प्रकार के जुए, नाइट-क्लब इत्यादि। समुद्र-तट की सफ़ेद

बालू पर बने मदिरालय और रेस्तरां तो यहां क़दम-क़दम पर दिखाई देते हैं। यहां के क्लबों की एक अनोखी विशेषता यह है कि क्लब का मैनेजर इस बात का ध्यान रखता है कि आपको खाने के लिए ऐसे मेज़ पर बैठाया जाए जहां कि आपको कुछ सुन्दर साथियों के साथ बैठने का अवसर मिले और वह मैनेजर इस बात का भी ध्यान रखता है कि हर बार आपको नए-नए साथी उपलब्ध कराता रहे।

पैरिस की षोडषियां बिना पैसे के यहां आ पहुंचती हैं और अपने सौन्दर्य के बलबूते पर यहां जी भरकर मौज़-मस्ती करती हैं। गर्मियों की रातों में इन षोडषियों के झुंड यहां हर मदिरालय में दिखाई दे सकते हैं। तरह-तरह के बाल बनाए हुए ये नग्नप्राय षोडषियां यहां के मदिरालयों में जवान साथियों की खोज में घूमती रहती हैं और उन्हीं के पैसों से जी भरकर रंगरेलियां मनाती रहती हैं। शादी से पहले खुल-खेलने की उन्हें पूरे तौर पर इज़ाज़त होती है। बिना शादी किए ही किसी मर्द के साथ रहने को भी अनैतिक नहीं माना जाता और वे यह सब करती हुई भी स्वयं को गम्भीर लड़कियां समझती हैं और अपना नैतिक स्तर ऊंचा मानकर चलती हैं।

फ्रांस में यह आम रिवाज़ है कि औरतें सड़कों पर कुत्ते साथ लेकर चलती हैं। यहां की लगभग एक तिहाई औरतों ने कुत्ते पाल रखे हैं। कारण यह है कि यहां की औरतें बच्चे पैदा करने और उनका पालन-पोषण करने के कष्ट से जहां तक बन पड़े, मुक्त रहना चाहती हैं। कुत्ते पालकर भी ये बच्चे पालने का अपना शौक़ पूरा कर लेती हैं। युग के साथ-साथ जीवन-दृष्टियां भी बदल जाती हैं। पहले युग में मां के लिए बच्चे पैदा करने से बढ़कर कोई सुख नहीं था। आज की नारी निःसन्तान रहना अच्छा समझती है और इसीमें सुख अनुभव करती है। निःसन्तान रहने के लिए वह केवल गर्भ-निरोधक औषधियां और उपाय ही नहीं बरततीं बल्कि यदि संयोग-वश गर्भ रह भी जाए, तो ऑपरेशन करवाकर गर्भ गिरा लेती हैं। फिर भी क्योंकि कोई तो ऐसा चाहिए ही जिसे वे मां का प्यार दे सकें, इसलिए उन्होंने पालतू कुत्तों से प्यार करना शुरू कर दिया।

सेंट ट्रोपेज के अलावा और भी कई समुद्रतटीय तफ़रीहगाहें हैं। इनमें सिसली-स्थित 'केफालू' नामक तफ़रीहगाह बहुत अधिक प्रसिद्ध है। गारेडील्योन्स

से इटेलियन रेलगाड़ी में बैठकर सिसली के इस केफालू नामक स्थान तक जाते हैं। यहां के लिए विशेष रेलगाड़ियों का प्रबन्ध रहता है। गाड़ी में ही शराब और नाच-रंग के दौर शुरू हो जाते हैं। इन गाड़ियों में अधिकतर युवक-युवतियों के जोड़े ही दिखाई पड़ते हैं। ये जोड़े बाक़ी मुसाफ़िरों के सामने खुलेआम परस्पर चुम्बन-आलिंगन करने में कोई संकोच अनुभव नहीं करते। केफालू पहुंचते ही आपका स्वागत करने के लिए सुन्दर स्त्रियां खड़ी मिलेंगी। उनमें से कोई भी आगे बढ़कर आपकी सहायता के लिए प्रस्तुत हो जाएगी, आपका सूटकेस पकड़ लेगी। तरह-तरह के अजीब-अजीब लिबासों में गाते-बजाते हुए मर्द और औरतें नवागन्तुकों का स्वागत करते हुए स्टेशन पर ही मिल जाएंगे। पर्यटकों के लिए यहां पर सुसज्जित झोंपड़ियां बनी हुई हैं। इन झोंपड़ियों में हर तरह के आराम का प्रबन्ध है। एक-एक झोंपड़ी हर किसी को दे दी जाती है। खाने के लिए स्वादिष्ट भोजन यहां उपलब्ध होता है। इन समुद्रतटीय विहार-स्थलों में पहुंचकर लोगबाग प्रकृति का सामीप्य प्राप्त कर लेते हैं और जी भरकर मौज़ मनाते हैं। किसी प्रकार का सामाजिक प्रतिबन्ध यहां नहीं है। साझे स्थान गृह हैं, जहां पर स्त्रियां और पुरुष एक साथ नहाते हैं। साझे उपहारगृह भी हैं। सब लोग मिलकर वहीं बैठकर खाते हैं। खान-पान और पहरावे सम्बन्धी कोई वर्जना यहां नहीं है।

असीम नैतिक पतन

यूरोप और अमेरिका में नैतिकता दिनोंदिन बड़ी तेज़ी के साथ पतन की ओर जा रही है। इसी साल जब मैं यूरोप गया, तो वहां के लोगों के मानसिक पतन के नए नज़ारे देखे और मुझे यह देखकर आश्चर्य हुआ कि इन लोगों की नैतिक भावना किस सीमा तक पतन के गर्त में जा चुकी है। लुई माले नामक एक फ़िल्म-निर्माता की नई फ़िल्म 'ले सफ्फल आ कोअर' उन दिनों धूम-धड़ाके के साथ वहां चल रही थी। लुइ माले से मैंने इंटरव्यू लिया तो उन्होंने मुझे बताया कि जितनी भी फ़िल्में वे आज तक बना चुके हैं, उनमें से केवल यही एक ऐसी फ़िल्म है जो उनके मन के मुताबिक बन पड़ी है। यह फ़िल्म पैरिस तथा फ्रांस के अन्य भागों के बेहतरीन सिनेमाओं में चल रही थी। पैरिस में इसकी टिकट ख़रीदने के लिए मुझे एक घंटा लाइन में लगना पड़ा था। इस फ़िल्म के कथानक का मूल आधार वर्जित यौन-सम्पर्क है, जिसमें एक जवान लड़का अपनी मां के साथ सम्भोग करता हुआ दिखाया गया है। लड़के का नाम लारेंट है और मां का नाम क्लारा। मां की उम्र 35 वर्ष है। इस फ़िल्म में इन मां-बेटे के बीच चलने वाले यौन सम्पर्कों को खुलकर तथा पूरी-पूरी नग्नता के साथ फ़िल्माया गया है। सिर्फ़ यही नहीं कि उस नग्नता का आभास कर दिया गया हो, बल्कि यथार्थ में सम्भोग होता दिखाया गया है। मैंने यह फ़िल्म पैरिस के कोनकोर्ड सिनेमा हाल में देखी थी। यह सिनेमा हाल वहां के विश्व-प्रसिद्ध एवेन्यु डेस चेम्स एलसी में है। हाल खचाखच भरा हुआ था और दर्शक लोग इस अनैतिक फ़िल्म को देखते समय बड़ा ही आनन्द अनुभव कर रहे थे। सहज में अनुमान लगाया जा सकता है कि जिस देश में माता और पुत्र के बीच इस प्रकार की नग्नता को देखकर दर्शकों में आनन्दानुभूति उत्पन्न होती हो, वहां के युवक-मन पर इन सब बातों का क्या प्रभाव पड़ सकता है और यह कि इस

सबसे उस देश के लोगों की नैतिकता का स्तर भी नापा जा सकता है। लुई माले इस बात के लिए प्रसिद्ध हैं कि वह अपनी फ़िल्मों में जीवन के निकृष्टतम पहलू पूरी-पूरी नग्नता के साथ प्रस्तुत करते हैं। 'कैलकटा' नामक अपनी फ़िल्म में भी लुई माले ने कलकत्ता की उन गन्दी बस्तियों का चित्रण किया है जहां लोग दरिद्रता के अभिशापों से पीड़ित हैं। इस फ़िल्म के प्रदर्शन पर भारत में प्रतिबन्ध लगा दिया गया है। यह फ़िल्म जब बी.बी.सी. लन्दन द्वारा टेलीविज़न पर प्रदर्शित की गई, तो इस बात को लेकर भारत में ख़ासा वावेला मचा था। भारत सरकार को यहां तक कार्रवाई करनी पड़ी कि भारत-स्थित बी. बी.सी. लन्दन के कार्यालय को यहां से हट जाने का आदेश देना पड़ा। लुई माले की जिस फ़िल्म का मैं ऊपर ज़िक्र कर आया हूं उसके बारे में सबसे अधिक आश्चर्यजनक बात यह है कि ऐसे वर्जित सम्बन्धों को निर्लज्ज होकर प्रदर्शित करने के अपराध में न तो उन पर कोई क़ानूनी कार्रवाई की गई और न फ़िल्म पर प्रतिबन्ध लगाया गया और केवल इतना ही नहीं, उलटे हुआ यह कि इस फ़िल्म को केन्स फ़िल्मी मेले के लिए प्रदर्शनार्थ चुन लिया गया। मैंने पैरिस के गण्यमान्य पुरुषों और स्त्रियों के साथ विशेष रूप से इसी फ़िल्म पर चर्चा की, तो उन्होंने यह बात मानी कि यह फ़िल्म वास्तव में भर्त्सना योग्य है, यद्यपि ऐसी घटनाएं होती रहती हैं जिनमें माता और पुत्र तथा भाई और बहन के बीच काम-सम्बन्ध स्थापित हो जाते हैं। वे लोग इस बात से सहमत थे कि इस प्रकार के अश्लील दृश्यों का युवा-मन पर विपरीत प्रभाव पड़ता है।

फ्रांस के बारे में एक उल्लेखनीय बात यह है कि वहां प्रदर्शन से पहले किसी फ़िल्म को सेंसर करने की प्रथा नहीं है। होता यह है कि जब फ़िल्म का पहला शो दिखाया जाता है उस समय कुछ आब्ज़र्वर भेज दिए जाते हैं जो फ़िल्म को देखकर इस बात की तसदीक करते हैं कि फ़िल्म में ऐसी कोई बात नहीं है जो फ्रांस के फ़ौजदारी क़ानून की धारा 283 और 290 के विरुद्ध जाती हो। यदि इन धाराओं का उल्लंघन हो रहा हो, तो उस फ़िल्म के निर्माता, निर्देशक और कलाकारों के विरुद्ध क़ानूनी कार्रवाई की जाती है। मगर अभी तक 'ले सैफ्फल आ कोअर' के विरुद्ध ऐसी कोई कार्रवाई नहीं की गई। इसका स्पष्ट अर्थ है कि इस फ़िल्म को वहां की नैतिकता के विरुद्ध नहीं माना गया।

फ्रांस के किसी भी पत्र-पत्रिका का कोई भी अंक उठा लीजिए आपको गर्भ-निरोध अथवा गर्भ गिराने सम्बन्धी कोई-न-कोई सामग्री अवश्य दिखाई पड़ जाएगी। गर्भ गिराने को क़ानूनी रूप देने सम्बन्धी प्रस्ताव भी बहुत जल्दी ही वहां की राष्ट्रीय असेम्बली में पेश किया जाने वाला है। अब भी वहां स्थिति यह है कि 55 प्रतिशत औरतें गर्भ गिरा देती हैं। समलैंगिक सम्भोग वहां एक आम बात मानी जाने लगी है। इन सब बातों से सहज में ही यह अनुमान लगाया जा सकता है कि यूरोप के इन देशों में आने वाली एक शताब्दी के अन्दर-अन्दर वहां की जनसंख्या निश्चित रूप से बहुत घट जाएगी।

अपनी इसी यूरोप-यात्रा के दौरान मैंने वहां पर जो एक ख़ास बात देखी, वह यह कि आजकल वहां के मर्द भी औरतों की तरह लिपस्टिक-पाउडर लगाने लगे हैं तथा कन्धों तक झूलते लम्बे-लम्बे बाल रखने लगे हैं। एक दोपहर मैं पैरिस के एक तारघर में गया। मुझे अपनी पत्नी को केबल भेजना था। केबल वाली खिड़की पर झुककर मैंने मैड कहकर सम्बोधित किया, तो काउंटर पर बैठे हुए क्लर्क ने अपनी गर्दन उठाई। मैं यह देखकर हैरान हो गया कि वह मैडम नहीं थी, बल्कि मर्द था और वह मैडम कहने से नाराज़ भी नहीं हुआ था।

एक मनोरंजक कतरन

वाशिंगटन के एक समाचार पत्र की एक मनोरंजक कतरन यहां उद्धरित की जा रही है।

वाशिंगटन–हर कोई इस बात की चर्चा तो करता है कि माता-पिता को अपने बच्चों को लेकर किन-किन समस्याओं से दो-चार होना पड़ता है, मगर इस बात की ओर कोई ध्यान नहीं देता कि दादा-दादियों को अपने नाती-पोतों को पहचानने में कितनी कठिनाई होती है। डैनबरी नामक एक आदमी अपने सोलह वर्षीय पुत्र को लेकर अपनी बूढ़ी मां से मिलने के लिए एक नर्सिंग होम में गया। अस्सी वर्षीया वह बुढ़िया बहुत अरसे बाद अपने पुत्र को देख रही थी और उसके साथ आए अपने पोते को पोती समझकर बातचीत करने लगी। बुढ़िया को अपने पोते का नाम बॉबी बताया गया था।

बुढ़िया बोली, "बॉबी बड़ी सुन्दर है।"

"नहीं मां, बॉबी लड़की नहीं, लड़का है।"

इस भ्रम का कारण भी यही था कि बॉबी के बाल बिल्कुल लड़कियों जैसे थे। मगर अपने पुत्र के द्वारा यह बताए जाने पर भी कि बॉबी लड़की नहीं लड़का हैं, बुढ़िया को विश्वास नहीं हुआ। उसने समझा कि शायद वह मज़ाक़ कर रहा है। इसलिए थोड़ी देर बाद वह बॉबी को सम्बोधित कर कहने लगी, "बॉबी, तुम लड़कों से तो नहीं मिलती-जुलती।"

बॉबी बोला, "दादी मां, मैं लड़कों से नहीं, लड़कियों से मेल-जोल रखता हूं।"

कुछ देर बाद दादी मां फिर कहने लगी, "बॉबी, तुम पतलून पहनती हो? मैं जब तुम्हारी उम्र की थी, तो हमें पतलून पहनने नहीं दी जाती थी...अरे तुम लिपस्टिक नहीं लगाती।"

"नहीं, दादी मां।"

इस पर दादी मां अपने पुत्र से सम्बोधित हो कहने लगी, "तुम्हें अपनी बेटी पर गर्व होना चाहिए, कितनी सीधी-सादी है बेचारी।"

और फिर वह बॉबी से पूछने लगी, "खाना पकाना जानती हो?"

बॉबी बोला, "कुछ-कुछ।"

"अच्छी तरह सीख लो बेटी। खाना पकाना नहीं जानोगी तो शादी के बाद अपने पति को खुश नहीं कर पाओगी।"

इस पर मिस्टर डैनबरी ने अपनी मां को टोककर फिर कहा, "मां मैंने कहा न बॉबी लड़की नहीं, लड़का है।"

इस पर बुढ़िया की आंखों में एक ख़ास चमक आ गई और वह कहने लगी, "वही तो मैं देख रही हूं कि हमारी बिटिया में आजकल की लड़कियों वाले रंग-ढंग नहीं हैं। देखो बॉबी बिटिया, मैं तुम्हें कुछ बात कहूं। यह ठीक है कि तुम बहुत सुन्दर हो, लेकिन सदा तो ऐसी नहीं रहोगी। अपने पति को वश में करने के लिए बनाव-शृंगार करना ही पड़ेगा।"

पुरुषों की इन स्त्रैण आदतों के बारे में मैंने एक फ्रांसीसी से एक बार चर्चा करते हुए पूछा कि क्या इसी कारण तो समलैंगिक सम्भोग का प्रचार अधिक नहीं हो गया? इस पर उस फ्रांसीसी ने निःसंकोच होकर कहा था कि इससे क्या फ़र्क़ पड़ता है।

एक युवक छात्र

स्ट्रासबर्ग में एक युवक छात्र ने मुझे बताया कि भाई-बहनों के बीच विवाह को क़ानूनी मान्यता दी जानी चाहिए। मैंने पूछा, क्यों? तो वह कहने लगा कि इससे शुद्ध रक्त वाली सन्ततियां उत्पन्न होंगी। मैंने उसे बताया कि इससे तो उलटे निकृष्ट कोटि की सन्ततियां जन्म लेंगी और इसीलिए बहुत सारे देशों में निकट सम्बन्धियों के बीच विवाह वर्जित है। परन्तु वह युवक मेरी इस बात से आश्वस्त न हो पाया। मैंने धर्मग्रन्थों से उद्धरण दिए। प्राचीनकाल से लेकर नैतिक विधान की व्याख्या की, परन्तु वह मुझसे सहमत न हो पाया।

पैरिस की एक चित्रकार मिसेज़ लिंडबर्ग ने एक बार अपने चित्रों की प्रदर्शनी लगाई। पैरिस के समाज के गण्यमान्य व्यक्तियों को आमन्त्रित किया।

उन सबके सामने वह जिस प्रकार की पोशाक पहनकर आई, उसे देखकर यह कहना मुश्किल था कि वह एकदम नंगी है या कोई कपड़ा पहन रखा है। मिस्टर लिंडबर्ग भी अपनी पत्नी के साथ खड़े थे और उन्हें अपनी पत्नी के शरीर की नग्नता के प्रदर्शन पर गर्व अनुभव हो रहा था।

एक अन्य पार्टी में भी मैंने देखा कि वहां मेज़बान और मेहमान औरतें सबकी सब लगभग नग्नावस्था में दिखाई पड़ रही थीं। पोशाक के नाम पर था तो सिर्फ़ यह कि उन्होंने अपने गुप्तांगों को तरह-तरह के जवाहरात से ढक रखा था। उन औरतों के पति अपनी पत्नियों का अन्य मेहमानों से परिचित करवाते समय बड़े ही गर्वित दिखाई पड़ रहे थे।

लन्दन की बुलवर रोड पर अर्नेस्ट शेक्सपियर नामक एक फ़ोटोग्राफ़र का स्टूडियो है, जहां पर एकदम नंगे चित्रों वाली अश्लीलतम फ़िल्में बिकती हैं। अर्नेस्ट शेक्सपियर अपने स्टूडियो में ही जवान-जवान लड़के और लड़कियों को मॉडल के रूप में किराये पर बुलवाता है और फिर वहां उन्हें परस्पर सम्भोग करवाकर उनके चित्र उतारता है। अर्नेस्ट शेक्सपियर तथा इसी प्रकार के अन्य कई फ़ोटोग्राफ़रों के चित्र और फ़िल्में डेनमार्क, स्वीडन, जापान इत्यादि देशों के बाज़ारों में धड़ल्ले से बिकती हैं। डेनमार्क ने तो सन् 1964 में एक क़ानून पास करके नग्नता पर से सारे प्रतिबन्ध हटा दिए थे।

हिप्पी आन्दोलन और नैतिकता

हिप्पी आन्दोलन असल में कोई आन्दोलन नहीं बल्कि एक प्रवृत्ति है जो सन् 1962 में अमरीका में शुरू हुई। एक बार एक हिप्पी ने ही मुझे यह बताया था।

अमरीका में धन-दौलत इतनी प्रचुर मात्रा में है कि वहां के युवक और युवतियों के मन में प्रचुरता के फलस्वरूप एक विशेष प्रकार की कुंठा ने जन्म ले लिया और फिर भारत के कुछ साधु-सन्यासियों ने अमरीकी युवा मन की इस कुंठा को हवा दी। फलस्वरूप इन युवक-युवतियों को नई रोशनी दिखाई देने लगी। ये लोग अपने घर-बार छोड़कर भगवान बुद्ध के पदचिह्नों पर चलने के भ्रम में घुमक्कड़ बन गए और दुनिया-भर में फैल गए। मुझे कई हिप्पियों से बातचीत करने का मौक़ा मिला है। उनमें पुरुष और स्त्रियां दोनों ही हैं। अमीर-से-अमीर परिवार के भी और ग़रीब-से-ग़रीब परिवार के भी। लगा कि उनमें से अधिकांश लोग ज्ञान की खोज में निकले हुए हैं और उन्हें शान्ति की आवश्यकता है। वे शान्ति पाना इसलिए चाहते हैं, क्योंकि अमरीका के महानगरों के हाहुल्लड़ से वे घबरा गए हैं। मानसिक शान्ति और आध्यात्मिक उन्नति के लिए ये लोग भारतीय साधु-सन्तों के चेले बने हैं। अगर किसी हिप्पी के पास पैसे ख़त्म हो जाते हैं, तो दूसरे हिप्पी उसकी मदद करते हैं। इस प्रकार आपसी मदद के बल पर ये लोग चल रहे हैं। यों इन्हें इनके मां-बाप बराबर पैसे भेजते रहते हैं। इन लोगों के बीच नग्नता को क़तई बुरा नहीं माना जाता। सेक्स-सम्बन्धी पूरी-पूरी आज़ादी इनका लक्ष्य है। हम लोगों को तो कभी सिखाया जाता था कि अपनी पत्नी के अतिरिक्त किसी अन्य औरत को प्यार करना अनैतिक है। मगर इन हिप्पयों की स्थिति बिल्कुल विपरीत है। ये लोग ऐसा सोच भी नहीं सकते कि एक पुरुष या एक नारी आजीवन एक ही की होकर रह सकती है। ये लोग आपस में जितने भी स्त्री और पुरुष होते हैं,

परस्पर खुलकर यौन सम्पर्क करते हैं। हमारे यहां के तान्त्रिक लोग भी कुछ-कुछ इन हिप्पियों की तरह ही हुआ करते थे। इसीलिए तत्कालीन हिन्दू समाज ने उन तान्त्रिकों का बहिष्कार कर दिया था। हिप्पियों के संसार में सेक्स-सम्बन्धी मुख्य बात यह है कि सेक्स को कोई महत्व न दिया जाए। महत्व न देने का अर्थ यह कि इसे एकदम सामान्य चीज़ माना जाए। इनके सेक्स-सम्बन्धी व्यवहार में नशीली वस्तुओं का सेवन भी शामिल है। सेक्स और नशे के समन्वय से ये लोग अलौकिक अनुभव प्राप्त करना चाहते हैं। कई मनोवैज्ञानिकों का विचार है कि किन्हीं भी दो पीढ़ियों के बीच सेक्स-सम्बन्धी मान्यताओं को लेकर सदा ही विरोध रहा है। इसी कारण ये हिप्पी लोग सेक्स-सम्बन्धी स्वच्छन्दता के माध्यम से बुजुर्गों की मान्यताओं के प्रति विद्रोह प्रदर्शित कर रहे हैं। जो हो, सेक्स और नशीली वस्तुओं के माध्यम से ही प्रायः हिप्पी संस्कृति को देखा जाता है। एक हिप्पी ने मुझे एक बार बतलाया कि अलग-अलग तरह की नशीली वस्तुओं का अलग-अलग प्रभाव होता है। कुछ नशे तो ऐसे होते हैं कि अगर आप खुश हैं, तो उनका सेवन कर और अधिक खुश हो जाएंगे और कुछ ऐसे कि अगर आप उदास हैं तो नशे के बाद उदासी और बढ़ जाएगी। कोई-कोई नशा आक्रामक भी बना देता है। हिप्पियों की अपनी ही शब्दावली है। उदाहरणार्थ ये लोग औरत को 'चिक' कहते हैं, तेज़ किस्म के मारिज्वाना को 'एकापुलिकोगोर्ड', सम्भोग को 'बार्लिक', ठोस किए हुए एक किलो मारिज्वाना को 'ब्रिक', साधारण क़िस्म के मारिज्वाना को 'ग्रास', मारिज्वाना से भरे हुए सिगरेट को 'ज्वाइंट', पुलिस को 'मैन', नशे के प्रभाव को 'ट्रिप' इत्यादि।

हिप्पी लोग सिर्फ़ अमरीका के राजनीतिक जीवन को ही नहीं नकारते, बल्कि पूरे मनुष्य-समाज के प्रति उनके मन में नकार भाव हैं। असल में ये काम न करने का अवसर ढूंढ़ते हैं ताकि निठल्ले घूम सकें।

जर्मनी में भी हिप्पी संस्कृति उभरती हुई दिखाई पड़ रही है। म्यूनिख में जहां-तहां हिप्पियों के कैफ़े और रेस्तरां दिखाई पड़ते हैं।

काठमांडू में एक हिप्पी लड़की 25 हिप्पी आदमियों के साथ एक ही घर में महीनों रही। सन् 1966 के बड़े दिनों में काठमांडू में हिप्पियों की संख्या हज़ारों तक पहुंच गई थी।

आजकल हिप्पियों का हेड क्वार्टर पैरिस बनता जा रहा है। 'लिविंग थियेटर' नाम से नाटक करने वालों का एक घुमक्कड़ ग्रुप है, जो दुनिया-भर में घूम-घूमकर परम्पराओं का विरोध कर रहा है। यह नाटक-मंडली सन् 63 में पैरिस गई। यहां यह ख़ासी जम रही है। हिप्पियों की यह मान्यता है कि जो मिले उसी से सम्भोग कर लो, मगर और किसी को कष्ट न दो। सेक्स-सम्बन्धी कोई नियम इनके यहां नहीं है। जिसको जो जैसे अच्छा लगता है, वैसे ही करता है।

सूज़ी

सूज़ी की उम्र अठारह साल है। शक्ल-सूरत से ऐसी लगती है जैसे स्वीडन की कोई सिने तारिका हो। लम्बी, छरहरी, आकर्षक। उसके पिता एक कैमिस्ट हैं। पैसे वाले हैं। हज़ारों डालर की सम्पत्ति है। सूज़ी जब स्कूल में थी तो काफ़ी होशियार थी। मिशिगन यूनिवर्सिटी में दाख़िला भी मिल गया था। मगर अब सूज़ी की हालत यह है कि वह कैलीफ़ोर्निया के एक छोटे से फ़ार्म हाउस के फ़र्श पर पड़ी-पड़ी मारिज्वाना भरी सिगरेट पीती रहती है और अपने नशीले अनुभव सुनाती रहती है।

कोई वक़्त था जब सूज़ी के समाज की जवान लड़कियां फ़िल्म एक्ट्रेस बनने की महत्वाकांक्षाएं पाला करती थीं, जीवन में सफल होना चाहा करती थीं। मगर अब सफलता और महत्वाकांक्षा का स्थान सब कुछ से कटकर रहने की भावना ने ले लिया है। अब ये लड़कियां किसी सफल व्यक्ति से शादी करने के बजाय किसी लम्बे बालों वाले दढ़ियल हिप्पी के साथ आवारागर्दी करना बेहतर समझती हैं। सूज़ी कहती है, मेरे घरवाले बहुत अच्छे थे। मुझसे बड़ा अच्छा व्यवहार करते थे। जो मैं चाहती थी, मुझे मिल जाता था। मेरे पास अपनी कार थी। सब कुछ था। मगर मुझे लगता था कि कुछ नहीं था, क्योंकि जो कुछ भी था, सब धन के इर्द-गिर्द घूमता था। धन ही हर चीज़ की धुरी थी। मैं बोर होने लगी थी, इसलिए मैं भाग निकली और घर छोड़कर कैलीफ़ोर्निया जा निकली। वहां 'ऐसिड' नामक नशा किया। महीनों तक उसी नशे में पड़ी रही। लगता था गोया किसी कार्निवाल में रह रही हूं। उसके बाद मैं मैक्सिको गई। तीन महीने वहां रही। फिर हेट आ गई। मगर उस समय तक यह सब

व्यापारिक-सा महसूस होता था। इसलिए मैं शान्ति की खोज में यहां चली आई। बहुत कुछ सीख-जान चुकी हूं। आत्मज्ञान प्राप्त हो चुका है मुझे। घर छोड़ने से पहले मेरी स्थिति यह थी कि मैं किसी को प्यार नहीं करती थी। अब मुझे लगता है कि कर सकती हूं। 'ऐसिड' से मनुष्य के भीतर की सारी ख़ूबियां उभर आती हैं।

सूज़ी को हिप्पियों के एक और अड्डे तक जाना था। जाते हुए कहने लगी, "इस शाम उनके बच्चों की देखभाल करने की मेरी बारी है। याद करो जीसिस क्राइस्ट पहला हिप्पी था।"

और सूज़ी हिप्पियों के उस ठिकाने पर बच्चों की देखभाल करने चली जाती है। वहां एक अन्य लड़की खड़ी है, जिसकी उम्र बीस साल है। तंग मिनी स्कर्ट पहने हुए मारिज्वाना भरे सिगरेट के नशे में झूम रही है और झूमती हुई कह रही है, "प्यार ही सब-कुछ है। सिर्फ़ प्यार करते रहना। प्यार में अपना अहं छूट जाता है, व्यक्ति में एक गहराई आ जाती है। व्यक्ति विशाल हो जाता है। दो साल हो गए मुझे कभी गुस्सा नहीं आया। मैं केवल एक घटना हो गई हूं। हम सब जो चाहते हैं, करते हैं। लगता है, मैं बचपन की ओर लौट रही हूं। मैंने एक लड़के से शादी ज़रूर की थी मगर मैं सबको प्यार करती थी। मुझे सब को प्यार करती देखकर मेरे पति का मन मुझ से फिर गया।"

यह और सूज़ी तथा दो-तीन और लड़कियां हैं, जो अठारह और बीस साल के बीच की हैं। पांच-छः जवान लड़कों के साथ ये रहती हैं। इन लड़कों में एक कहीं सेल्समैन था, एक ड्राइवर, एक स्कूल में पढ़ता था। ये सब अठारह से तेईस साल की उम्र के हैं। सबके लम्बे-लम्बे बाल और दाढ़ियां हैं। सब नशा करते हैं। सब अच्छे घरों के हैं। इनमें से शराब कोई नहीं पीता, सिगरेटों में भरकर नशीली चीज़ें पीते हैं।

सारे हिप्पी और कुछ सीमा तक आज की सारी युवा पीढ़ी समाज के प्रति विद्रोही हैं और सामाजिक नियमों के आलोचक हैं। वे अपनी नासमझी के कारण अक्सर ये समझते हैं कि उनके बड़े बुज़ुर्ग बिला वजह अपनी तड़क-भड़क दिखाते हैं और अपने धन का निरर्थक प्रदर्शन करते हैं। उन्हें यह भी शिकायत है कि उनके बड़े बुज़ुर्ग भी इस समाज के ढांचे में ढंग से चल नहीं पाते, इसीलिए अक्सर आत्म-हत्या कर लेते हैं या फिर नींद की गोलियां खाकर अपने

मानसिक तनाव दूर करने की कोशिश करते हैं, क्योंकि अपने ही बनाए हुए समाज को और उस समाज के नियमों को तोड़ने का साहस उनमें नहीं होता।

ये लोग विद्रोही हैं क्योंकि जवान हैं। आने वाले कुछ वर्षों में ये बहुत संख्या में हो जाएंगे और इनका ख़्याल है कि ये अपनी रुचि का समाज बना सकेंगे।

मौत की मांद में मेरी एंटोनैट

सम्राट लुई सोलहवें की बदनसीब महारानी मेरी एंटोनैट के जीवन के अन्तिम वर्ष कोनसिर्गीर नामक जेल में बीते। फ्रांस की क्रान्ति के बाद ही इस प्रासाद को जेल में परिवर्तित कर दिया गया, वरना कभी सम्राट फिलिप चतुर्थ के शासनकाल में यह राजमहल हुआ करता था।

क्रान्ति के बाद लुई सोलहवें को फांसी दिए पांच वर्ष हो चुके थे। क्रान्ति परिषद ने महारानी मेरी को इस जेल में डाल दिया था। वे लोग महारानी की ज़िन्दगी का आख़री फ़ैसला अभी नहीं करना चाहते थे, क्योंकि उन्हें उम्मीद थी कि महारानी के जीवन का सौदा करके वे आस्ट्रिया के साथ युद्ध समाप्त कर सकते थे, परन्तु फिर भी महारानी की गिरफ़्तारी तथा उसके बारे में तुरन्त कोई-न-कोई निर्णय लेने की अफ़वाहें इसलिए फैला दी थीं ताकि आस्ट्रिया के साथ युद्धबन्दी की बातचीत जल्दी हो सके। महारानी मेरी आस्ट्रिया के सम्राट की बहन थी।

महारानी मेरी को प्रातः तीन बजे कोनिसिर्गीर में लाकर एक कोठरी में बन्द कर दिया गया। गर्मी का मौसम था। महारानी के चेहरे पर पसीना फूट रहा था और वह बार-बार पसीना पोंछ रही थी। उसने अपनी घड़ी उतारकर एक खूंटी पर टांग दी। घड़ी भी उससे ले ली गई। इसी तरह रात हो गई। महारानी सोने की तैयारी करने लगी। इस प्रकार उसका जेल-जीवन शुरू हुआ।

शुरू-शुरू में एक अस्सी वर्षीया बुढ़िया को वार्डन के रूप में महारानी की कोठरी में तैनात किया गया। बाद में उसे अयोग्य करार देकर हटा दिया गया और उसके स्थान पर हेरल नामक एक युवती को तैनात किया गया। हेरल का पति पुलिस मुख्यालय में काम करता था, इसलिए महारानी हेरल से कभी बातचीत नहीं करती थी।

महारानी मेरी को सुबह नौ बजे नाश्ता दिया जाता और फिर दोपहर बाद दो-ढाई बजे खाना। नाश्ते में कॉफ़ी या चॉकलेट के साथ एक छोटी डबलरोटी दी जाती और दोपहर के भोजन में सूप, एक प्लेट गाय का गोश्त, एक प्लेट सब्ज़ी तथा मुर्ग़ा। बाद में खाने की मात्रा कम कर दी गई। रात के खाने में बचाकुचा भोजन दिया जाता, जो भी मिलता महारानी ख़ूब मज़े से खाती। मुर्ग़े के वो दो हिस्से कर लेती ताकि दो दिन चल सके। खाना खाकर वह बड़े इतमीनान के साथ हड्डियां चुनती।

सुबह बहुत जल्दी उठ जाती और झटपट कपड़े पहनकर तैयार हो जाती। जब से वो जेल में आई थी, बड़े सीधे-साधे ढंग से वह बाल बनाने लगी थी।

महारानी अपने साथ कोई कपड़े लेकर नहीं आई थी। जेल में आने के अगले दिन ही उसने बार-बार कपड़ों की फ़रमाइश शुरू कर दी थी, मगर वहां किसी को इतना साहस नहीं था कि कोई महारानी को कुछ भी लाकर दे सके। उसके पास एक काली पोशाक थी और एक सफ़ेद ड्रैसिंग गाउन। यही कपड़े वह बारी-बारी करके पहनती, मगर बार-बार यही पहनने के कारण ये घिस गए थे।

कोठरी में क़लम-दवात और काग़ज़ का भी कोई प्रबन्ध नहीं था। लम्बे दिन किसी तरह भी बिताए न बीतते। रात के समय लैम्प भी वहां से हटा लिया जाता। कोठरी के पिछवाड़े की खिड़की ज़नानी ड्योढ़ी की ओर पड़ती थी, वहीं से थोड़ी-बहुत रोशनी उसके बिस्तर पर पड़ा करती। सुबह से शाम तक के समय में महारानी कभी-कभी कुछ-न-कुछ पढ़ लिया करती थी। थोड़ी-सी किताबें उसे दी गई थीं। ये किताबें वह बार-बार पढ़ चुकी थी।

महारानी प्रायः प्रार्थना किया करती, अनायास ही अपनी शादी की अंगूठी के साथ खेलने लगती, शादी की अंगूठी के अलावा उसके पास हीरे की दो अंगूठियां और थीं, कभी वह उन अंगूठियों को उतार लेती, पहन लेती, कभी एक हाथ की उंगलियों से उतारकर दूसरे हाथ की उंगलियों में पहन लेती, बाद में वे अंगूठियां उससे छीन ली गईं, तो उसने ताश खेलते चौकीदारों का खेल देखने में अपने आपको उलझा लिया, क्योंकि महारानी को हरदम निगरानियों में रखा जाता था, इसलिए उसकी कोठरी पर दो पहरेदार हर समय बैठे रहते। पहरेदारों और महारानी के बीच एक छोटी-सी जाली थी। पहरेदार बैठे सिगरेट -शराब पीते और ताश खेलते रहते ।

शाही ख़ानदान के वफ़ादार लोगों में से कई ऐसे भी थे जो महारानी को जेल से छुड़ाने की योजनाएं बना रहे थे। मगर इन लोगों को अपनी योजनाएं कार्यान्वित करने में पहरेदारों के कारण काफ़ी कठिनाई आ रही थी।

रोगविल नामक एक व्यक्ति ने महारानी को जेल से भगाने का निश्चय किया। रोगविल एक ज़मींदार का बेटा था और वह अमरीका के क्रान्तियुद्ध में भाग ले चुका था। उसका व्यक्तित्व बड़ा रहस्यमय था। महारानी को भगाने की साहसिक तरकीब उसने सोची। वह यह थी कि उसने कई ऐसे लोग तैयार किए जो दंगा करा दें और फिर उस दंगे के हड़बाऊ में महारानी को जेल से भगा लिया जाए। मगर ऐसा करने के लिए यह ज़रूरी था कि महारानी को विश्वास दिलाकर भागने के लिए राज़ी किया जाए। रोगविल ने अपनी योजना को क्रियान्वित करना शुरू किया। किसी प्रकार उसने जेल के अधिकारी से दोस्ती कर ली और फिर जेल देखने की उत्सुकता के बहाने वह 28 अगस्त, 1793 को अपनी योजना में सफल हो गया। यानी जेल के अधिकारी के साथ वह महारानी को कोठरी तक जा पहुंचा।

महारानी ने रोगविल को देखते ही पहचान लिया। रोगविल ने अपने कोट पर लगे फूल की ओर इशारा किया और फिर महारानी की ओर देखा, फिर फूल उतारकर स्टोव के पीछे फेंक दिया और चला गया। उसके जाने के तुरन्त बाद महारानी ने पहरेदारों से नज़रें बचाकर वह फूल उठा लिया। उसमें काग़ज़ का पुर्ज़ा था, जिस पर सन्देश लिखा हुआ था। सन्देश पढ़कर महारानी ने वह पुर्ज़ा फाड़ फेंका और फिर पिन लेकर एक काग़ज़ के पुर्ज़े पर उस संदेश का जवाब लिख दिया। जवाब में सिर्फ़ तीन पंक्तियां थीं : 'मैं यहां किसी से बात नहीं करती हर समय मुझ पर पहरा रहता है। मैं आऊंगी।' और फिर यह पुर्ज़ा किसी तरह रोगविल तक पहुंचवाने के लिए दरबानों में से एक को जैसे-कैसे मना लिया और पुर्ज़ा उसे देकर भेज दिया। मगर वह रास्ते में ही पकड़ लिया गया।

इस घटना से वे लोग और चौकन्ने हो गए और महारानी पर जल्दी ही मुक़दमा चलाकर उसे सज़ा देने के लिए उतावले हो उठे। तय हुआ कि दो सितम्बर को मुक़दमा चलाया जाए।

इस बीच महारानी पर नज़र और कड़ी कर दी गई। दिन में कई-कई बार

उसकी कोठरी की तलाशी ली जाती, उस तक की तलाशी ली जाती। दिन या रात को किसी भी समय तलाशी के लिए आ धमकते। कुछ दिन बाद उसकी कोठरी भी बदल दी गई।

महारानी का मुक़दमा शुरू हुआ, तो लगातार बीस-बीस घंटों तक बहसें चलीं और एक-एक बहस के दौरान कई-कई गवाह भुगताए जाते। मगर महारानी के मन में शायद बराबर एक उम्मीद बनी रही। उसके चेहरे से बिल्कुल नहीं लगता था कि वह डर रही है।

जब उसे सज़ा सुना दी गई, तो उसे कोठरी में वापस भिजवा दिया गया। उस समय सुबह के चार बजे थे। महारानी की हालत उस समय यह थी कि सहसा ख़ून लगभग सूख गया था, मगर फिर भी उसे सबके सामने कपड़े बदलने पड़े। जब वह कपड़े बदल चुकी। तो उसे फिर से सज़ा सुनाई गई। उसके बाल काटे गए और फिर ग्यारह बजे के क़रीब उसे जल्लाद के छकड़े पर बैठाया गया। घोड़े की ओर उसकी पीठ कर दी गई। साथ में एक पादरी बैठा था। छकड़े के दोनों ओर कुछ घुड़सवार और पैदल सैनिक थे। इस तरह यह जलूस बाज़ार में से होकर निकला। जनता की भीड़ ने महारानी को देखा। महारानी का चेहरा पीला पड़ चुका था। नज़रें पथरा चुकी थीं। जनता ने महारानी को देखकर 'जनतन्त्र ज़िन्दाबाद' के नारे लगाए।

निर्दिष्ट स्थान पर ले जाकर छकड़ा रोक दिया गया। यहीं महारानी को मृत्युदंड दिया जाना था। महारानी हौले-हौले छकड़े पर से उतरी और धीरे-धीरे क़दम बढ़ाती हुई जल्लाद के पास जा पहुंची। ठीक साढ़े बारह बजे उसका सिर धड़ से अलग कर दिया गया।

भाग-2

आदिम जातियां–प्यार और वासना

आदिम जातियों में यह प्रथा थी कि जब राजा बूढ़ा हो जाता था और उसकी काम-शक्ति समाप्त हो जाती थी, तो उसे मार डाला जाता था ताकि उसके बाद कबीले का कोई जवान मुखिया राजा बनकर कबीले की रक्षा कर सके। प्रायः राजा को प्रजा मार डाला करती, मगर कोई-कोई राजा स्वयं ही अपना जीवन समाप्त कर देता। यह उस काल की स्वीकृत प्रथा थी। मगर ऐसा आमतौर पर तभी होता जब राजा की शारीरिक शक्ति समाप्त हो जानी शुरू हो जाती और शारीरिक शक्ति की समाप्ति का सूचक था–काम-शक्ति का ह्रास। इस अशक्तता की तुलना मवेशियों से की जाती और तर्क यह दिया जाता कि अगर मवेशी बीमार पड़ जाए या प्रजनन-शक्ति खो बैठे, तो फसलें चौपट हो जाएं। इसी तरह जब कबीले के मुखिया या राजा की शारीरिक शक्ति नष्ट होने को होती, तो उसे नष्ट कर दिया जाता ताकि वह सारी ज़िम्मेदारियों से मुक्त हो जाए और सत्ता किसी सशक्त शासक के हाथों सौंपी जा सके।

उन कबीलों में यह भी प्रथा थी कि बड़े भाई की मृत्यु के बाद छोटा भाई अपनी विधवा भाभी से विवाह कर लिया करता था। इसके साथ ही यह भी प्रथा थी कि पति अपनी पत्नी की छोटी बहनों को उपपत्नियों के रूप में रख लिया करते थे–चाहे पत्नी जीवित हो या मर चुकी हो।

प्राचीनकाल में आज की तरह वर्जित यौन-सम्पर्कों की ओर कल्पना भी नहीं थी, बल्कि उलटे स्थिति यह थी कि निकटतम रिश्तों में विवाह पवित्र माना जाता था। मिस्र, फ्रांस तथा अन्य कई देशों के इतिहासों में ऐसे राजा-रानियों का ज़िक्र आता है जो रिश्ते में सगे भाई-बहन थे। आदिम शब्द कई अर्थों में प्रयुक्त होता है। कुछ इतिहासकारों के अनुसार प्रकृति के निकटतम सम्पर्क में रहने वाले समूह या कबीले आदिम कहलाते थे। कुछ अन्य इतिहासकारों का

कहना है कि लिखित भाषा का प्रयोग न करने वाले लोग आदिम मनुष्य कहलाते हैं।

प्राचीनकाल में समूह विवाहों की प्रथा भी थी। ऐसे विवाहों का एकमात्र उदेश्य वासनात्मक होता था जब कि सभ्य समाज में विवाह का उद्देश्य स्त्री और पुरुष की वासना-तृप्ति मात्र ही नहीं माना जाता।

सभ्यता की ओर

कुछ विद्वानों के अनुसार पहले मानव-जाति में व्यक्तिगत विवाह की प्रथा प्रचलित नहीं थी। कबीले के सारे पुरुष, कबीले की सारी औरतों के पति माने जाते थे और इन औरतों के गर्भ से उत्पन्न सन्तानें कबीले की सन्तानें मानी जाती थीं। पुराणों की एक कथा के अनुसार ऋषि श्वेतकेतु ने जब देखा कि उसकी माता किसी परपुरुष के साथ जा रही है तो श्वेतकेतु ने अपने पिता से प्रश्न किया और पिता ने उसकी जिज्ञासा का समाधान यह कहकर किया कि ऐसी प्रथा है और इसमें कुछ भी अनैतिक नहीं। (कुछ विद्वानों की मान्यता है कि श्वेतकेतु के इस प्रश्न से ही तत्कालीन नैतिक मान्यताओं पर प्रश्नचिह्न लग गया था और फिर श्वेतकेतु ने बड़े होकर व्यक्तिगत विवाह-प्रथा की नींव डाली थी–अनु.)

आठ प्रकार की हिन्दू विवाह प्रणालियों का उल्लेख मिलता है। उन आठ प्रकार के विवाहों के नाम ये हैं–

1. ब्रह्म विवाह
2. दैव विवाह
3. आर्ष विवाह
4. प्रजापत्य विवाह
5. असुर विवाह
6. राक्षस विवाह (इस विवाह में लड़की का उसके मां-बाप के घर से अपहरण किया जाता था)
7. पिशाच विवाह (यह एक प्रकार का बलात्कार होता था)
8. गन्धर्व विवाह (यह विवाह एक प्रकार से प्रेम-विवाह होता था। इसमें स्त्री-पुरुष अपनी इच्छा से तथा प्रेमपूर्वक परस्पर समर्पित होते थे तथा

समाज की स्वीकृति प्राप्त करने से पूर्व ही यौन-सम्पर्क स्थापित कर लेते थे। बाद में जब विवाह की रस्में पूरी करके पति-पत्नी बन जाते थे, तो समाज द्वारा विवाहित जोड़े के रूप में इन्हें स्वीकृति प्रदान कर दी जाती थी।)

संस्कृति मनुष्य के मानसिक विकास की प्रतीक है, जब कि सभ्यता मनुष्य के भौतिक विकास को परिलक्षित करती है। संस्कृत के शब्द संस्कृति का शाब्दिक अर्थ भी संस्कार से ही है और संस्कार से अभिप्राय है अशुद्धियों को दूर करते चले जाना। जिस प्रकार खेतों में से खर-पतवार हटाकर खेत की उपजाऊ शक्ति में सुधार किया जाता है, उसी प्रकार मनुष्य की मानसिक और शारीरिक क्षमताएं विकसित की जाती हैं। जिस तरह हर मौसम में धरती की गुड़ाई करने की आवश्यकता अनुभव होती है और उपज प्राप्त करने के लिए कई प्रकार की तैयारियां अनिवार्य होती हैं, उसी प्रकार मानवजाति की सफलता के लिए मानव-सन्ततियों को प्रारम्भिक अवस्थाओं में ही अच्छे संस्कारों में ढालना आवश्यक होता है।

यदि किसी स्त्री और पुरुष के दाम्पत्य जीवन का श्रीगणेश सही ढंग से हुआ हो, तो विवाह के बाद तलाक़ या सम्बन्ध-विच्छेद का प्रश्न ही उत्पन्न नहीं हो सकता। सब प्रकार के मानवीय-सम्पर्कों में स्त्री-पुरुष के यौन-सम्पर्क सर्वोच्च माने जाते हैं। स्त्री-पुरुष के सम्मिलन में अलौकिक प्रेम का आभास प्राप्त होता है तथा साथ ही जीवन में उत्फुल्लता और मधुरिमा भर जाती है। इसी सम्मिलन के फलस्वरूप मान-जाति की बेल फल-फूल रही है।

वेश्यावृत्ति

वेश्यावृत्ति उतनी ही पुरानी संस्था है जितनी कि विवाह। विभिन्न युगों और धर्मों में इस संस्था को स्वीकृति अथवा अस्वीकृति देने के मामले में जितने मतभेद रहे हैं उनको देखते हुए यह भी लगता है कि आज जिस दृष्टि से इसे देखा जाता है, पहले वह स्थिति नहीं थी। इतिहास में ऐसे समय भी रहे हैं जब वेश्यावृत्ति अपमानजनक नहीं मानी जाती थी। प्रशान्त महासागर के तलाऊ नामक द्वीप के वासी तो आज भी अपनी लड़कियों के लिए दहेज जुटाने की ख़ातिर शादी से पहले उन्हें वेश्यावृत्ति करने की अनुमति देते हैं। अल्जीरिया की नेल नामक जाति की लड़कियां विवाह करके जीवन में स्थापित होने से पहले शहरों में जाकर वेश्यावृत्ति करती थीं। इसी शताब्दी के प्रारम्भिक वर्षों में भारत की ही कुछ जनजातियों में ऐसी प्रथा थी जो अपनी लड़कियों द्वारा वेश्यावृत्ति को बुरा नहीं मानती थीं और फिर उन्हीं लड़कियों को वेश्यावृत्ति की कमाई को शादियों पर ख़र्च कर दिया जाता था।

वैदिककाल में वेश्यावृत्ति सामाजिक रूप से स्वीकृत संस्था थी। सामाजिक और धार्मिक उत्सवों पर नाचने-गाने के लिए वेश्याओं को बुलवाने का चलन था। वात्स्यायन के 'कामसूत्र' में वेश्यावृत्ति के नियमों का उल्लेख आता है। हिन्दू धर्म के नियामक वात्स्यायन मुनि ने केवल वेश्याओं की जीवन पद्धति को ही नियमबद्ध नहीं किया, बल्कि वेश्यागमन करने वालों के लिए भी नियम निर्धारित किए।

प्राचीन भारत में वेश्या को सुसंस्कृत समाज के अंग के रूप में स्वीकृति प्राप्त थी। उस काल की वेश्याएं सुशिक्षित तथा विभिन्न कलाओं में प्रशिक्षित हुआ करती थीं। ऊंचे घराने के लोग अपने लड़कों को बातचीत की कला और शिष्टाचार सिखाने के लिए वेश्याओं के पास भेजा करते थे। लड़कियों को

मन्दिरों में भेंट करने की प्रथा वैदिक युग के बाद ईसा की तीसरी शताब्दी में शुरू हुई। इस प्रथा के पीछे जो विश्वास कार्य करता था वह यह था कि अपनी लड़की को किसी मन्दिर में भेंट कर देने से भगवान प्रसन्न हो जाएंगे। भगवती यालम्मा को भेंट की गई लड़कियों को उत्तर भारत में 'मंगल मुखियां' कहा जाता था तथा दक्षिण भारत में 'देव-दासियां'।

यद्यपि यह बात सुनने में बड़ी विचित्र लगती है, परन्तु यह एक ऐतिहासिक तथ्य है कि वेश्यावृत्ति की जड़ें धार्मिक परम्पराओं में निहित हैं। भारत में वेश्यावृत्ति का इतिहास पढ़ते समय देवदासी प्रथा के महत्वपूर्ण स्थान को नकारा नहीं जा सकता। देवदासी शब्द का शाब्दिक अर्थ 'देवता की सेविका' है और देवदासियां वे लड़कियां हुआ करती थीं जो अपना जीवन धर्म और भगवान की सेवा में अर्पित कर दिया करती थीं। यह हो सकता है कि मन्दिर में रहने वाली अन्य लड़कियों के सम्पर्क में आकर धीरे-धीरे ये वास्तविक देवदासियां भी उसी प्रकार जीवन जीने लगी हों और आख़िरकार देवदासी का मूल अर्थ लुप्त हो गया और हुआ यह कि देवदासियां एक प्रकार की वेश्याएं बन गईं। आज भी सैकड़ों की संख्या में देवदासियां मौजूद हैं और इन लड़कियों में यह अन्धविश्वास है कि यदि ये शादी कर लेंगी, तो भगवती यालम्मा कुपित होकर श्राप दे देंगी। आजकल देवदासी प्रथा केवल दक्षिण के नग़रों में ही रह गई है।

हालांकि पेशे के तौर पर वेश्यावृत्ति की प्रथा भारत में पहले भी थी, मगर आजकल औद्योगीकरण के फलस्वरूप विकसित नगरों में वेश्यावृत्ति का जो वीभत्स स्वरूप दिखाई पड़ता है वैसा पहले नहीं था।

वेश्यावृत्ति के दुष्परिणाम स्वरूप जो यौन-रोग फैल रहे हैं, इन रोगों के रोगियों की संख्या मलेरिया और तपेदिक के बाद सबसे अधिक है। इसी कारण भारत सरकार को विवश होकर सन् 1956 में एक क़ानून द्वारा वेश्यावृत्ति पर कुछ प्रतिबन्ध लगाने पड़े, परन्तु इस क़ानून में वेश्यावृत्ति को अवैध घोषित नहीं किया गया।

वेश्यावृत्ति को जड़ से उखाड़ने के प्रयास तो प्रायः हर कहीं किए गए हैं, परन्तु कभी सफल नहीं हुए। सन् 1929 में अमरीका के शिकागो नामक नगर में भी एक ऐसा ही असफल प्रयास किया गया था। ब्रिटेन और फ्रांस को भी

विवश होकर वेश्यावृत्ति को फिर से मान्यता देनी पड़ी, क्योंकि इसके निषेध से और अधिक सामाजिक बुराइयां फैलने लगी थीं। सन् 1937 अर्जेंटीना में वेश्यावृत्ति को निषेध घोषित कर दिया गया था, परन्तु इस निषेध के फलस्वरूप फैलने वाले यौन-रोगों, अपराध-वृत्तियों तथा यौन-कुंठाओं ने वहां की सरकार को विवश कर दिया कि सन् 1954 में पुनः इस पर से प्रतिबन्ध हटा लिए जाए।

विवाह का इतिहास

विवाह नामक संस्था का जो स्वरूप आधुनिक पाश्चात्य सभ्यता में दिखाई पड़ता है उसकी एक लम्बी परम्परा है। यूनान, रोम, हैब्रयू और ईसाई परम्पराओं के मुख्य तत्वों ने विकसित होकर ही आज इस संस्था को यह स्वरूप प्रदान किया। विवाह की परम्परागत स्थिति यह रही है कि यह किन्हीं दो व्यक्तियों की स्वेच्छा का विषय न होकर दो वंशों के मुखियाओं की इच्छा पर निर्भर रहा है। मुखिया का अधिकार ही पहले बड़ा ही विस्तृत था और उसकी इच्छा ही सब कुछ थी। वह जिसे चाहता अपनी बिरादरी से बाहर कर देता, चाहता तो अपनी पत्नी तथा सन्तान को भी निकाल सकता था।

कोई स्त्री यदि यौन-सम्पर्क के मामले में उच्छृंखलता बरतती या बांझ प्रमाणित होती अथवा पुत्र उत्पन्न न कर पाती, तो उसे भी निकाल दिया जा सकता था। ईसा के काल में ये अधिकार पति को प्राप्त हो गए थे और वह किसी भी कारण से अपनी पत्नी को तलाक़ दे सकता था, जब कि पत्नी को ऐसा कोई अधिकार नहीं था।

कई देशों में स्त्रियों के लिए विवाह योग्य अवस्था बारह और चौदह वर्ष के बीच कर दी गई है और इसे क़ानूनी मान्यता प्राप्त है। बोलिविया, चिली, कोलम्बिया, क्यूबा, दक्षिण रोडेशिया, आयरलैंड तथा आस्ट्रेलिया में पुरुष के लिए विवाह योग्य अवस्था पन्द्रह साल है तथा स्त्री के लिए चौदह वर्ष। डेनमार्क, स्वीडन तथा अमरीका के कुछ राज्यों में यह उम्र क्रमशः इक्कीस और अट्ठारह साल है।

तलाक़ सम्बन्धी क़ानून भी विभिन्न देशों में अलग-अलग हैं। उदाहरणार्थ दक्षिण अफ्रीका में तलाक़शुदा पत्नी अपने पति से किसी प्रकार के ख़र्च या

गुज़ारे की रक़म पाने की हक़दार नहीं रह जाती, जब कि स्वीडन तथा अन्य देशों में पति का अपनी परित्यक्ता पत्नी और बच्चों को भरण-पोषण का ख़र्चा बराबर देना पड़ता है। ब्रिटेन में तलाक़ के लिए औरतों को पुरुषों की तुलना में कहीं अधिक अधिकार प्राप्त हैं। ईरान में पुरुष तो किसी भी आधार पर तलाक़ दे सकता है, मगर औरत केवल उसी हालत में तलाक़ दे सकती थी यदि उसका पति पागल अथवा नपुंसक हो। यद्यपि हाल ही में स्थिति कुछ सुधर गई है और वहां के क़ानून ने स्त्रियों को कुछ और अधिकार दे दिए हैं।

कुछ ऐसे देश भी हैं जहां स्त्रियों-पुरुषों को समान अधिकार प्राप्त हैं, रूस में ऐसी ही स्थिति है, चैकोस्लोवाकिया[1], पोलैंड तथा रूमानिया में भी औरतों को मर्दों के बराबर अधिकार मिलने लगे हैं। यूगोस्लाविया में भी पति-पत्नी का अधिकार क्षेत्र समान कर दिया गया है। वहां तो स्थिति यह हो गई है कि पत्नी चाहे तो विवाह के बाद अपना कुल नाम भी वही रखे रह सकती है ज़ो उसके माता-पिता का था। अवैध तथा वैध सन्तानों के बीच परस्पर क़ानूनी रिश्ता माना जाता है।

विभिन्न समाजों में विवाह नामक संस्था किसी-न-किसी रूप में बराबर विकसित होती चली आई है और यह संस्था उपयोगी भी है, क्योंकि इसके कारण जहां एक ओर किन्हीं दो व्यक्तियों की कामतुष्टि का नियमित साधन उपलब्ध होता है, वहीं भावी सन्ततियों की देखभाल तथा शिक्षा-दीक्षा की समस्या का भी समाधान होता है।

●●●

[1]अब यह दो देशों में विभक्त है। चेक व स्लोवाकिया।